KB209207

길리아드

길리아드
GILEAD

마로니에북스

차례

한국 독자들에게…

삶의 아름다움을 발견하는
기회가 되길 소망하며

저는 이 소설을 통해 그 어떤 것보다, 고요하고 평범한 인간사의 아름다움과 성스러움에 대해 독자들의 관심을 유도하고 싶었습니다. 수많은 시인, 소설가들이 이 일을 시도해왔지만, 경험의 풍부함은 그 끝이 없기에 작가들은 오늘도 여전히 그 주제에 도전하고 있습니다.

더불어 주목하고 싶은 사실은, 오늘도 우리는 역사 속에서 살아가고 있다는 것과, 우리가 물려받은 역사는 복잡하고 불명확하며 상처 투성이인 동시에, 역사 자체도 우리와 마찬가지로 존경받거나 동정받을 만한 가치가 있다는 것입니다.

저는 상상 속에서 존 에임스의 목소리와 캐릭터가 떠올라 이 소설을 쓰기 시작했습니다. 이것은 꽤나 갑작스런 일이었지요. 마루의 자기 책상 옆에서 놀고 있는 어린 아들에게 편지를 쓰는 한 늙은 목사, 그 아이가 청년이 될 때까지 살 수 없는 늙은 아버지를 잘 알고 있다고 느꼈습니다. 저는 몇 년 동안 남북전쟁 이전 시기의 미국 중서부에 대한 글을 읽어왔고, 또한 재신교 신학도 수년간 공부해 왔습니다.

애초에 이러한 관심사에 기초한 소설을 쓸 생각은 없었음에도, 이에 대한 지식이 소설에 매우 중요하게 쓰였습니다.

이 소설의 제목 '길리아드(Gilead)'는 구약성서의 본문에 많이 언급되고 있는 지명입니다. 미국에는 "길르앗의 향유가 있으니"라는 유명한 흑인 영가도 있지요.

아프거나 다친 사람들을 치유하는 데 효과가 있었다는 발삼나무는 성서에 나온 '길리아드'라는 지역에서 서식하였는데, 이로 인해 '길리아드'라는 이름은 특유의 상징적 의미를 갖게 되었습니다. 그 마을의 이름 '길리아드'는 정신적 · 육체적 온전함에 대한 소망, 특별히 친절과 정의와 관련이 있습니다. 또한 미국에는 '길리아드'라는 이름을 가진 마을들이 여러 군데 있는데, 제 소설 '길리아드'처럼 대부분의 마을이 19세기에 형성되었지요.

구약성서의 예레미야에는 "길르앗에는 향유가 있지 아니한가?"

라는 유명한 구절도 있답니다. 사람들이 왜 도움받지 못하고 치유받지 못하는지를 예레미야 선지자는 묻고 있습니다. 따라서 이 구절은 소망에 대한 언급인 동시에, 그 소망을 이루지 못했거나 소망의 성취가 미루어진 것을 의미합니다.

사실 존 에임스 목사라는 캐릭터 뒤에 어떤 특정한 인물이 존재하는 것은 아닙니다. 하지만 저는 종교적인 입장에서 자신의 삶을 이해하려 애쓰고, 선한 삶을 살고자 애쓰는 이들을 수년간 지켜봐 왔으며, 이것이 흥미롭고 아름답다는 것을 발견했습니다, 이런 점들이 존 에임스 목사라는 인물 안에 투영되어 있기를 기대합니다.

제 기억으로는, 2001년부터 이 소설을 쓰기 시작했습니다. 한 권의 책이 탄생하는 데 필요한 모든 세월과 생각을 담기 위해 저는 책 쓰는 일에만 온전히 집중했습니다. '길리아드'는 제가 잠시 동안 머무를 수 있는 가상의 세계라는 사실을, 소설을 쓰기 시작한 바로 그때 느낄 수 있었습니다.

다른 문화권에서 행해진 어떤 번역과 그 문화권 독자들의 경험은, 이 책에 대한 저만의 느낌과는 어느 정도 다를 수밖에 없을 것입니다. 그러나 우리 모두는 우리의 아이들과, 이 세상을 사랑하고 그것을 보호하고 즐거워하는 데 우리의 능력을 최대로 발휘하길 바랍니다.

한국에도 『길리아드』에 형상화된 종교적 사고와 전통에 익숙한 독자들이 많이 있다고 알고 있습니다. 그래서 아마도 유럽 사람들보다는 한국 사람들이 이 소설을 이해하기가 더 쉬울 것 같습니다.

저는 존 에임스 목사라는 인물을 통해 나이 듦, 고독, 사랑, 추억, 그리고 살아있음의 느낌에 대해 깊이 숙고할 수 있었습니다.

한국의 독자들이 이 소설을 통해 이러한 것들을 자신에게 다시 불러일으키고, 자신만의 삶에서 발견할 수 있는 아름다움에 대해 깨달음을 얻는 기회가 되길 소망합니다.

메릴린 로빈슨

제1부

어젯밤에 내가 떠날지 모르겠다고 말했더니, 넌 "어디요?"라고 물었어. 내가 "주 하나님과 함께 있으러"라고 말하니까, 넌 왜냐고 물었지. 내가 "늙었으니까"라고 대답하니, 넌 아버지가 늙은 것 같지 않다고 했지. 그러더니 내 손을 잡고, 아버지는 아주 많이 늙은 건 아니라고 다시 확인하듯이 말했어. 난 네가 아버지와는 아주 다른 인생을 살게 될 거라고, 나와 함께한 생활과는 다르게 살 거라고 말했지. 아주 멋진 인생이 될 거라고, 훌륭한 인생을 사는 길은 많다고 말했단다. 너는 엄마한테 벌써 들었다고 대답했지. 그러더니 "웃지 마세요!" 그래 너는 그렇게 말했어. 내가 널 비웃는다고 생각했던 거지. 넌 손을 뻗어 내 입술을 손가락으로 누르고, 네 엄마 외에 다른 사람한테서는 보지 못한 특유의 표정을 지었어. 대단한 자존심과 열정과 고집이 어린 표정이었지. 그 표정을 보면서 내 눈썹이 타지 않은 게 신기할 정도란다. 그런 표정이 그리울 거야.

죽은 사람이 어떤 것을 그리워할 거라니 이상하겠지. 네가 어른이 되어 이 글을 읽을 무렵이면, (그때쯤 되어 네가 이 편지를 읽으면 좋겠다.) 난 죽은 지 오래 되었겠지. 그때 난 죽음이 뭔지 알겠지만 혼자만 알고 말겠지. 다 그런 거니까.

죽는 게 어떤 것이냐는 질문을 수도 없이 받았단다. 가끔은 한두 시간 후면 직접 죽음을 체험할 이들이 그렇게 묻기도 했단다. 내가 아주 젊었을 때도, 지금 내 또래의 노인들이 내게 묻곤 했지. 손을 꼭 잡고 흐린 눈으로 내 눈을 뚫어져라 바라보면서 물었어. 내가 그 답을 알고 있기라도 하는 듯이……. 대답을 듣고야 말겠다는 듯이 말이지. 그때마다 난 고향집을 가는 것과 같다고 대답하곤 했지. "이 세상에는 우리가 영원히 머물 곳이 없습니다" 라고 말했어. 그런 다음 길을 걸어 이 유서 깊은 집에 와서는, 커피를 한 주전자 끓이고 달걀 프라이 샌드위치를 만들어서 먹곤 했지. 이 집을 기억하니? 조금은 기억하겠지. 난 목사관에서 자랐단다. 이 집에서 거의 평생을 살았고, 다른 여러 목사관에도 가보았지. 아버지의 친구분들과 친척 대부분도 목사관에서 살았거든. 그 시절에는 이 집을 가장 외풍이 심하고 형편없는 집이라고 생각하곤 했단다. 자주 그런 것은 아니었지만, 당시 내 심정이 그랬을 거야. 더할 나위 없이 멋진 오래된 집이지만, 그때는 이 집에 나 혼자뿐이었단다. 그게 이상해 보이더구나. 편안하지가 않았어. 사실 그랬단다. 지금은 편안하지만.

내 심장이 약해지고 있다는구나. 주치의는 '안지나 펙토리스(협심증)'라고 하더라만, 병명에서 어째 신학용어 분위기가 나지? 내 나이에는 몸이 부실하기 마련이란다. 내 아버지는 늙어서 돌아가셨지만, 고모님들은 오래 살지 못했지. 그러니 난 감사할 밖에. 하지만 너와 네 어머니에게 남겨 줄 게 별로 없어 아쉽구나. 아무도 원치 않을 낡은 책 몇 권뿐이니 말이다. 이렇다 할 재산이 없단다. 난 돈에 관심을 기울인 적이 없었단다. 더구나 아내와 자식에게 재산을 남긴다는 생각은 해본 적이 없구나. 그런 걸 알았더라면 더 좋은 아버지가 되었으련만. 가족의 몫으로 뭔가 챙겼을 텐데.

이 말을 하고 싶구나. 너와 네 어머니가 고생하는데도 난 기도 외에 아무런 도움도 못 주는 것이 몹시 후회된다. 살아 있는 지금도 그게 한스럽고, 다음 생에도 후회스러울 거야.

너와 어머니가 대화를 나누는 소리가 들리는구나. 네가 묻고 어머니가 대답하고. 내용은 못 듣지만 소리는 들린다. 넌 자기 싫다고 하고, 밤마다 어머니는 널 재우려고 애쓰지. 네 어머니는 밤에 옆방에서 널 달래서 재우려고 할 때만 노래하지. 무슨 노래인지도 모르겠구나. 네 어머니의 소리는 아주 낮지. 내 귀에는 옥 구슬 같은 소리지만, 그런 말을 하면 그 사람은 웃음을 터뜨리지.

이제는 뭐가 아름다운지 분간할 수가 없구나. 저번 날에는 길에 서 젊은이 둘을 지나쳤지. 누구인지 알아. 정비소에서 일하는 청 년들이지. 둘 다 교회에 나오지는 않지. 그냥 늘 농담을 지껄이 는, 나쁠 건 없는 젊은이들이지. 그들은 정비소 담장에 기대서 햇 볕을 쬐며 담배에 불을 댕기더구나. 기름이 묻어 손이 늘 까맣고, 옆에는 가솔린도 있었는데 담뱃불을 붙여도 몸에 불이 붙지 않는 게 신통할 정도였어. 그들은 이런저런 말을 주고받으면서 장난스 럽게 깔깔댔지. 그런 모습이 내겐 아름다워 보였어. 사람들이 웃 는 광경은 경이롭지. 웃음을 터뜨리는 게 참 보기 좋아. 어떤 때 는 웃음을 참느라 쩔쩔매기도 하지. 교회에서도 그런 경우를 많 이 본단다. 웃음이 무엇인지, 어디서 나오는지 궁금하구나. 몸 의 기관 밖으로 뻗어 나와, 웃어 버려야 끝이 나는 그것이 뭔지도 궁금하구나. 울음도 그렇잖니. 물론 웃음이 훨씬 쏟아내기 쉽긴 하다만.

두 청년은 내가 다가가는 걸 알고는 당연히 웃음을 멈췄지만, 난 그들이 속으로 웃고 있다는 걸 알았지. 늙은 목사가 무슨 말을 들었을까 생각했겠지.

그들에게 말해 주고 싶더구나. 난 누구보다도 웃음을 좋게 보 는 사람이라고. 살면서 그 말을 하고 싶었던 때가 많았단다. 하지만 사람들이 기꺼이 받아들일 말은 아니지. 다들 약간 거리를 두고 싶어 하니까. 나는 죽어 가는 사람이고, 적어도 이 세상에서는 웃을 일이 별로 없다고 말하고 싶더구나. 하지만 그러면 사람들은 심각해져서 예의를 차릴 테지. 나는 가능한 한 내 상태를 비밀에 부치고 있단다. 죽어가는 사람치고는 기분이 아주 좋고, 그것은 축복이지. 물론 네 엄마는 알고 있을 거야. 그 사람은 기분이 좋다면 의사가 틀린 거라고 내게 말했지. 하지만 내 나이가 이러니 의사가 틀렸을 가능성은 없을 거다.

목사로 산다는 것은 인생에서 매우 특별한 일이지. 사람들은 목사가 다가가는 걸 보면 얼른 화제를 바꾼단다. 그런데 바로 그 사람들이 서재에 찾아와서는 아주 대단한 이야기를 하는 경우가 많지. 삶의 겉모습 속에는 많은 것이 있어. 모두 그걸 알지. 많은 악과 두려움, 죄책감이 있고, 도저히 외로움이 있을 것 같지 않은 곳에 큰 외로움이 있기도 하단다.

내 외할아버지는 목사였고, 친할아버지도 목사였지. 그 아버지도, 또 그 아버지도 대대로 목사였어. 나처럼 그들에게도 성직은 제2의 천성 같은 것이었지. 좋은 분들이었지만, 내가 그들에게 배워야 했는데 못 배운 게 있다면 성질을 죽이는 것이란다. 오래 전에 얻은 지혜지. 맥박이 불규칙해질 때마다 마지막이구나 싶어지는 지금도 나도 모르게 불끈 부아가 치밀어 오른단다. 서랍이 걸려서 안 나오거나, 안경을 어디 뒀는지 모른다고 화가 치솟는 거야. 너도 조심하라고 말하는 거란다.

화를 너무 많이 내거나, 너무 자주 혹은 엉뚱한 때에 낸다면 상상 이상으로 일을 망칠 수 있단다. 무엇보다도 마음이 망가지지. "보라, 얼마나 작은 불이 얼마나 많은 나무를 태우는가, 혀는 곧 불이요……"(야고보서 3:5-6)란 말은 진리야. 네 할아버지가 연세가 들어, 내게 보낸 편지에서 그런 말을 했지. 그런데 그 편지를 태워 버렸어. 난로에 던져 버렸지. 그 일을 돌아보자니, 어느 때보다도 놀랍구나.

나는 여기서 솔직함을 실험하는 기분이구나. 내 아버지는 원칙에 철저한 분이셨지. 본인도 그렇게 말했고. 아버지는 진실이라고 믿는 것을 따라 충실히 행동했어. 하지만 그런 처신이 어떤 면에서는 실망스러웠고, 내게도 그랬지. 아버지는 나를 정성껏 키워 주셨고, 그분은 인정하지 않겠지만 내가 큰 은혜를 입었는데도 이렇게 말하는구나. 하나님께서 그의 영혼을 쉬게 하시기를. 내가 아버지를 실망시켰다는 사실을 알아. 이건 깊이 생각해 볼 문제이지. 우린 서로 좋게 생각하는 사이였거든.

"보기는 보아도 알지 못하며, 듣기는 들어도 깨닫지 못하게 하여……"(마가복음 4:12)라고 주님은 말씀하시지. 그 말을 여러 번 들었고 설교에서 언급하기까지 했다만, 그 구절을 이해했다고는 말하지 못하겠다. 그저 심오하게 신비로운 사실을 말하는 대목이지.

어떤 것을 죽도록 알면서 완전히 모를 수 있지. 사람은 자기 아버지나 아들을 알 수 있지만, 둘 사이에 충성심과 사랑과 서로에 대한 몰이해 외에 아무것도 없을 수 있단다.

이런 말을 하는 것은, 사람들이 너에게 애석함 같은 게 느껴지면 네가 화가 났다고 생각한다는 걸 지적하기 위함이란다. 사람들은 네가 스스로 선택해서 입을 다물고 있어도 네가 화났다고 넘겨짚지. 사람들로 인해 너는 자신에 대해 의심하게 되고, 경우에 따라서는 몹시 심란해져서 시간 낭비를 하기도 한단다. 나도 이런 사실을 진작 알았으면 좋았으련만. 생각만 해도 좀 짜증스러워지는구나. 내가 보기에 짜증은 분노의 한 형태란다.

성직 생활의 큰 장점은 집중하도록 도와준다는 점이지. 본인에게 요구되는 점과 무시해도 좋을 것을 기본적으로 잘 알게 해 주지. 내가 전수해 줄 지혜가 있다면, 바로 이런 점일 게다.

네가 우리 집안에 축복을 준 것이 7년이 안 되었고, 짧은 세월이기도 하지, 내가 너무 늙기도 했고. 나로서는 너와 어머니를 더 잘살게 해 줄 방법이 없구나. 그래도 그 생각을 하면서 기도한다. 그게 마음에 걸리는구나. 그걸 알아주면 좋겠다.

화창한 봄날이 계속되고 있고, 오늘도 그런 날이구나. 넌 학교에 늦을 뻔했지. 우린 너를 의자에 세우고, 네가 잼 바른 토스트를 먹는 동안 네 어머니가 구두를 닦아 주고 난 머리를 빗겨 주었어. 너는 어젯밤에 끝냈어야 할 산수 숙제를 다 못해서 아침 내내 시간을 끌면서 셈하느라 바빴지. 매사에 그렇게 진지한 게 꼭 엄마를 닮았어. 노인들은 널 '장로'라고 부르지만, 그런 진지함은 친가를 닮은 게 아니야. 난 네 어머니를 만나기 전까지는 그런 표정은 보지 못했거든. 그래, 내 할아버지는 예외로 하고. 내가 보기에는 슬픔 반, 분노 반인 듯했지. 그녀의 삶에서 무엇이 그런 눈빛을 갖게 할 수 있었을지 궁금하더구나. 그러다 네가 세 살이던 어느 날, 아기 방에 들어갔다가 잠옷을 입은 네가 햇빛 쏟아지는 바닥에서 부러진 크레용을 고치려고 애쓰는 모습을 보게 되었지. 넌 나를 올려다보았고, 그때 네 눈빛은 네 엄마의 눈빛 그대로였어. 난 그 순간을 여러 번 떠올려봤지. 내가 보기에는 가끔 네가 삶을 돌아보는 것 같았다는 말을 해야겠구나. 어려움을 돌아보면서 내게 설명해 달라고 청하는 것만 같아. 난 네가 그런 어려움을 겪지 않기 위해 기도한다.

네 어머니는 "당신은 꼭 성경에 나오는 노인들 같다니까요"라고 말했는데, 내가 120살을 살 수 있고 가축과 하인과 하녀를 거느릴 수 있다면 그럴지도 모르지. 내 아버지는 내게 가업을 물려주셨고, 이것이 내 직업이 되었지. 하지만 목사직은 내게는 제2의 천성과도 같고 그 일을 보며 성장했지. 너는 그럴 일이 없겠다만.

내 방 창으로 비눗방울이 스치더니 팽팽해지며 푸른색으로 변하다가 결국 터져 버리는 걸 보았다. 마당을 내려다보니 거기 네가 있더구나. 너와 어머니가 고양이 '소피'에게 비눗방울을 불어 대더구나. 연속해서 방울을 부니 가여운 고양이는 제정신이 아니었지. 고양이가 공중에 떠다니는 비눗방울로 펄쩍 뛰어올랐지! 방울 중 일부는 나뭇가지 사이로 떠가다가 그 위로도 떠올랐지. 두 사람은 고양이에게 집중하느라, 자기들이 한 일이 하늘에서 맺은 결과를 보지 못하더구나. 정말 아름다웠는데. 네 어머니는 파란 원피스 차림이고 넌 빨간 셔츠를 입고 있었지. 두 사람은 가운데에 비눗물을 놓고 바닥에 꿇어앉아, 반짝이는 비눗방울을 하늘로 날리고 웃음을 터뜨렸지. 아, 이게 삶인 것을. 이게 세상인 것을.

아버지는 지금 가계도를 적고 있다고 네 엄마가 말하자 네가 기뻐하는 것 같더구나. 내가 널 위해 뭘 기록해야 할까? 나 존 에임스는 1880년 캔자스 주에서 존 에임스와 마사 터너 에임스의 아들로, 존 에임스와 마거릿 토드 에임스의 손자로 태어났다. 이 글을 쓰는 지금까지 일흔여섯 해를 살아왔고, 그 중 일흔네 해는 이곳 아이오와 주의 길리아드에서 살았지. 대학과 신학교에서 공부할 때만 이곳을 떠나서 지냈어.

이제 그 외에 무슨 말을 해야 하나?

내가 열두 살이었을 때, 아버지는 날 데리고 내 할아버지의 산소에 갔지. 당시 우리 가족은 10년가량 길리아드에 살았고, 아버지는 이곳 교회에서 일하셨지. 할아버지는 메인 주에서 태어나서 1830년대에 캔자스로 오셨고, 은퇴 후 오랫동안 우리와 같이 사셨어. 그러다가 할아버지는 집을 떠나서 순회 설교자 비슷하게 사셨어. 아니, 우린 그럴 거라고 믿었지. 내 할아버지는 캔자스에서 돌아가셨고 그곳에 묻히셨지. 가뭄이 닥쳐서 주민이 거의 떠난 동네 근처였어. 기찻길에 가까운 도회지들로 떠나지 않은 사람들이 일부 남아 있었지. 하긴 애초에 도회지는 한 군데뿐이었어. 그곳은 캔자스였고, 정착민들은 대부분 장기간 머물 생각이 없는 노예폐지론자들이었지. 나는 '황폐하다'라는 표현은 자주 쓰지 않는다만, 그곳을 떠올리면 그 단어가 떠오르는구나. 아버지는 교회들, 신문사들에 몇 달에 걸쳐 문의 편지를 보낸 후에야 할아버지가 어디서 삶을 마감하셨는지 알아낼 수 있었지. 아버지는 정말 애를 많이 쓰셨어. 결국 누군가 답장과 함께 할아버지의 손목시계와 낡은 성경, 편지들을 보내 주었지. 나중에 알고 보니 편지들 중에는 내 아버지가 보낸 문의 편지들도 끼어 있었어. 사람들이 집으로 돌아가시라고 할아버지를 설득할 마음으로 그 편지들을 전했겠지.

아버지는 할아버지에게 마지막으로 한 말이, 홧김에 퍼부은 말이었기에 몹시 애통해 하셨지. 이제 이 세상에서는 화해할 수 없게 되었으니까. 평소 아버지는 할아버지를 존경했기에, 이런 식으로 끝나버린 것을 받아들이기 힘드셨지.

당시는 1892년이라서 여행하는 게 몹시 어려웠단다. 우린 기차가 닿는 곳까지는 기차를 타고 갔고, 거기서 아버지는 말 두 필이 끄는 수레를 대여했지. 그렇게까지 필요하지는 않았지만, 구할 수 있는 탈것은 그것밖에 없었어. 방향을 잘못 짚어서 헤매다가, 말에게 계속 물을 먹이기가 힘들어서 농가에 맡겨 두고 나머지 길은 걸었지. 길은 험했어. 사람들이 다니는 길은 먼지가 풀풀 날렸고, 발이 닿지 않는 길은 바퀴 자국이 그대로 굳어 있었지. 아버지는 무덤을 손볼 수 있게 연장을 담은 삼베 자루를 들었고, 나는 건빵과 육포, 여기저기서 딴 누런 사과 몇 알이 담긴 주머니를 들었지. 갈아입을 셔츠와 양말도 담겨 있었어. 그때쯤에는 이미 다 빨랫감이 되어 버렸지만.

당시 아버지는 여비가 충분치 않았지만, 마음이 너무 무거워서 돈이 모일 때까지 기다릴 수가 없었지. 아버지께 나도 가고 싶다고 말하자, 사정이 더욱 힘들어지는데도 내 뜻을 존중해주셨어. 어머니는 서쪽 지역에 가뭄이 극심하다는 글을 읽었기에, 아버지가 날 데려가겠다고 하자 썩 내켜하지 않았지. 아버지는 교육이 될 거라고 어머니를 설득했고, 사실 그랬지. 아버지는 난관이 있더라도 무덤을 찾겠다고 다짐했지. 다음에 물을 어디서 마시게 될지도 모르는 상황을 그때 처음 겪었지. 그 후로 그런 걱정을 하지 않고 산 것이 축복이라 여겨지는구나. 여행을 하면서 이렇게 헤매다가 죽는구나 싶을 때가 한두 번이 아니었지. 아버지는 모닥불을 피울 나뭇가지를 내 품에 안겨 주면서, 우리가 모리아 산으로 향하는 아브라함과 이삭 같다고 말한 적도 있었지. 나도 똑같은 생각을 했어.

그곳에서는 음식을 살 수가 없어서 힘들었어. 농가에 들어가서 아낙네에게 부탁하니, 찬장에서 작은 꾸러미를 내리더니 동전과 지폐를 보여 주며 "이 돈은 제게도 도움이 되겠지만 남부 동맹군에게 더 도움이 되겠지요"라고 말하더구나. 가게가 문을 닫아서 그녀는 소금, 설탕, 밀가루 따위를 살 수가 없었지. 우린 형편없는 육포를(그 후로 나는 육포를 잘 보지도 못한단다) 삶은 달걀 두 개, 삶은 감자 두 개와 맞바꾸었지. 소금을 뿌리지 않고 먹는데도 꿀맛이더구나.

아버지가 할아버지에 대해 묻자, 부인은 "네, 그래요. 그분은 인근에 사셨어요"라고 대답했지. 그녀는 할아버지가 돌아가신 소식은 몰랐지만, 묻히셨을 만한 곳을 가르쳐 주었어. 우린 곧장 그곳으로 갔지. 그 집에서 5킬로미터도 안 되는 곳이었지. 길에는 풀이 높게 자랐지만, 헤치고 지나니 바퀴 자국이 보였어. 그 부근은 땅이 단단해서 키 작은 나무들이 더욱 낮게 자라고 있었어. 우린 묘지를 두 번이나 지나쳤어. 묘석 두세 개가 넘어지고 잡초와 풀이 무성했지. 세 번째 묘지를 지날 때 아버지가 울타리 말뚝을 봤고, 다가가서 보니 무덤 몇 기가 있었지. 무덤 예닐곱 기가 한 줄로 있었고, 아래쪽에 누렇게 죽은 뗏장이 보였어. 그 허술한 광경이 슬퍼 보였지. 두 번째 줄에서 우리는 누군가 나무껍질을 벗겨 못을 박아 구부려서 '에임스 목사'라고 만든 표지판을 보았지. 알파벳 R은 A처럼, S는 Z를 거꾸로 쓴 것처럼 보였지만, 그 무덤이 분명했어.

저녁 무렵이어서 우린 다시 부인의 농가로 돌아가, 물탱크에서 씻었지. 우물에서 물을 길어 마시고, 헛간에서 잤어. 부인은 옥수수 죽을 갖다 주었지. 난 그녀가 어머니 다음으로 좋았지. 눈물이 날 만큼 좋았어. 우린 동 트기 전에 일어나서 소젖을 짜고 장작을 패고 물을 한 양동이 길어다 주었지. 그러자 부인은 잼과 크림을 얹은 튀긴 옥수수 가루를 아침 식사로 주었지. 우린 문간에 서서 음식을 먹었지. 새벽이라 춥고 어두웠지만 음식을 먹으니 정말 좋더구나.

우린 다시 묘지로 갔어. 반쯤 무너진 담장과 소에 다는 종을 사슬에 걸어 묶은 문만 휑하니 있었지. 아버지와 나는 최선을 다해 문을 손봤어. 아버지는 잭나이프로 땅을 팠지. 그러더니 농가에 다시 가서 괭이 두 자루를 빌려다가 제대로 해놓아야겠다고 했지. 아버지는 "우리가 여기 있는 동안은 다른 사람들도 보살피는 게 도리일 것 같구나"라고 하셨지. 이번에는 부인이 콩으로 저녁 식사를 만들어 놓고 우리를 기다렸지. 그녀의 이름을 모르는 게 아쉽구나. 검지의 첫 마디가 잘려 뭉뚝하고, 혀 짧은 소리를 하던 부인이었는데. 그때는 늙은 것 같았지만, 도리를 다하고 정신을 차려서 살려고 애쓰던 보통 시골 아낙이었을 게야. 그곳에서 홀로 사느라 힘겨워 보이긴 했지만. 아버지는 그 부인이 메인 주 출신인 것 같다고 했지만 묻지 않았지. 우리가 작별 인사를 하자 그녀는 울면서 앞치마로 얼굴을 훔쳤어. 아버지가 가져가서 전할 편지나 전갈이 있느냐고 묻자, 부인은 없다고 대답했지. 아버지는 같이 가겠냐고 물으니까, 부인은 고맙다면서 고개를 저으며 "젖소가 있어서요. 비가 오면 괜찮아질 겁니다"라고 대답했지.

그 묘지는 세상에 다시 없이 쓸쓸한 곳이었지. '자연으로 돌아간다'고 말한다면 그곳에 생기 같은 게 있다고 생각하겠지. 하지만 거기는 메마르고 땡볕이 내리쬐는 곳이었어. 풀이 초록색이었던 적이 있었다고 상상하기 힘들 정도였지. 발을 디딜 때마다 메뚜기가 수십 마리씩 성냥을 켤 때마냥 딱딱 소리를 내며 날아오르곤 했어. 아버지는 양손을 주머니에 찌르고 주위를 둘러보며 고개를 저었어. 그러더니 갖고 온 낫으로 덤불을 자르기 시작했고, 우리는 쓰러진 묘비를 바로 세우기 시작했지. 대부분의 산소는 돌로만 구획을 표시할 뿐, 망자의 이름이나 사망일 같은 것은 적혀 있지 않았지. 아버지는 조심해서 발을 디디라고 했지. 여기저기 작은 묘가 있었거든. 처음에 나는 그게 묘인 줄도 몰랐지. 뭐가 있다고 알아차리지 못했거나. 물론 묘를 밟고 싶지 않았지만, 아버지가 벌초를 끝낼 때까지는 묘를 가늠할 수도 없어서 나중에야 묘 위에 서 있었다는 걸 알고 속이 불편해졌지. 어린 나이였지만 죄책감과 연민을 느꼈어. 지금도 그 꿈을 꾸곤 한단다. 아버지는 사람이 죽으면, 육신은 영혼이 원치 않는 낡은 옷일 뿐이라고 늘 말씀하셨지. 하지만 우리는 무덤을 찾으려고 반쯤 죽을 고비를 넘긴 끝에 그렇게 서서 발을 조심해서 딛으려고 애쓰고 있었지.

무덤들을 정돈하느라 한참 일했지. 더웠고 메뚜기 소리가 소란스러웠어. 마른 풀 위로 바람이 불었고. 무덤들 주변에 씨앗들을 뿌렸지. 향수박 하며 수레국화, 해바라기, 스위트피를 심었단다. 우리 정원에서 거둔 씨앗들이었지. 일을 마치자 아버지는 할아버지 무덤가에 앉았어. 한참 거기 앉아서, 아직 남아 있던 잡초를 뜯고, 모자로 부채질을 했지. 아버지는 더 할 일이 없어서 아쉬우셨던 것 같아. 아버지는 마침내 일어나서 먼지를 털었고, 우리는 일을 하느라 손이 더러워지고 땀에 흠뻑 젖은 옷을 입은 채 한참 동안 나란히 서 있었지. 귀뚜라미 떼가 울기 시작하더니 파리 떼가 꼬이기 시작했고, 새들은 밤을 보낼 준비를 하며 울어댔지. 아버지는 고개를 숙이고 기도하기 시작했어. 하나님께 할아버지를 기억해 달라고 기도했고, 주님의 용서와 아버지의 용서를 구했지. 나도 할아버지가 몹시 그리워서, 용서를 구해야 될 것 같았어. 하지만 기도가 너무 길었지.

그 나이 때는 어느 기도든 길게 느껴지는 법이라 난 정말 지루했지. 눈을 감고 있었지만 한참 후에는 주변을 두리번댈 수밖에 없었지. 그 순간이 지금도 기억나는구나. 처음에는 해가 동쪽으로 진다고 생각했어. 그날 아침 묘지에 왔을 때 지평선 위에 해가 걸려 있었기 때문에 동쪽이 어디인지 알았지. 그런데 내가 본 것은 해가 지자마자 떠오른 보름달이었단다. 해와 달은 양쪽 끝에서 대단한 빛을 발했지. 마치 손으로 만질 수 있을 것 같더구나. 빛의 물결이 앞뒤로 흔들려서 손에 잡힐 듯했어. 거대한 빛의 타래가 중간에 걸려 있는 것 같기도 했고. 아버지도 그 광경을 봤으면 싶었지만, 기도하는 아버지를 놀라게 할 수는 없었어. 최선을 다해서 조용히 아버지를 부르고 싶어서, 손을 잡고 입을 맞췄지. 나는 아버지에게 "달 좀 보세요"라고 말했지. 그러자 아버지가 달을 봤어. 우린 해가 지고 달이 뜰 때까지 거기 서 있었지. 해와 달이 오랫동안 지평선 위로 두둥실 떠오른 것 같았지. 둘 다 너무 밝아서 똑바로 쳐다볼 수가 없어서 그렇게 보인 거겠지. 무덤과 우리 부자가 해와 달 사이에 있는 것이 놀라웠지. 지평선의 성질에 대해 별로 생각해 보지 않았으니까.

아버지가 말했어. "이곳이 이렇게 아름다워 보일 수 있는지를 모르고 지날 뻔했구나. 그걸 알게 되어 정말 좋구나."

우리가 형편없는 행색으로 마침내 집에 돌아오자, 어머니는 울음을 터뜨렸지. 둘 다 몸이 말랐고 행색이 말이 아니었거든. 여행은 한 달이 채 안 걸렸지만, 헛간과 우리에서 잤고 맨바닥에서 자기도 한 데다 일주일쯤 길을 잃고 헤맸으니까. 돌아보면 대단한 모험이었고, 아버지와 나는 무시무시한 일들을 회상하며 웃음을 터뜨리곤 했어. 한번은 노인이 우리에게 총을 겨눈 일도 있었거든. 아버지는 텃밭을 지나다가, 당시 아버지의 말로는 너무 자라버린 당근을 주우려고 했지. 뭐든 남의 것을 가져올 때마다 현관에 10센트를 놓아두곤 했지만, 늘 부족한 액수였지. 당근 잎을 한 웅큼 쥔 아버지가 셔츠 바람으로 낡은 담장을 타 넘었고, 어떤 사람이 총을 겨누고 쫓아오는 광경은 볼 만했어. 우린 잡목 숲으로 숨어 들었고, 그가 쫓아오지 않는다는 판단이 서자 땅에 주저앉았지. 아버지는 칼을 꺼내서 당근에 묻은 흙을 털어 낸 다음 쪼개서 모자에 담았어. 그는 모자를 테이블처럼 가운데 놓고, 식사 기도를 했지. 기도를 빠뜨리는 법은 없었거든. 아버지는 '저희가 받게 될 모든 것에 대해' 기도했고, 우린 눈물이 날 정도로 웃어 댔지. 먹는 것을 챙기는 일이 아버지에게는 절실한 걱정거리였던 것 같아. 그 걱정이 아버지를 범죄 비슷한 일까지 하도록 몰아갔으니 말이야. 오래된 당근이 어찌나 크고 질기던지, 아버지는 아주 작게 토막을 내야 했어. 나뭇가지를 씹는 것 같았고, 씻을 수도 없었지.

　나중에야, 아버지가 총에 맞아서 죽고 나 혼자 거기 남겨졌다면 어떻게 됐을까 하는 생각이 들더구나. 지금도 그 꿈을 꾼단다. 아버지는 수치스러움을 느꼈을 거야. 이미 일을 저지른 후에 멍청하게 내가 왜 그 짓을 했나라고 느낄 때가 있잖니. 하지만 아버지는 할아버지의 무덤을 찾겠다는 각오가 단단했어.

어려서 뭐든 쉽게 배울 때 가르쳐야 된다고 생각한 내 할아버지는 한 남자에 대해 이야기해주셨어. 캔자스에 처음 온 그는 새로 정착하는 목사였지. 할아버지는 이렇게 말씀하셨어. "그분은 자기 히브리어 실력이 미덥지 못했지. 추운 겨울에 자기가 한 해석이 맞는지 알아보려고 20킬로미터도 넘는 시골길을 걷곤 했어. 우리가 그의 몸을 녹게 해준 후에야 그는 무슨 생각을 하는지 이야기할 수 있었단다." 내 아버지는 웃으면서 "이상한 점은 그 해석이 맞을지 모른다는 거지"라고 말했어. 하지만 내가 그 이야기를 기억하는 것은 우리도 비슷한 일을 하는 것 같았기 때문이었지.

아버지는 남의 밭에서 채소를 줍는 것을 그만두고, 대신 남의 집 문을 두드렸지. 하지만 그것도 썩 내키는 일은 아니었어. 사람들이 그가 목사인 걸 알면 형편보다 더 많이 내주었기 때문이야. 적어도 아버지는 그렇게 믿었어. 아버지의 표현대로 '사막을 헤매다 보니' 꼴이 사나운데도 사람들은 아버지가 목사인 걸 알아봤지. 우리는 음식을 얻어먹은 대가로 두어 시간 일을 해 주겠다고 제의했는데, 사람들은 선교를 해 주거나 기도를 해달라고 청했지. 아버지는 그들이 알아보는 걸 흥미롭게 여겼지. 사람들이 뭘 보고 자신이 목사라는 걸 알아내는지 궁금해하셨어. 아버지는 손이 단단하고 몸이 말랐다는 사실을 자랑스러워하셨거든. 나도 여러 번 같은 경험을 하는데, 나 역시 궁금하단다. 우린 고초를 겪으며 여러 날을 보냈고, 오랫동안 그 일을 이야기하며 웃었지. 가장 고생한 일 때문에 웃게 되더구나. 어머니는 계속 그런 이야기가 나오니 지겨워했지만, 그저 "나한테는 말하지 말아요"라고만 하셨지.

여러 면으로 조심성이 많은 분이었어. 가여운 양반. 어떤 면으로 어머니에게 난 외아들이었지. 내가 태어나기 전 어머니는 새로운 가정건강법에 대한 책을 샀지. 크고 비싼 책이었는데, 레위기보다도 독특한 내용이 많았지. 어머니는 책에 실린 대로 믿었고, 우리가 식사 후 한 시간 동안은 머리를 쓰지 못하게 했어. 발이 차면 책도 못 읽게 했지. 혈액순환에 장애를 일으키는 일을 막는다는 생각이셨지. 한번은 할아버지가 어머니에게, 발이 차다고 책을 못 읽으면 메인 주에서는 글을 읽는 사람이 없을 거라고 말했지. 하지만 어머니는 이런 일에 너무나 진지해서, 할아버지의 말은 짜증만 유발할 뿐이었어. 어머니는 "메인 주에는 아무도 변변히 먹을 게 없으니, 마찬가지겠네요"라고 대꾸했지. 내가 집에 오면, 어머니는 씻겨서 자리에 눕게 했고, 하루 예닐곱 끼를 먹이면서 식사 후에는 머리를 못 쓰게 했지. 정말 지루하기 짝이 없었단다.

그 여행은 내게는 큰 축복이었어. 돌이켜보면 그때 아버지가 얼마나 젊었던지. 겨우 마흔다섯이나 여섯이었을 거야. 아버지는 나이와는 상관없이 늘 원기 왕성했지. 우리는 몇 년간 저녁 식사 후에 야구를 했지. 해가 져서 어두워 공이 안 보일 때까지. 아버지는 집에 아이가, 아들이 있는 걸 좋아했던 것 같아. 나도 원기 왕성한 노인이었지. 최근까지는.

너도 알겠지만 난 젊은 나이에 한 번 결혼했어. 첫 아내와 나는 함께 자란 친구 사이였지. 내가 신학교 졸업반일 때 결혼했고, 어머니의 건강이 나빠서 부모님이 몇 달 동안 남부로 가시자 아버지 대신에 목회를 하려고 이곳으로 왔지. 아내는 출산하다가 죽었고, 아기도 같이 세상을 떠났단다. 그들의 이름은 루이자와 앤절린이었지. 아기가 살아 있을 때 얼굴을 봤고, 몇 분간 안아 줄 수 있었던 게 축복이었지. 보턴이 유아 세례를 베풀면서 이름을 앤절린으로 지었지. 그날 나는 타보에 가 있었고(6주 후에나 출산할 걸로 예상했기에) 우리가 지어놓은 아기 이름을 아무도 그에게 말해주지 않았거든. 원래는 레베카로 지으려 했지만, 앤절린도 좋은 이름이야.

지난 일요일 우리가 보턴의 집에 저녁 식사를 하러 갔을 때, 네가 그의 손을 쳐다보는 걸 봤단다. 관절염이 너무 심해서 가죽만 남은 손에 관절이 툭툭 튀어나와 있었지. 너는 보턴이 많이 늙었다고 생각하지만 나보다 나이가 적단다. 그는 내 첫 결혼식의 들러리였고, 네 엄마와의 결혼식을 도와주었지. 지금은 그의 딸 글로리가 집에 와 있지. 결혼이 실패했고 그건 슬픈 일이지만, 여기에 글로리가 같이 있는 것이 보턴으로서는 축복이지. 저번 날 글로리가 잡지를 갖다 주러 왔어. 존도 집에 올 거라고 하더구나. 사실 한참을 존이 누군지 생각해야 했지. 너는 보턴에 대해 기억하는 게 별로 없을 게다. 그가 가끔씩 울적해지지만, 몸이 불편하니 이해할 만도 하지. 네가 그런 모습으로 보턴을 기억하게 된다면 아쉬운 일이야. 한창때는 내가 들어본 설교 중 최고의 설교를 한 사람이 바로 보턴이란다.

  내 아버지는 항상 메모를 보며 설교했고, 나는 설교 원고를 한 마디 한 마디까지 적었지. 다락에는 설교문이 들어 있는 상자들이 있고, 최근 몇 년간의 원고는 옷장에 쌓여 있단다. 내가 가치 있는 말을 했는지, 무슨 말인가 했는지 확인하려고 원고들을 다시 들춰본 적은 없단다. 평생 쓴 설교 원고가 거기 있으니 되돌아볼 수 있는 좋은 소재인 셈이지. 쭉 넘겨보다가 네가 간직해 주었으면 하는 원고도 몇 가지 찾아낼 수 있고 말이다. 그런 원고들이 좀 두렵구나. 소일거리를 만드느라고 집필 작업을 계속했던 것 같아. 누군가 집에 왔다가 내가 집필 중이면, 아주 중요한 일이 아니면 그냥 갔지. 왜 혼자 있는 것이 고독에 위안이 되는지 모르겠지만, 그 시절의 내게는 늘 그게 위로가 되었지. 사람들은 내가 여기 서재에서 글을 쓰는 시간이며 우편으로 배달되는 책들도 존중해 주었지. (아주 많지는 않지만 내 형편에는 과했어.) 책값의 일부를 따로 모아둘 수도 있었으련만 그러지 못했어.

물론 글쓰기에는 그 이상의 뭔가가 있었지. 내게 글쓰기는 언제나 기도처럼 느껴졌고, 기도문을 쓰지 않을 때도 기도하는 것 같았어. 누군가와 같이 있는 느낌 있잖니. 난 지금 너와 함께 있는 기분을 느낀다. 네가 지금은 어리고, 어른이 되었을 때 이런 편지에 관심이 없을지도 모른다는 생각을 하면, 이런 느낌이 어떤 의미가 있을지 모르겠다만. 어쩌면 이런저런 이유로 네가 이 편지들을 못 볼지도 모르지. 하지만 나는 네가 이 글을 읽을 때까지 겪은 슬픔이 안타깝고, 또 네가 좋은 일들을 만끽할 것을 기대하며 얼마나 감사한지 모른다. 다시 말해 나는 너를 위해 기도한다. 거기에는 친밀감이 있지. 그건 사실이란다.

네 어머니는 내가 여기 서재에서 보내는 시간을 존중해주지. 그녀는 내 책들을 자랑스러워해. 사실 설교문과 기도문을 담은 상자의 숫자에 관심을 갖게 한 사람도 네 어머니란다. 45년간 1년에 55회씩 설교를 했지. 장례식 같은 행사의 설교는 제외해도 설교를 아주 많이 했구나. 2250번이나 했으니. 한 번의 설교문이 평균 30쪽이라고 하면, 6만 7500쪽의 원고가 되는구나. 계산이 맞나 모르겠다. 맞을 것 같은데. 너도 이제 알겠지만, 난 글씨를 작게 쓰지. 책 한 권이 300쪽이라면 225권을 쓴 셈이로구나. 양에서는 아우구스티누스(초기 서방 교회의 그리스도교 신학자—옮긴이)나 칼뱅(개혁적인 신학자로 그의 신앙에 근거해서 장로교가 생겼다—옮긴이)에 필적하겠구나. 놀라운 일이야. 깊은 소망과 믿음 속에서 모든 글을 썼지. 생각을 거르고 어휘를 선택하고, 진실된 것을 말하려 애쓰고. 네게 솔직히 말하거니와 그것은 멋진 일이었단다. 돌이켜보면 결국은 응답받은 길고 힘겨운 기도처럼 보이던 시절이었지만, 그 어두운 세월이 고맙다. 교회에서 예배시간에 기도를 하는데 네 어머니가 들어왔지. 비가 퍼붓고 있었으니 비를 피해서 들어왔을 게야. 어찌나 진지한 눈빛으로 쳐다보던지, 내가 그녀에게 설교한다는 게 당황스러웠지. 보턴의 말처럼 내 말의 빈곤함이 느껴지더구나.

때때로 평범한 주일의 평온함을 사랑하게 되지. 비가 내린 후 새로 만든 정원에 서 있는 기분과 비슷하거든. 조용하고 보이지 않는 생명을 느낄 수가 있어. 그것이 원하는 것은 짓밟지 않게 조심하라는 것뿐이지. 그런 조용한 날이었어. 빗줄기가 지붕을 적시고, 창문을 적시는 날, 비가 별로 오지 않는 것 같아서 비가 내리는 게 고맙게 느껴지는 그런 날 말이다. 가끔 사람들이 내 말을 귀담아듣지 않아도, 그들이 무슨 생각을 하는지 알기 때문에 신경 쓰이지 않는 경우가 있지. 그러다 누군가 낯선 사람이 들어서면, 그 평온함이 나른함처럼 보일 수도 있지. 우린 그것이 답답한 습관으로 보일 거라고 생각하지.

레베카가 살았더라면 지금 쉰한 살일 거야, 네 어머니보다 열 살이나 많은 나이지. 오랜 세월, 나는 그 아이가 저 문으로 들어온다면 어떨까, 그 아이가 듣는 가운데 내가 설교하는 것이 부끄럽지 않을까, 그런 생각을 하곤 했단다. 그 아이가 모든 것을 알고 내 소망과 생각을 아는 곳에서 돌아오는 상상을 했거든. 모든 진실을 알고, 내가 모르는 것들을 훤히 아는 그런 곳에서 말이지. 나는 그것을 이념과 논쟁에 너무 매달리지 않는 수법으로 이용했지. 그 시절에는 책을 정말 많이 읽어서 마음에 늘 한두 가지 의심이 있었지만, 설교에 그런 것들을 반영하지 않는 지혜는 있었다는 생각이 든단다. 하지만 언제든 레베카가 예배당 문으로 들어올 것처럼 설교문을 썼기에, 네 어머니가 들어왔을 때도 준비가 되어 있었지. 레베카가 살아 있다면 네 어머니보다 나이 들었겠지만, 내 마음속에서는 둘이 그리 다르지 않았지.

이런 말을 하는 것은, 네 어머니의 진지함이 분노와도 비슷한 데가 있었기 때문이란다. 마치 '말로 다할 수 없는 먼 곳에서, 상상할 수 없는 다른 곳에서 당신의 기도를 들어 주러 왔어요. 그러니 의미가 담긴 것을 말하도록 해요'라고 말하는 것 같았지. 설교가 혀에서 재처럼 느껴지더구나. 내가 성심껏 준비하지 않아서 그런 건 아니었어. 난 모든 설교에 공을 들였거든. 그날 아기 둘에게 세례를 줬지. 그녀가 얼마나 진중하게 쳐다보는지 느낄 수 있었어. 내가 처음 이마에 물을 대자 아기가 둘 다 울었지. 고개를 들어보니, 네 어머니는 단호하고 놀란 눈길로 보고 있었지. 보지 않아도 그럴 줄 알았지만. 아주 진지하게 '당신이 이보다 잘할 방법을 안다면, 내게 이야기해 주면 좋겠소'라고 말하고 싶더구나. 그리고 6개월 후 나는 그녀에게 세례를 주었지. '내가 무슨 일을 한 거요? 이건 무슨 의미인가요?'라고 묻고 싶더구나. 그것은 내가 가끔 떠올리는 질문이었지. 의미 있는 일을 했다는 확신이 없어서가 아니라, 내가 아무리 생각하고 읽고 기도해도 그 신비에 다가서지 못하는 것 같아서 품는 의문이었지. 그녀의 얼굴에 눈물이 흘렀어. 사랑스러운 여인. 난 잊지 못할 게다. 다른 노인들은 잘 잊어버리지만, 내가 마지막까지 잊지 않을 게 있다면 그때의 그녀 모습일 게다. 하긴 이미 잊어버리지 않은 일들을 잊어버릴 만큼 오래 살지도 못할 것 같구나. 사실 많은 걸 기억하고 있단다. 오랜 세월 세례에 대해 생각해 왔지. 보턴과도 자주 토론을 벌였고.

화제의 무게를 고려할 때 이건 사소한 일이다만, 사실은 사소하게 느껴지지 않아. 우리는 상당히 경건한 고장에서 경건한 가정에서 나고 자란 아주 경건한 아이들이었고, 이것이 우리의 행동에 상당한 영향을 미쳤지. 한번은 새끼 고양이들에게 세례를 준 적도 있었어. 제대로 걷지도 못하는 흙투성이 고양이들이었지. 떠돌면서 생쥐나 잡고 이름도 없이 살 뿐, 사람을 피하는 일밖에는 관심이 없을 동물들이었지. 그런데 고양이들이 다 상냥해 보였고, 어미가 어디다 감추어도 기어 나오는 새끼들을 보는 게 언제나 즐거웠지. 녀석들은 우리처럼 놀 준비가 되어 있었어. 한 여자애가 새끼들에게 인형옷을 입히자는 생각을 했지. 고양이들이 옷에 싸인 것을 잠시도 참지 못해서 세례를 받기 무섭게 옷을 벗겨 줘야 했기에 옷은 한 벌만 있으면 됐어. 내가 고양이들의 이마에 물을 묻히면서, 삼위일체의 신조를 되풀이해서 읊었지.

꼬리가 굽은 심술쟁이 어미가 개천가에서 우리가 세례를 주는 것을 보고는, 새끼들의 목을 물어서 하나하나 데려갔지. 우리는 어느 고양이가 세례를 받았는지 헷갈렸고, 결국 일부는 아직도 이교도의 어둠 속을 헤맨다고 믿었지. 그래서 정말 걱정스러웠어. 마침내 난 아버지에게 지나가는 말투로 세례를 받지 않은 고양이는 어떻게 되나고 물었지. 아버지는 세례와 성찬식은 가장 엄중하게 다루어지고 치러져야 한다고 말씀하셨어. 그건 내가 알고 싶은 답은 아니었지. 우리는 삼위일체도 존중했지만, 그 고양이들의 세계를 생각했지. 하지만 난 아버지의 말뜻을 알아들었고, 목사 안수를 받을 때까지 더는 세례식을 베풀지 않았단다.

새끼 중 두세 마리는 여자애들이 집에 데려가서 집고양이로 키웠지. 루이자도 노란 고양이를 데려갔어. 우리가 결혼했을 때도 그 고양이가 있었지. 다른 녀석들은 밖에서 살았고, 이교도 고양이인지 기독교도 고양이인지 아무도 분간할 수 없었지. 루이자는 고양이의 이마에 있는 흰 부분 때문에 이름을 '스파클'이라고 지었어. 결국 고양이는 사라졌어. 토끼를 훔치다가 잡힌 것 같아. 스파클은 우리가 세례를 준 고양이였으니까, 기독교도가 그런 짓을 했으니 큰 죄를 지은 셈이었지. 한 남자애가 고양이 이름을 '스프링클'(물을 뿌려 세례하다'라는 뜻—옮긴이)로 짓지 그랬냐고 말했지. 그 아이는 침례교도로, 몸을 다 담그는 세례를 신봉했지. 고양이들이야 그런 세례를 피한 걸 고마워해야겠지만. 그는 내게 우리 식으로 세례를 줘 봤자 아무 효과가 없다고 말했고, 우린 그 말이 틀렸다고 증명하지 못했지.

　손바닥에 닿던 그 따스한 털의 감촉이 지금도 기억나는구나. 누구나 고양이를 쓰다듬지만, 축도하려는 순수한 의지를 품고 만지는 것은 정말 다른 느낌이란다. 그 느낌이 마음에 남아 있어. 그 후 우리가 우주적인 관점에서 고양이들에게 무슨 일을 했는지 궁금해 하곤 했지. 지금도 그게 진짜 문제인 것 같구나. 축복에는 진실이 있고, 세례라는 게 기본적으로 그런 것이지. 그것이 신성함을 끌어올리진 않지만 그 존재를 인정하는 것이고, 거기에는 능력이 있지. 말하자면 내 안에 그것이 지나가는 느낌을 맛본단다. 피조물을 진정으로 아는 느낌이지. 그 신비로운 생명력과 자신의 신비로운 생명력을 동시에 진정으로 느끼는 것 말이다. 너에게 목사가 되라고 채근하고 싶지는 않다만, 내가 지적해 주지 않으면 네가 모르고 지나갈 수도 있는 목사직의 장점이 있단다. 축복해 주기 위해서 목사가 되어야 된다는 뜻은 아니야. 그저 그런 입장인 자신을 발견하는 게 더 좋을 거란 뜻이지. 사람들이 네게 기대하는 일이기도 하고. 문학에서 왜 이 직업의 일면을 그렇게 가벼이 다루는지 모르겠구나.

루트비히 포이어바흐(독일의 유물론적 철학자—옮긴이)는 세례에 대해 멋진 말을 하지. "물은 액체 중에서 가장 맑고 순수하다. 이런 자연적인 특성 덕분에, 성령의 흠 없는 특성의 이미지를 지닌다. 간단히 말해 물은 물로서 그 자체가 상징을 지닌다. 성령을 전하는 수단으로 선택되고 축성받는 것은 물의 특성 때문이다. 지금까지 세례의 기저에 아름답고 심오한 자연 상징이 깔려 있다." 포이어바흐는 유명한 무신론자지만, 종교가 가진 기쁨의 측면을 누구보다 잘 알고 세상을 사랑하지. 물론 그는 종교가 아니어도 기쁨을 순수하고 있는 그대로 존재하게 할 수 있다고 생각하지. 그게 그의 오류고 의미심장한 대목이야. 하지만 그는 기쁨이란 주제에 대해 뛰어나고 종교적인 표현에서도 대단하지.

보턴은 포이어바흐가 여러 사람의 신앙을 망쳤다며 아주 못마땅해하지만, 나는 포이어바흐만큼이나 그런 사람들한테 문제가 있다고 본단다. 어떤 사람들은 배회하면서 신앙이 흔들리게 하거든. 지난 100년간 그게 유행이었지. 나의 형 에드워드는 포이어바흐가 지은 『기독교의 본질』이라는 책을 내게 주었지. 내 비판력

없는 신앙심에 충격을 줄 요량이었다는 걸 당시 난 알았단다. 비밀리에 책을 읽어야 했어. 그래야 된다고 믿었지. 책을 비스킷 통에 넣어서 나무 밑에 숨겼지. 그런 상황에서 책을 읽으니 흥미가 더했지. 게다가 난 독일의 대학에서 공부한 에드워드 형에게 대단한 경외심을 품고 있었거든.

내게 아주 중요한 인물인데도 에드워드의 이름을 입에 올린 적이 없었구나. 그래도 여전히 내겐 중요한 사람이란다. 하나님께서 그의 영혼은 쉬게 하시길. 어떤 면으로는 그를 전혀 모르는 것 같기도 하고, 어찌 보면 평생토록 그와 대화하며 살아온 기분이야. 그는 내게서 중서부적인 요소를 없애 주는 게 은혜라도 베푸는 걸로 생각했지. 그것은 유럽이 그에게 해준 일이었거든. 하지만 난 여기서 그가 말렸던 삶을 끝까지 살아왔고, 전반적으로 볼 때 아주 만족스럽단다. 그래도 내가 편협성이라는 주제에 대해서 과민하다는 걸 알아.

에드워드는 괴팅겐에서 공부했지. 뛰어난 사람이었어. 나보다 열 살가량 많아서, 어린 시절에는 그를 잘 몰랐어. 우리 사이에 누이 둘과 형 하나가 있었는데, 전염병이 유행하던 때 두 달 사이에 모두 디프테리아로 죽었지. 그는 그들을 알았고 난 몰랐다는 것도 우리의 다른 점이었어. 어쨌든 에드워드 형은 대학 진학을 위해 열여섯 살 때 집을 떠났어. 열아홉 살 때 고대어로 학위를 받고 곧장 유럽으로 갔지. 가족들은 그를 오랫동안 보지 못했어.

편지 왕래도 별로 없었지.

그러다가 그는 지팡이를 짚고 콧수염을 기른 모습으로 집에 돌아왔어. 박사님이 되어서. 스물일곱여덟 살이었을 거야. 독일어로 얇은 책을 출판했는데, 포이어바흐에 관한 논문이었지. 형은 대단히 똑똑했고 아버지도 약간의 경외감을 느꼈지. 에드워드는 어릴 때부터 그랬을 거야. 형은 손에 집히는 것은 모두 읽었고, 롱펠로의 책 한 권을 통째로 외웠고, 유럽과 아시아의 지도를 베껴서 모든 도시와 강을 알았다는 얘기를 부모님에게 들은 적이 있었어. 물론 그들은 어린 사무엘을 키우고 있다고 생각해서 그 아들에게 책이며 물감, 돋보기 등 필요한 걸 모두 대주었지. 어머니는 에드워드에게 집안일을 많이 시키지 않았던 게 후회스럽다고 가끔 말했고, 나에게 같은 실수를 저지르지 않았지. 하지만 워낙 신동이었고, 다들 형이 훌륭한 목사가 될 거라고 믿었어. 그래서 성도들은 돈을 모아서 그를 대학에 보냈고, 그 후에는 독일로 유학시켰지. 그런데 그는 무신론자가 되어 돌아왔어. 아무튼 형은 늘 무신론자라고 주장했지.

에드워드는 로렌스 주립대에서 독일문학과 철학 교수직을 얻었고, 죽을 때까지 거기 머물렀지. 인디애나폴리스 출신의 독일계 여자와 결혼해서, 황갈색 머리칼을 가진 아이 여섯을 낳았어. 지금쯤 다들 중년에 접어들었겠지. 형은 줄곧 몇백 킬로미터 떨어진 곳에 살았는데, 나는 거의 만나지 못했어. 형은 교회가 대주었던 장학금을 갚으려고 교회에 헌금을 보냈지. 형이 살아 있을 때는 해마다 1월 1일자 수표가 왔어. 착한 사람이었지.

형이 돌아오자 아버지와 대화가 오갔지. 첫날 저녁 식사 때, 아버지가 형에게 기도를 하라고 했어. 형이 헛기침을 하더니 "양심상 그럴 수 없을 것 같습니다"라고 대답하자, 아버지의 얼굴이 하얗게 질렸지. 부모님이 내게 보여주지 않은 편지들이 있었고, 부모님이 진지한 대화를 나누곤 했던 것을 난 알고 있었어. 마침내 두 분의 두려움을 확인시켜주는 일이 벌어진 셈이었지. 아버지는 이렇게 말씀하셨어. "넌 이 지붕에서 살아왔다. 네 집안의 관습을 알겠지. 그것을 존중하는 태도를 보여야 할 게다." 그러자 에드워드는 대답했고, 아주 잘못된 대답이었어. "내가 어렸을 때는 생각하는 것이 어린아이와 같다가 장성한 사람이 되어서는 어린아이의 일을 버렸노라."(고린도전서 13:11) 아버지는 식탁을 떠났고, 어머니는 그대로 앉아 눈물을 줄줄 흘리는데, 형은 내게 감자를 주었어. 나는 어떻게 해야 좋을지 몰라서 감자를 받았지. 형이 감자에 찍어 먹는 그레이비소스를 건네주더구나. 우린 기도하지 않고 잠시 식사를 했고, 그 후 집에서 나왔지. 나는 형을 호텔까지 바래다 주었어.

걸어가면서 형이 내게 말했지. "존, 너도 언젠가는 배우게 될 것을 아는 게 좋을 것 같다. 이건 침체야. 네가 벌써 인식하고 있을 테지만. 이곳을 떠나는 것은 미몽에서 깨어나는 것과 같단다."

이웃들은 형이 온 첫날 저녁 시간에 집을 나온 우리를 봤을 거야. 에드워드가 한 손은 뒷짐을 지고 지팡이를 짚고 구부정하게 걷는 모습이 유난히 진중한 생각에라도 잠긴 듯이 보였겠지. 아마 외국어로 생각 중이라고 짐작했을 거야. 이웃들이 그를 봤다면, 오랫동안 의심을 품었던 것을 곧 알아차렸겠지. 또 우리 부엌에서 어머니가 분노하며 울었다는 것과 아버지가 다락이나 나무 창고나 조용한 곳에서 무릎을 꿇고 주님께서 원하시는 게 뭔지 묵상했다는 것을 알았을 텐데. 나는 에드워드를 따라가고 있었지. 부모님에게는 그 또한 슬픔이었겠지.

내가 말한 책들 외에도 형은 장터에서 산 작은 그림을 주었어. 계단에 걸린 그림 말이다. 네 어머니에게 그림은 목사관에 있던 게 아니라 내 물건이라고 일러둬야겠구나. 값어치 있는 그림은 아니겠지만, 그녀가 갖고 싶어 할 게야.

네 어머니가 널 위해 간수했으면 하는 책들과 포이어바흐를 챙겨야겠다. 언젠가는 네가 읽으면 좋겠구나. 놀랄 내용도 없단다. 처음에는 이불 속이나 냇가에서 그 책을 읽었지. 어머니가 형과의 접촉을 금했거든. 거기에는 형이 준 무신론적인 책도 포함되리라는 것을 알았지. 어머니는 "너도 아버지에게 그런 식으로 이야기하면, 아버지는 죽고 말 거야"라고 말씀하셨지. 사실 나는 늘 아버지를 옹호해야 된다고 생각했지. 내가 그렇게 해 온 것 같아.

책의 여백에 생각을 메모해 두었으니, 네게 도움이 되면 좋겠다.

포이어바흐와 기쁨에 대한 생각을 하니, 몇 해 전 어느 이른 아침 교회에 걸어가던 때가 생각나는구나. 젊은 커플이 내 앞에서 걷고 있었지. 장대비가 내린 후에 햇살이 쏟아졌고, 나무는 젖어서 반짝거렸다. 어떤 충동이, 충일한 느낌이 밀려왔는지, 남자가 펄쩍 뛰어올라 나뭇가지를 붙잡았지. 반짝이는 물방울이 쏟아지자, 두 사람은 웃으면서 달아났어. 아가씨가 좀 못마땅한 척 머리와 옷에서 물을 털었지만, 실은 그렇지 않았지. 신화 속의 한 장면처럼 보기 좋더구나. 왜 지금 그 생각이 나는지 모르겠다. 그런 순간이면 물이 만들어진 주목적은 축복을 위해서고, 채소를 키우거나 씻는 데 쓰기 위함은 두 번째라고 믿고 싶긴 하다만. 그런 것에 더 관심을 두었더라면 좋았으련만. 내가 이상한 것들을 후회하는 것으로 보일지 모르지만, 사실 누가 알 수 있겠니. 이곳은 흥미로운 행성인 것을. 어떤 것이든 우리가 관심을 기울일 가치가 있지.

이 글을 쓰면서, 내가 어떤 어휘를 쓰지 않으려 애쓴다는 사실을 깨닫게 되는구나. '정말'이라는 단어가 그렇지. 사실 해가 정말 '빛난다', 나무가 정말 '반짝거렸다', 물이 정말 '쏟아졌다', 여자가 정말 '웃음을 터뜨렸다'라고 쓸 수 있으면 좋겠다. 말을 강조할 때

'정말'이란 어휘를 쓰고 어조를 높여서 발음하잖니. 그 자체로도 확실한 것에 시선이 모아지길 바랄 때 그렇게 말하지. 말하자면 평범하지만 정도에서 예외적인 것에 순수함이나 넉넉함을 퍼붓고 싶을 때 말이다. 내게는 지금이 그런 것 같구나. 적절한 언어로 표현하지 못하고 '정말'이란 어휘로 진정한 의미를 갖는 것이 있지. 독일어의 'ge-'와 비슷하지. 나 자신에게서 그것을 금해야 한다는 게 아쉽구나. 이야기의 묘미가 반감되니 말이야.

또 '구닥다리'란 말도 과하다 싶게 쓰고 싶다. 나이에는 상관없이 친숙할 때 쓸 수 있잖아. 겸손하고 습관적인 애정을 갖고 말할 때 그런 표현을 쓰지. 가끔은 불운하거나 약함을 칭할 때도 쓰이지만. '구닥다리 보턴'이라고 하고 '이 구닥다리 동네'라고 말하는 것은, 내 마음 가까이 그들이 있음을 뜻하지.

난 말하는 식으로 글을 쓰지 않는다. 네가 글만 보고 날 잘못 알까 걱정스럽구나. 설교문을 쓰는 식으로도 쓰지 않아. 정황을 미루어 볼 때 그렇게 쓰면 이상하겠지. 내가 생각하는 방식으로 글을 쓰려고 노력한다. 하지만 물론 말로 옮기기 무섭게 모든 게 변하지. 생각이 많아질수록 더 설교조가 되는 것 같구나. 그건 피할 수 없을 것 같다. 그럼에도 그런 억양을 피하려 한단다.

보턴의 상태를 확인하려고 그의 집으로 갔지. 마음이 엉망인

상태더구나. 그 친구는 내일이면 결혼 54주년을 맞게 되지. 그는 "사실 여기 혼자 앉아 있는 게 신물이 난다니까. 그게 사실이야"라고 말했지. 글로리가 곁에서 아버지를 편안하게 돌보려고 갖은 애를 다 쓰고 있지만, 보턴은 힘든 나날을 보내지. 그는 "우리가 결혼한 시절에는 결혼이 의미가 있었지. 가족도 의미 있었고. 요즘은 예전과는 완전히 달라졌다니까!"라고 말했지. 글로리는 눈을 굴리면서 "우리가 존에게 한참 연락을 못 받아서, 좀 걱정하고 있어요"라고 말했지.

보턴은 "글로리, 왜 언제나 그러니? 네가 지적하는 사람은 나 하나면서 왜 '우리'라고 말하는 게냐?"라고 말했지.

글로리는 "아버지, 제가 보기에 존은 올 때가 되어야 올 수 있을 거예요"라고 말하더구나.

보턴은 "걱정하는 것은 자연스럽고, 난 그걸 사과하지 않겠다"라고 받아쳤지.

글로리는 "제가 보기에도 아버지가 걱정하는 것은 당연하지만, 그런 모습이 마음에 드는 척은 하지 않을래요"라고 말했지.

그런 식으로 말이 이어지더구나. 그래서 난 집에 돌아왔지.

보턴은 늘 마음 좋은 사람이었지만, 불편한 상태라서 약해졌고 가끔 하지 말아야 될 말을 하기도 하지. 자기도 어쩌지 못하는 게야.

네가 외동인 것이 안쓰럽구나. 넌 키득대거나 못 본 체 넘기는 일이 별로 없는 진지한 아이지. 다른 아이들을 보면 수줍어하고. 네가 그네에 서서, 또래 사내애들을 지켜보는 모습을 가끔 본단다. 큰 아이들 중 하나가 고물 자전거를 타려고 애쓰고 있지. 너도 그들이 누군지 알 게다. 넌 그들과 말을 하지 않지. 그들이 네가 보고 있는 걸 알아차리면 넌 집으로 들어가겠지. 네 어머니처럼 수줍음을 탄다니까. 내가 그녀를 얼마나 힘든 삶으로 끌어들였는지 알고 있고, 너도 느끼리라 믿는다. 하지만 그녀는 목사의 아내로 정말 어울리지 않아. 본인도 그렇게 말하지. 하지만 그녀는 그 어느 것에도 물러서지 않아. 막달라 마리아도 가끔씩 냄비 요리를 만들었을 거야. 그 시대에는 어떤 음식이었을지 모르겠다만. 진한 국쯤 됐겠지.

네 어머니는 주님이 생전에 같이할 사람으로 골랐을 만한 사람이란다. 진담이야. 2000년이 지난 후에 이런 말을 해야 하다니 정말 이상스럽구나. 난 노력으로 얻는 순수함이 있다고 믿고, 그것은 어린이들의 순수함과 똑같이 영광스러운 것이지. 자주 그것에 대해 설교하고 싶었지. 그런 설교를 한 적도 있을 거야. 주님이 '어린이처럼 되어야 한다'라고 말씀하신 것은 모든 독선과 가식, 진부함을 벗어던져야 한다는 의미일 게야. '어머니의 자궁에서 벌거벗고 나왔다'는 말처럼 말이지. 강림절(그리스도의 탄생을 기념하기 위한 성탄일 전 4주간—옮긴이) 기간에 그것에 대해 설교해야겠다. 메모를 해

뒤야겠어. 내가 그런 설교를 했던 것을 기억 못하니, 성도들도 그럴 거야. 주님이 내 할아버지의 친구가 되어, 아침 식사를 차려주고 같이 이야기를 나누는 것을 상상할 수 있단다. 사실 할아버지는 몇 차례 그런 체험을 했다고 털어놓으셨지. 나는 그런 말은 할 수가 없구나. 내게 그런 체험을 할 능력이 있을지 의심스럽다. 오래 전부터 가끔 그런 장면이 머리에 떠올랐지만, 어떻게 이해해야 좋을지 모르겠다.

네 어머니가 잠깐이나마 세상에서 평안함을 느낀다고 생각하면 기분이 좋아진다. 그녀가 세상 속에서 평안함을 느끼는 것은 나보다 훨씬 세상에 익숙하기 때문이겠지. 주님이 말씀과 모범으로 축복하신 궁핍함을 네가 모르고 살게 해줄 능력이 내게 있다면 얼마나 좋을까. 한번은 이런 걱정을 털어놓았더니 네 어머니는 "내가 가난한 게 어떤지 모를 줄 알아요? 평생 그렇게 살아왔다고요"라고 대답하더구나. 그래도 너와 어머니를 헐벗은 채 세상에 남겨 둔다는 생각을 하면 부끄럽다. 하나님, 그들이 궁핍의 축복은 면하게 하소서.

청빈에 대해서는 나도 어느 정도 알지. 내 할아버지는 남에게 줄 만한 것은 소유하지 않으셨지. 내 어머니 말씀으로는 가족이 누리지도 못하게 하셨다더구나. 할아버지는 빨랫줄에 걸린 옷을 갖고 나가시곤 했어. 어머니 말로는 도둑보다 심했고, 집에 불

난 것보다도 심했다더구나. 중서부의 어느 고장에 가더라도, 어머니가 기운 바지를 입고 지나가는 사람을 길에서 볼 수 있을 거라고까지 했어. 나는 할아버지가 성자 같은 면이 있었다고 생각해. 할아버지는 남북전쟁 중에 한쪽 눈을 잃으셨는데, 누군가 그런 말을 하면 "눈 하나는 온전하다는 사실을 떠올리는 편이 더 좋아요"라고 말하셨지. 언젠가 어머니는 할아버지가 가질 수 있는 게 있다는 사실을 알게 되어서 다행이라고 했어. 라이언 장군이 사망하던 날, 할아버지가 윌슨스 크리크 전투에서 부상을 당했다는 말씀을 언젠가 내게 해주셨어. 할아버지는 "장군이 죽은 게 손실이었지"라고 말씀하셨어.

할아버지가 집을 떠나자, 우린 모두 빈자리를 절감했지. 하지만 할아버지는 상황을 힘들게 했지. 순수함 때문이었어. 할아버지는 '구하는 이에게 주라'는 계명을 가장 단순하게 해석하는 일에는 참을성이 없는 분이었지.

네가 증조부를 알 수 있었다면 좋았으련만. 어떤 사람은 그분의 눈 하나가 보통 눈의 열 배쯤 되는 것 같았다고 말했지. 일반적으로 말하자면, 양쪽 눈이 있어도 쳐다보거나 심지어 노려보는 것도 약간 흐트러지지. 할아버지는 그냥 보는 것만으로도 막대기로 찌르는 듯한 기분을 느끼게 했지. 그가 심하게 굴었다는 말은 아니야. 할아버지는 확신으로 불타서, 모든 걸 참지 못했어.

몸이 나이 들고 마음이 평온해지고, 매사를 잊게 되면 인내심이 필요한데 말이지. 할아버지는 우리가 힘들게 살아야 한다고 믿었지. 그 믿음이 틀렸다는 것은 아니야. 그렇다면 세례 요한과 모순되는 거겠지.

할아버지는 뭐든 주려고 했어. 아버지가 톱이나 못 상자를 찾으면 없곤 했지. 어머니는 돈을 손수건에 싸서 가슴팍에 넣어두곤 했어. 아주 어려운 시절에 어머니는 닭과 계란을 팔았지. 그 시절에는 이 목사관 주변에 땅이 조금 있었어. 헛간과 초지, 닭장, 나무를 심어 놓은 곳, 장작 창고, 멋진 작은 과수원과 포도밭이 있었지. 하지만 세월이 흐르면서 교회가 부지를 다 팔아야 했어. 나는 교회가 다음에는 지하 저장고나 지붕을 경매에 내놓겠다는 말이 나올 거라고 예상하곤 했지. 아무튼 힘든 시절이었고 어머니는 할아버지를 감당해야 했어. 할아버지는 침대에 깔린 담요까지 걷어내서 남을 주곤 했지. 몇 차례나 그런 일이 생기자, 어머니는 담요를 계속 대느라 큰 고생을 했지. 한동안 어머니는 할아버지가 내 외출복을 갖고 나가지 못하게, 쭉 외출복을 입고 지내게 했어. 그런데 내가 외출복 차림으로 야구를 하며 놀까 봐 어머니는 한시도 마음이 편치 않았지. 나야 물론 밖에 나가 놀았지만.

어머니가 다림질을 하는데 할아버지가 부엌에 들어왔던 일이 기억나는구나. 할아버지는 "아가야, 사람들이 도와달라고 왔구나"라고 말했지.

어머니는 "저기요, 잠깐만 기다리실 수 있겠죠. 다리미가 식을 때까지 기다려 주시면 좋겠네요"라고 말했어. 몇 분 후 어머니는 다리미를 스토브에 올려놓고, 식기실로 가서 베이킹파우더 통을 들고 나왔지. 포크로 베이킹파우더를 파내니 25센트짜리가 나왔어. 어머니가 다시 안을 파냈고, 식탁에는 25센트짜리 하나와 10센트짜리 두 개가 놓이게 됐지. 어머니가 동전을 집어서 앞치마 자락으로 가루를 털어낸 다음 할아버지께 내밀었지. 그 시절에는 45센트를 얻으려면 계란을 아주 많이 팔아야 했어. 할아버지는 동전을 받았지만, 어머니에게 돈이 더 있다는 걸 알았지. (할아버지가 식기실로 들어가서 우연히 콩을 집어들다가 달가닥 하는 소리가 났기 때문에, 어머니가 빈 통에 돈을 감추는 것을 알았지. 그래서 가끔 식기실에 들어가서 돈이 얼마나 있나 알아보곤 하셨지. 그러자 어머니는 돈을 씻어서, 돼지기름이나 설탕 통에 박아놓았단다. 그래서 이따금 생각지도 않게 설탕 그릇이나 옥수수 튀김에서 1센트짜리가 나오기도 했지.) 어머니는 돈의 일부를 식기실에 숨기면 할아버지는 거기 있는 돈이 전부일 거라고 믿을 거라 생각하셨어.

하지만 할아버지는 속지 않았어. 당시 할아버지는 약간 균형 감각을 잃었던 것 같지만, 누구든 무슨 일이든 꿰뚫어볼 줄 아셨지. 어머니는 주정뱅이와 놈팡이만 못 알아보시는 것 같다고 푸념했지. 하지만 그것도 사실은 아니었어. 할아버지는 "심판하지 마라"라고 말하셨고, 물론 그건 성경에 나온 말이니 딴말을 하기 힘들었지.

그래도 어머니는 가족을 보살핀다는 데 큰 자부심을 느꼈지. 당시로서는 힘든 일이었고 특히 통증을 앓는 어머니로서는 아주 힘겨웠지. 어머니는 류머티즘 때문에 식기실에 위스키 한 병을 두고 살았지. 내가 감출 필요가 없는 유일한 물건이라면서. 하지만 할아버지는 허락도 없이 피클 단지를 들고 나가곤 했지. 그런데 그날 할아버지는 늙은 손에 동전 세 닢을 들고 무시무시한 눈길로 어머니를 바라봤고, 어머니는 돈을 감춘 가슴팍을 감싸 안았어. 할아버지는 분명히 알고 계셨지. 어머니도 마주 바라보자, 결국 할아버지는 "주님께서 널 축복하시고 지켜 주시기를"이라고 말씀하시고 문 밖으로 나가셨어.

어머니는 "내가 아버님을 노려봤어! 내가 그분을 노려봤다고!"라고 말하셨지. 정말 놀라신 것 같더구나. 말했다시피 어머니는 할아버지를 대단히 존경했지. 할아버지는 주님이 주시니 베푸는 것에 대해 걱정할 필요가 없다고 어머니에게 늘 말씀하셨지. 어머니는 하나님이 우리가 가진 것 없이 살게 하느라 그렇게 바쁘시지 않다면, 가끔 케이크나 파이를 주실 짬이 있으실 것이라고 말하곤 하셨어. 하지만 할아버지가 떠나자 어머니는 많이 그리워했지. 가족 모두 그랬어.

지금까지 쓴 글을 다시 보니, 노년기의 할아버지를 별종으로만 묘사한 것 같구나. 하지만 우린 할아버지의 기벽이 좌절된 열정이라는 점과 할아버지가 분노로 가득 차 있었다는 것도 알았지. 우리에게도 분노가 없지 않았고 노년기의 떨림은 갇힌 슬픔의 떨림이라는 것도 알았지. 내 아버지는 나름대로 할아버지가 안정하지 못하는 것과 끝없이 살림을 가져가는 데 화가 났겠지. 기독교적인 용서 정신이 성직자 부자에게 스며 있었고 두 분은 서로 다르다는 사실을 묻어 버렸지. 하지만 그것을 아주 깊이 묻지는 않았다고 밝혀야겠구나. 불씨를 덮어 꺼버리지 않고 깜부기로 묻어 두었다고나 할까.

할아버지의 심술이 마구 타오르면, 두 분은 특별한 방식으로 접근했지. 아버지는 "제가 어떤 면에서 화나시게 했나요, 목사님?"이라고 했어. 그러면 할아버지는 "아니요, 목사님. 어떤 면으로도 날 화나게 하지 않았소"라고 대답하곤 했지.

그러면 어머니가 "자, 두 분 다 참으세요"라고 말하곤 했어.

어머니는 닭을 큰 자랑으로 여겼지. 할아버지가 떠나서 닭이 고스란히 보존되자 특히 그랬어. 닭들은 잘 자랐고, 어머니도 놀랄 정도로 알을 많이 낳았어. 그런데 어느 오후 폭풍우가 불어 거센 바람에 닭장 지붕이 날아가고 닭들이 공중으로 솟아오르더니 바람에 빨려 갔지. 어머니와 나는 그 광경을 지켜보고 있었어. 어머니는 비가 올 낌새를 알아채고는 내게 빨래 걷는 일을 도와달라고 하셨거든.

정말 큰일이었지. 기둥에 못을 쳐 대충 철사로 두른 닭장 울타리 위로 지붕이 떨어지자, 닭들은 풀밭으로 나갔지. 닭이 그냥 닭인데 무슨 생각이 있었겠어. 그러자 동네 개들이랑 우리 개들이 달려들었고 마침 비가 내리기 시작했지. 우리 개들도 불러들일 수 없었어. 개들은 약간 멋쩍은 듯하면서도 신이 났고, 나머지 개들은 우리를 아랑곳하지도 않았지. 개들은 신 나는 시간을 만끽했어.

　어머니는 "이런 꼴은 보고 싶지 않다"라고 말했지. 나도 어머니를 따라 부엌으로 들어갔고, 우리는 거기 앉아서 닭들과 개들이 엉킨 아수라장 소리와 비바람 소리를 들었지. 그때 어머니가 "빨래!"라고 외쳤어. 우린 빨래 걷는 것을 까맣게 잊고 있었지. 어머니는 말하셨어. "이불보가 무거워서 빨랫줄이 내려앉아 빨래가 흙투성이가 됐겠네. 줄이 완전히 끊어졌을지도 모르고." 어머니가 하루 종일 한 일이 허사가 되었지. 닭이랑 개들의 난리굿은 말할 것도 없고. 어머니는 한쪽 눈을 감고, 다른 눈으로 날 보면서 말했어. "이런 일에도 축복이 있다는 걸 알아." 우리는 할아버지가 없는 자리에서 할아버지의 말투를 흉내 내는 습관이 있었지. 할아버지가 떠난 지 아주 오래 되었는데도 어머니가 할아버지와 관련된 농담을 한다는 게 나로서는 놀라웠어. 어머니는 늘 나를 웃게 만드는 걸 좋아했어.

　전쟁이 끝나고 아버지가 할아버지를 플레전트 산에서 발견했을 때, 할아버지가 부상을 심하게 당해서 아버지는 충격을 받았지. 사실 아버지는 아무 말도 못했어. 그러자 할아버지가 아들에게 처음으로 한 말은 "난 이 일에서도 큰 축복을 찾을 것으로 확신한단다"였어. 할아버지는 평생 무슨 일이 생기든 그렇게 말씀하셨어. 정도 차이만 있을 뿐 모두 힘든 일이었는데도 말이지. 언뜻 기억나는 것만 해도 팔목이 접질린 게 두 번, 갈비뼈에 금이 간 일이 한 번 있었지. 언젠가 할아버지는 '축복 받는다는 것'(being blessed)은 '피 흘린다'(being bloodied)는 뜻이라고 말씀하셨어. 영어로는 어원상 그렇지만, 그리스어나 히브리어에서는 다르지. 그러니 성경에는 그 어원에 대한 근거가 없겠지. 그렇게 억지로 해석을 하는 것은 할아버지답지 않았지. 그는 자신을 설명하기 위해 그런 주장을 폈겠지. 우리 모두 그렇잖니.

어쨌든 할아버지에게는 그 개념이 중요했던 것 같아. 할아버지는 도움을 요청받든 안 받든, 송아지의 출산이든 가지치기든 도와주려고 노력했지. 할아버지는 불행에 대해 유감스러워했지. 부상을 당했지만 아무것도 남지 않았고, 결국 2년 사이에 친구들이 차례로 세상을 떠났지. 그러자 그는 몹시 외로웠겠지. 캔자스로 떠난 데에는 그 이유가 컸을 거야. 그것과 흑인 교회 화재가 이유였겠지. 누군가 뒷담에 나무더미를 쌓고 성냥을 그었는데, 연기를 목격한 사람이 삽으로 불을 껐지. (흑인 교회는 지금의 음료수 가게 자리에 있었지. 그 가게도 영업을 안 할 거라고 들었다만. 그 교회는 몇 해 전에 팔렸고, 남은 성도들은 시카고로 옮겨 갔지. 그 무렵 서너 가정이 교회를 지켰지. 목사님이 현관 계단에서 파낸 식물들을 부대에 담아 가지고 왔더구나. 주로 백합이었지. 그는 내가 꽃들을 좋아할 거라고 생각해서 가져왔고, 지금도 우리 교회 앞쪽에 그 꽃들이 있단다. 장로님들에게 그것들이 어디서 왔는지 이야기해야겠구나. 거기 담긴 의미를 알고, 건물을 허물 때도 따로 챙길 수 있도록 말이다. 난 흑인 목사님을 잘 몰랐지만, 그의 부친이 내 할아버지를 알았다더구나. 그는 떠나게 되어 아쉽다고 했지. 이 고장이 그들에게는 의미심장한 곳이었다면서.)

너는 학교에서 만난 친구랑 어울리기 시작했지. 주근깨가 많은 토비어스라는 아이 말이다. 루터파 교회 신도이고 유쾌한 아이지. 너는 하루의 반은 그 아이네에서 지내는 것 같다. 우린 네게 잘된 일이라고 보지만, 가끔 네가 많이 그립다. 오늘 밤에는 길 건너 몇 집 아래인 토비어스네 뒷마당에서 야영을 한다면서? 오늘 밤 너 없이 저녁을 먹을 생각을 하니 쓸쓸한 마음이 든다.

너와 토비어스는 새벽녘에 우리 집에 와서, 네 방바닥에 슬리핑백을 깔고 점심때까지 잤지. 수풀에서 으르렁대는 소리가 났다면서. (토비어스에게는 형제들이 있지.) 네 어머니는 응접실에서 책을 무릎에 펴 놓은 채 잠들어 있었지. 나는 너희에게 치즈 토스트를 만들어 줬는데, 조금 오래 구웠지. 네가 아주아주 좋아하는 이야기를 해 주었지. 내 가여운 할머니가 부엌 스토브 옆에 있는 흔들의자에서 잠드셔서, 저녁밥에서 연기가 나고 바치지 못한 제물처럼 불꽃이 탁탁 튀었다는 이야기 말이다. 너희는 샌드위치를 먹었고, 탄 부분을 더 즐겁게 먹는 것 같았어. 또 너희에게 흰 설탕을 뿌린 초콜릿 컵케이크를 주었지. 네 어머니가 그것을 좋아하는데 자기를 위해서는 사지 않기 때문에, 내가 네 어머니를 주려고 컵케이크를 사 오지. 네 어머니는 밤새 자지 못한 것 같았어. 곤히 잔 내가 미안하더구나. 꿈을 꾸다가 깼어. 모르는 사람들이랑 기억 못할 이야기를 나누는 꿈이었지. 네가 다시 집에 와서 얼마나 행복하던지.

닭장에 대해 생각하는 중이었지. 지금은 무엘러네 마당에 닭장이 있었어. 나랑 보턴은 닭장 지붕에 올라가서, 동네 정원들과 들판을 내다보곤 했지. 샌드위치를 가져가 거기서 저녁 식사를 했어. 내겐 에드워드가 오래 전에 직접 만든 죽마가 있었지. 올라타려면 현관 지붕 위로 올라가야 될 정도로 높았어. 보턴(당시에는 바비였지)은 자기 아버지에게 죽마를 만들어 달라고 했고, 우린 몇 해 여름 그걸 갖고 잘 놀았지. 오솔길이나 땅이 굳은 곳에서 다녀야 했지만, 아주 수월하게 다루었고 편한 신발이라도 신은 듯 돌아다니곤 했어. 우리는 나뭇가지에 앉아 있을 수도 있었지. 가끔은 말벌이나 모기떼가 문제였어. 몇 차례 떨어지긴 했지만, 대체로 죽마를 아주 잘 다루었어. 우린 땅 위의 거인들이고 용맹스런 사내들이었지. 우린 닭장이 그대로 망가질 수 있다는 생각은 못했을 거야. 지붕에는 검은 타르 종이가 덮여 있었고, 날씨가 쌀쌀할 때도 거기는 늘 따스했지. 우린 가끔 바람을 피하려고 거기 누워서 이야기를 나누었어. 보턴이 벌써 소명에 대해 걱정하던 일이 기억나는구나. 그는 부르심이 없어서 다른 종류의 삶을 찾아야 될까 봐 걱정했지. 다른 삶은 생각할 수가 없었거든. 우린 알고 있는 가능성들을 살펴보곤 했어. 하지만 가능성 있는 직업은 별로 없었지.

보턴은 키가 느릿느릿 자랐어. 그러다 잠깐의 어린 시절 이후로 40년 동안 나보다 컸지. 지금은 허리가 굽어서, 키를 어떻게 재야 할지 모르겠다만. 보턴은 등뼈가 손가락 관절처럼 되었다고 말하지. 몸이 관절 덩어리가 되어버렸는데 말을 듣지 않는다고. 지금의 그를 보면 예전 모습은 상상이 안 될 게다. 보턴은 초등학교부터 신학교 때까지 도루의 명수였는데.

저번 날 그에게 닭장 지붕에 누워서 구경하던 일을 상기시켜 주었지. 그때 그는 "천사를 보면 너는 어떻게 할 것 같아? 나는 무서워서 달아나 버릴 거야!"라고 말했지. 내가 그 말을 했더니 보턴은 웃음을 터뜨리며 "지금도 그러고 싶다네"라고 대꾸하더구나. 그러더니 "곧 그렇게 될 거야"라고 덧붙이더군.

난 늘 다른 사람들보다 컸지. 집안 내력이란다. 소년 시절에는 사람들이 나이보다 큰 아이로 봤고, 때로는 내가 감당 못할 일들도 기대했어. 보통은 더 상식적으로 처신하길 기대했지. 난 실제보다 아는 체하는 데 이골이 났어. 평생을 통한 기술이었단다. 이런 말을 하는 것은 내가 성인이 아니라는 걸 네가 깨닫기 바라서란다. 내 삶은 내 할아버지의 삶과는 비교가 안 되거든. 나는 과분한 존경을 받고 있지. 대부분의 경우에는 그래도 해가 없는 것처럼 보이지. 사람들은 목사를 존경하고 싶어하고, 나도 그런 마음을 간섭하지 않을 테니까. 하지만 다 읽기에도 벅찰 만큼 많은 책을 주문하자, 지혜롭다는 명성을 얻게 되었지. 지금까지 독서를 많이 하긴 했지. 지루한 신사들이 책을 쓴다는 사실 외에는 아무것도 알려주지 않는 책들도 많이 읽었지. 이건 새로운 시각은 아니지만, 너도 그런 사실을 똑똑히 아는 경험을 해야 될 게다.

물론 모든 것을 하나님께 감사하고, 살아오면서 쓸쓸해서 책을 읽은 시기와 나쁜 친구라도 친구가 없는 것보다는 나은 시기가 묘하게 번갈아 나타난 데 감사하지. 살면서 늘 두 감정이 번갈아 나타나지. 인간적인 것들에 굶주리게 되면 책이 들려주는 불운함이나 화려함, 뻔뻔스러움에 끌릴 수도 있단다. 네게 그런 일이 없기를 진심으로 바란다만. "배부른 자는 꿀이라도 싫어하고 주린 자에게는 쓴 것이라도 다니라."(잠언 27 : 7) 생각지 않은 엉뚱한 곳에서 쾌감이 발견되기도 하지. 그것은 아비로서의 지혜다만, 신의 진실이자 내 오랜 경험에서 알게 된 것이기도 하단다.

누군가 내 방에 밤새 불이 켜진 것을 보는 경우가 자주 있었는데, 그거야 의자에 앉은 채 잠들어서였지. 신자들이 다르게 상상을 하는 바람에 내 명성이 높아졌지만, 그들의 미몽을 깨우쳐 주지 않기로 했단다. 진실에는 고통이 따르게 마련이고, 그 고통은 참기 힘든 형태의 연민을 초래하기 때문이야. 신자들은 내 삶을 잘 알았고, 내 삶의 의미 있는 면을 훤히 알았지. 빈틈없는 사람들이었어. 나는 괴로워하는 이들을 위로하며 살아왔지만, 보턴을 제외한 다른 사람이 나를 위로하려 한다는 생각은 참을 수가 없더구나. 그는 말을 많이 하지 말아야 한다는 걸 알았지. 그 시절 보턴은 내게 훌륭한 친구였고, 정말 도움이 되었지. 한창때의 그가 얼마나 멋있었는지 네가 알 수 있다면 좋으련만. 그는 뛰어난 설교를 했지만 원고를 쓰지 않았지. 메모조차 보관하지 않았어. 그래서 설교 내용은 남아 있지 않지. 난 이런저런 구절을 기억한단다. 매일 내가 한 설교들을 훑어보면서 네가 나중에 읽을 만한 것을 한두 가지 추릴까 하는 생각을 한다. 하지만 원고가 워낙 많고, 무엇보다 대부분 멍청하거나 단조로워 보일 것 같아 두렵다. 태워 버리는 게 최선일 듯도 싶지만, 그러면 네 어머니가 화를 낼거야. 나보다 그 사람이 원고들을 더 많이 생각하거든. 원고를 읽어 본 적이 없어서 그럴 거야. 다락으로 올라가는 계단이 사다리인 데다, 그곳은 너무 춥지 않으면 너무 덥다는 점을 너도 기억할 테지.

그 많은 상자를 내 손으로 정리하려는 것은 내 인생에서 가치 있는 일이겠지. 아우구스티누스만큼 많은 원고를 써놓고 그걸 없앨 방법을 궁리해야 되다니 수치스러운 일이지. 설교문을 쓸 당시에는 진심이 아닌 단어는 한 마디도 없었어. 시간이 있으면 50년간의 내 깊숙한 내면을 읽어 나갈 수 있으련만. 하긴 끔찍한 생각이지. 내가 태우지 않으면 언젠가 다른 사람이 태울 테고, 그 또한 수치스러운 일이지. 글 쓰는 습관이 너무 배어서 말이다. 이 기나긴 편지가 네 손에 들어간다면, 이 편지가 없어지거나 태워지지 않는다면 너도 내 습관을 알겠지.

다락에 있는 설교문 상자에 대해 생각하는 것도 당연한 일이겠지. 결국 그것들이 내 삶의 기록이며, '최후의 심판'의 맛보기 같은 것이니까. 그런 마당에 내가 호기심을 갖지 않을 도리가 있나? 여기 있는 나는 영혼들의 목사였고, 오랜 세월 동안 수백 명이 거쳐 갔지. 나 아닌 그들에게 내가 말을 했다면 좋을 텐데. 돌아보면 가끔은 내가 스스로에게 말을 하고 있었던 것 같거든. 지금도 밤에 '내가 이런 말을 해야 했는데!'라고 생각하며 깰 때가 있단다. 혹은 오래 전에 사람들과 나눈 대화를 떠올리며 '그 사람의 의중이 그거였구나!'라는 생각을 하기도 하지. 그 사람이 오래 전에 죽어서, 다시는 이야기를 바로잡을 수 없는데도 말이지. 그러면 내 관심이 어디 있었는지 의아해지지. 그런 궁금증이 생기기나 한다면 말이야.

설교문 한 편은 거기 없단다. 설교하기 전날 밤에 내가 태워 버렸지. 이제 사람들은 스페인 독감에 대해 별로 말하지 않지만, 정말 무시무시한 병이었고 세계대전에 우리가 개입하는 순간에 퍼졌지. 수천 병사가 독감으로 사망했지. 건장한 청년들이 한창때 죽었고, 다른 국민들에게도 병이 퍼졌지. 독감은 전쟁 같았고 사실 그랬어. 이곳에서도 장례식이 줄줄이 이어졌지. 청년들을 많이 잃었어. 다행히 우리는 큰일 없이 잘 넘겼지. 사람들은 마스크를 쓰고 교회에 왔어. 교회에 온다면 말이지 서로 가능한 멀찍이 떨어져 앉았지. 독일이 비밀 무기로 독감을 퍼뜨렸다는 소문이 있었고, 사람들은 그렇게 믿고 싶었겠지. 그렇게 생각해 버리면 다른 의미를 고민하지 않아도 됐으니까.

이런 젊은 병사들의 부모들은 내게 와서, 어떻게 주님께서 이런 일을 허락하실 수 있냐고 물었단다. 주님이 우리들에게 허락하시지 않은 것들에 대해 꼭 그 이유를 우리들에게 말씀하셔야 하는 것이냐고, 오히려 그들에게 묻고 싶더구나. 하지만 그러지 않고, 그들의 자제들이 어떤 일을 면했는지 우린 모른다고 위로해 주었지. 대부분은 내 말을 병사들이 참호와 독가스의 화를 면했다는 뜻으로 알아들었지만, 사실 그들이 살인을 저지르는 행위를 면했다는 뜻이었단다. 그것은 성서 속의 역병과도 같았어. 똑같았지. 산헤립(성서 속의 인물. 고대 아시리아의 왕으로 정벌 도중 전염병이 창궐했다—옮긴이)에 대해 생각했지.

스페인 독감은 이상한 질환이었어. 포트릴리에서 내 눈으로 봤지. 청년들은 자기 핏속에서 죽어갔지. 그들은 목구멍과 입속의 피 때문에 말도 하지 못했어. 너무 많은 청년이 순식간에 죽었기 때문에, 시신을 둘 곳이 없어서 마당에 켜켜이 쌓았지. 도우려고 거기 갔다가 직접 봤단다. 당국은 대회에서 남학생 전원을 징병했고, 독감이 급속도로 퍼지자 그곳을 폐쇄하고 건물에 침상을 들여 병동을 만들었지. 바로 이곳 아이오와에서 무시무시한 죽음이 일어났단다. 이런 일들이 계시가 아니라면 대체 뭐가 계시란 말이냐. 그래서 그 일에 대한 설교문을 작성했지. 이런 죽음은 멍청한 젊은이들이 무지와 만용의 결과를 면하게 해 주며, 주님은 그들이 나가서 형제를 살해하기 전에 그들을 불러 모으시는 거라고 말했지. 아니 말하려 했지. 그들의 죽음은 나머지 우리에게 주는 계시이며, 전쟁에의 욕망이 전쟁의 결과들을 야기하리라는 경고라고. 우리가 하나님의 의지와 은총을 경멸하며 쟁기를 두드려 칼을 만들고 가지치는 낫을 펴서 창을 만들기로 작정할 때, 주님의 심판에서 우리를 보호해 줄 넓은 바다가 없기 때문이라고.

대단한 설교였다고 생각되는구나. 글을 쓰면서 내 아버지가 계셨더라면 얼마나 기뻐하셨을까 생각했지. 하지만 용기를 내지 못했어. 교회에 모이는 사람들은 노부인 몇 명인데, 그들은 이미 참기 힘들 만큼 슬퍼했고 걱정했으며 나보다도 전쟁을 못마땅해 하고 있었으니까. 또 내가 독감에 감염됐는지 모르는데도 교회에

와 준 이들이기도 했지. 그런 상황에서 내가 제단에서 호통을 칠 수 있다고 상상하다니 우습더구나. 결국 설교문을 난로에 던지고, 잃은 양의 비유에 대해 설교했지. 내 생각이 고스란히 담긴 글이니 보관했으면 좋았을 것을. 내가 다음 세상에서도 당당히 내보일 수 있는 유일한 설교문이었을지 모르는데. 그런데 태워 버렸단다.

내 원고 중에 그것이 남아서 네가 읽었다면, 나를 얼마나 용기 있는 사람으로 생각했을까 싶구나. 다른 시대를 이해하기란 어렵지. 마스크를 가리기 위해 두꺼운 베일을 쓴 여인 몇 명과 남자 두셋만 있는 텅 빈 교회를 너는 상상도 못하겠지. 나는 1년 넘게 입 주위를 스카프로 가리고 설교했단다. 누구에게나 양파 냄새가 났지. 양파가 독감의 균을 죽인다는 소문이 돌았거든. 사람들은 담뱃잎으로 몸을 문지르기도 했어.

그 시절에는 거리 모퉁이에 통을 놓아, 군수 물자를 만들 복숭아씨를 모았지. 군에서는 그걸로 숯을 만들어, 방독면의 필터로 쓴다고 했거든. 복숭아씨 수백 개가 있어야 마스크 하나를 만들 수 있다더구나. 그래서 다들 애국심에 복숭아를 먹었고, 그렇게 먹는 복숭아는 맛이 좀 달랐지. 잡지에는 방독면을 쓴 병사들이 넘쳐 났는데, 우리보다 이상해 보였어. 독특한 시절이었지.

젊은이 대부분은 전쟁을 용기 있는 일로 여기는 듯했고, 내가 이 글을 쓴 후로도 새로운 전쟁이 벌어지겠지. 네게 그 전쟁이 용기 있는 일로 보일지도 모르겠다. 전쟁이 일어나리란 데는 의심의 여지가 없어. 나는 그 독감이 우리에게 큰 계시였다고 믿지만, 우리는 그것을 인식하고 의미를 찾는 일을 외면했지. 그 후로 계속 전쟁이 일어났고.

내가 확실히 그렇게 믿는다는 확신은 없다. 보턴은 "그거야 제단에서 하는 얘기고"라고 말하겠지. 맞는 말이지만, 그게 무슨 의미인지 난 모르겠구나.

내가 '암담한 시기'라고 부르는 고독한 시기는 말했다시피 인생 대부분이었으니, 그 이야기를 빼고는 나를 잘 설명할 수 없겠구나. 시간이 너무 이상하게 지나갔지. 겨울이든 봄이든 매양 같은 겨울, 봄 같았지. 또 야구가 있었지. 라디오로 들은 중계가 수천 게임쯤 될 거야. 가끔은 게임의 절반쯤을 상상할 수가 있었지. 정적인 순간이 흘렀다가 관중이 환호하다가 다시 정적인 순간이 흐르는 거야. 조가비의 텅 빈 소리처럼. 마음속으로 복잡한 수수께끼를 푸는 것처럼, 이어지는 동작을 상상하면 기분이 좋았지. 타자가 친 공이 왼쪽으로 날아가고, 1, 3루의 주자들이 뛰고 포수와 유격수의 움직임이 상상되는 거야. 이유는 설명할 수 없지만 나는 그런 상상하기를 좋아했지.

그런 식으로 전에 나눈 대화들을 되새겨보곤 했지. 사람들의 이야기, 특히 개인적인 고백을 들어주거나 마음의 짐을 벗게 해주는 것이 내 일의 큰 부분이니까. 또 그런 이야기가 아주 흥미롭기도 하고. 이런 대화를 무슨 콘테스트처럼 생각하는 것은 아니란다. 진심이야. 하지만 게임을 더 추상적으로 볼 수도 있잖니. 강점은 어디인지, 전략은 무엇인지? 양쪽이 서로를 얼마나 잘 끌어 가는지, 서로 얼마나 요구할 수 있는지, 거기에 모든 것의 진짜 주제인 생명력이 얼마나 분명히 드러나는지. 이것 외에는 관심이 없는 것처럼 말이야. '생명력'이란 '에너지'(과학자들은 그런 어휘를 쓰지)나 '활기' 같은 것이고 아주 다른 것이기도 하지. 사람들이 내게 오면, 그들이 무슨 말을 하든 그 안에 깃든 빛 같은 것에 휩싸이게 된단다. '나' 뒤에는 '사랑한다'나 '두렵다'나 '원한다' 같은 동사가 올 수도 있고, 목적어는 '누군가'나 '아무도'가 될 수 있겠지만 그런 건 중요하지 않아. 그 존재에는 사랑스러움이 있고, 내 주위를 불꽃처럼 감싸며 슬픔과 죄책감과 기쁨을 발하니까. 하지만 그것은 재빠르고 탐욕스럽고, 재치가 비상하기도 하지. 생명력의 이런 면을 보는 것은, 사람들은 잘 모르는 성직의 특권이기도 하단다.

훌륭한 설교는 열띤 대화의 한 부분이기도 하지. 설교를 그런 식으로 들어야 한단다. 물론 거기에는 세 당사자가 있지만, 그거야 가장 사적인 생각에도 마찬가지지. 생각을 하는 사람, 그 생각을 인정하고 어떤 면에서 반응하는 사람, 그리고 신. 이건 곰곰이 생각해 볼 만한 놀라운 점이지.

지금 나는 말로 옮겨 본 적이 없는 것을 자세히 얘기하려 노력하는 중이란다. 애쓰다 보니 좀 힘에 부치는구나.

어느 날 야구 중계를 듣다가, 달이 소용돌이 형태로 움직인다는 생각이 스쳤어. 달은 지구 주위를 궤도를 그리며 돌고, 지구는 태양 주위를 돌기 때문이지. 자명한 이치지만 그 깨달음에 난 기뻤단다. 창밖에는 파란 하늘에 하얀 보름달이 떠 있었고, 컵스가 신시내티와 경기를 벌이고 있었지.

소용돌이란 말을 하고 보니, 전에 썼던 시 구절이 떠오르는구나.

소용돌이 모양의 조가비를 열어
사제다운 품격 있는 소리 뒤에 놓인 성경 구절을 찾으리니

기억할 만한 대목은 없는 시였지. 보턴의 아들이 지중해로 여행을 다녀오면서 갖다 준 큰 조가비가 늘 책상 위에 놓여 있지. 난 오랫동안 '품격 있다'는 말을 좋아했는데, 다른 때는 별로 쓸 일이 없구나. 게다가 그 시절의 나는 성경 구절과 사제다움과 정적인 것 외에 뭘 알았을까? 그것 말고 뭘 사랑했을까? 당시 많은 사람들이 『어느 시골 목사의 일기』라는 책을 즐겨 읽었지. 베르나노

라는 프랑스인의 글이었어. 나는 그 글에 많이 공감했지만 보턴은 "술이 문제야. 하나님이 그 자리에 더 알맞은 사람을 보내실 필요가 있었어"라고 말했지. 밤이 깊어 라디오 방송이 모두 끝날 때까지 그 책을 읽었고, 동이 틀 무렵까지도 읽었던 기억이 나는 구나.

  할아버지는 날 데리고 기차를 타고 드모인에 가서, 버드 파울러 (미국 야구사상 최고의 투수 중 한 명으로 흑인 선수였다─옮긴이)의 경기를 보여 주신 적이 있단다. 당시 그는 한두 시즌 동안 케쿡 팀 소속이었지. 할아버지는 보이는 눈으로 날 응시하면서, 지구상에 버드 파울러보다 잘 뛰거나 잘 칠 수 있는 사람은 없다고 말했지. 난 몹시 흥분했단다. 하지만 그 게임에서는 아무 일도 일어나지 않았어. 어쨌든 내 생각에는 그랬지. 득점도 없고, 안타도 없고, 실책도 없었지. 5회가 진행될 때, 오후 내내 지평선에 걸려 있던 폭풍우가 들이닥쳐서 경기가 중단되었어. 장대비가 내리기 시작하자 관중석에서 흘러나오던 탄식 소리가 지금도 기억나는구나. 난 겨우 열 살이었고 안심이 되었지만, 할아버지는 몹시 속상해 하셨지. 가여운 노인네가 또 한 번 낙담해야 했지. '노인네'라는 말에는 내 모든 존경심이 담겨 있단다. 아버지도 할아버지를 그렇게 불렀고, 어머니도 마찬가지였거든. 할아버지는 전쟁 중에 한쪽 눈을 잃어서, 보통 때는 아주 거칠어 보였지. 하지만 그 세대에서는 홀륭한 설교자였지. 아버지가 그렇게 말하더구나.

그날 할아버지는 감초 봉지를 가져갔고, 그걸 보고 난 진짜 놀랐단다. 할아버지가 봉투에 손을 넣을 때마다 손이 떨려서 덜거덕 소리가 났어. 꼭 불에 타는 소리 같았지. 난 그걸 알아차렸고, 내가 보기에는 자연스러운 일 같았어. 그날의 천둥과 번개가 하나님이 할아버지에게 보내는 인사라고 짐작했거든. 마치 "여기 관중석에서 만나니 더 반갑네"라고 말하는 것 같았지. 아니면 "이런, 이 슬픈 세상에서 여기 운동 경기장에서 뭘 하고 있는가?"라고 말했을까? 어머니는 할아버지가 징그러운 우정에 끌렸다고 말한 적이 있었어. 물론 '징그럽다'는 옛날식으로 존경심이 담긴 표현이었지. 할아버지는 젊었을 때 존 브라운과 짐 레인과 아는 사이였지. 그 이야기를 네게 자세히 들려줄 수 있다면 좋으련만. 우리 집안에는 캔자스 시절과 남북전쟁에 대해 이야기하지 않는다는 묵계 같은 게 있었지. 드모인에 다녀온 지 얼마 안 되어 우리는 할아버지를 잃었지. 아니, 할아버지가 방랑했다고 할까. 어쨌든 몇 주일 후 할아버지는 캔자스로 떠났어.

다른 것과 관계 지어 존재하지 않는 것은 그 자체로 존재한다고 얘기할 수 없다는 대목을 어디선가 읽었어. 잘 이해는 못하겠다만, 이 말처럼 완전히 가설적인 의미는 없겠다 싶구나. 하지만 공중에 아무것도 날아가지 않았던 그 오후가 생각나는구나. 아무도 슬라이딩하거나 터치아웃되지 않은 날. 말하자면 별 볼일 없던 그날 말이다. 폭풍우가 경기에 종지부를 찍어야 했던 것 같아. 마치 그 경기가 꺼야 할 불이라도 되는 것 같았지. 폭풍우가 몰려와서 세상에 '무'(無)라고 경고라도 해야 되는 것 같았어. 반 시간쯤 하늘에서 침묵이 흘렀지. 사실 반 시간보다 훨씬 길었지만, 그 비슷한 말을 들은 기억이 난다. 무(無). 힘이 있는 어휘지. 할아버지에게는 용기를 쏟을 곳이 없었고, 자기 안에서 그걸 느낄 방도도 없었지. 몹시 안쓰러운 일이지.

글을 쓰자니, 내 기억이 아주 사소한 것들임을 깨닫게 된다. 회색 코트를 입고 내 옆에 앉아서, 떨면서 감초를 나눠 먹는 소박한 기쁨을 누리던 내 할아버지. 그날 오후 할아버지의 마음에서는 캔자스가 추억에서 의지로 바뀌었던 거야. (그가 돌아간 곳은 캔자스였지. 교회가 있던 고장이 아니라. 그래서 우리는 아주 오랫동안 할아버지를 찾았어.) 버드 파울러는 글러브를 낀 손을 엉덩이에 걸치고 포수를 쳐다보았지. 그가 맨손으로 경기하는 걸 좋아한다는 걸 알지만, 내 기억으로는 당시 글러브를 끼고 있었어. 그에 대한 기억은 그것뿐이니, 기억을 바로 잡으려고 애써 봤자 소용이 없지. 버드 파울러의 이력을 신문에서 찾아 봤더니, 니그로리그(1947년 로빈슨 선수가 메이저리그에 들어가기 전까지 흑인 야구 선수들은 흑인 리그에서 뛰었다─옮긴이)를 시작했을 때까지만 기록이 있고 그 후로는 자료가 없더구나.

나는 고교와 대학 시절에 꽤 괜찮은 투수였고, 신학교에도 야구 팀이 두 팀 있었지. 토요일이면 우리는 연습을 했어. 풀밭의 다이 아몬드가 닳아서, 다들 베이스라인을 짐작으로만 가늠했지. 우린 즐거운 시간을 보냈단다. 그 시절에는 신학을 공부하는 뛰어난 청년들이 있었지. 지금도 그럴 테지만 말이다.

　할아버지의 무덤을 떠나 달빛 속에서 말없이 터벅터벅 걸을 때, 아버지는 "캔자스에서는 누구나 우리가 봤던 것을 똑같이 보았다"라고 말했지. 당시(내가 열두 살이었다는 사실을 염두에 두렴)에는 캔자스 주 전체가 우리가 이룬 기적을 목격한다는 뜻인 줄 알았지. 아버지가 할아버지의 무덤에서 기도하면서 한 축복이나 할아버지가 메마른 묘에서 뿜어내는 은총을 캔자스 전체가 보증할 수 있다는 뜻으로 해석했어. 나중에야 깨달았지. 아버지는 우리 둘과 특별한 관계 없는, 태양과 달이 일직선이 된 일을 말했던 거야. 아버지는 성경에 나온 대목이 아니면 비전이나 기적에 대해 말씀하시지 않았어.

　하지만 그날 밤 바퀴 자국이 난 길을 아버지 옆에서 걸으며 텅 빈 세상을 지날 때 어떤 느낌이었는지 말로 못하겠구나. 아버지 안에서, 내 안에서, 또 주위의 세상에서 얼마나 기분 좋은 힘이 느껴졌는지. 내가 이해 못한 게 다행스럽구나. 그 후 그런 환희와 확신은 느껴본 적이 없으니까. 그것은 실생활에서 느껴보지 못한 터무니없는 감정이 넘치는 꿈 같았어. 그게 어떤 감정인지, 죄책감이나 두려움조차 중요하지 않지. 거기서 자신이 놀라운 도구라는 사실만 배울 뿐이지. 실제로 필요한 것을 초월하는 뭔가를 경험해야 되는 능력 같은 걸 가졌음을 알게 되지. 달이 그렇게 빛나고 타오를 수 있음을 누가 생각이나 했을까? 나는 아버지가 약간 떠는 걸 알 수 있었지. 아버지는 걸음을 멈추고 눈물을 훔쳐야 했단다.

할아버지는 메인 주에 살던 시절, 열여섯 살이 안 되었을 때 환영을 본 이야기를 해주신 적이 있었어. 할아버지는 증조할아버지를 도와 나무 그루터기를 뽑느라 고단해서, 불 옆에서 잠이 들었다고 해. 누군가 어깨를 건드려서 올려다보니, 거기 하나님이 양팔을 내밀고 서 계셨지. 팔에는 쇠사슬이 매어져 있었다더구나. 할아버지는 "그 쇠줄이 그분의 뼛속까지 괴롭혔지"라고 하셨어. 그것을 가장 슬픈 사실이라고 말하면서, 천사 같은 한쪽 눈으로 날 바라봤지. 특유의 슬픔이 밴 눈이었지. 할아버지는 그때 캔자스에 와서 노예제도 폐지를 거들어야 한다는 생각이 들었다고 하셨어. '거든다'는 것은 노인들이 스스로에게 바라는 최선이고, 그들에게는 목적이 없는 것이 최악의 두려움이었지. 난 그런 관점을 존중해. 내가 할아버지에게 들은 환상에 대해 말했더니, 아버지는 고개를 끄덕이면서 "그런 시절이었지"라고 말하셨어. 아버지는 그런 경험을 했다고 말씀하지 않았고, 주님이 슬픔을 안고 내게 오실까 봐 걱정할 필요가 없다고 안심시키려는 것 같더구나. 나는 아버지의 단호한 말에서 위안을 얻었지. 곰곰이 생각해볼 일이지.

　내가 보기에 할아버지는 충격을 받아 고민하는 듯했고, 사실 영원히 벼락 맞은 사람 같았지. 그래서 옷은 재 같고, 머리는 단정하지 않고, 자지 않을 때는 비극적인 경고를 내뿜는 눈빛이었지. 할아버지의 친구 몇 사람을 **빼면** 그렇게 안식하지 못하는 사람은 처음 봤어. 노년에 접어들면, 미래에 원한이라도 있는 것처럼 자기가 선호하는 쪽으로만 기울곤 하지. 할아버지와 친구들은 몸에 살이 없었어. 그들은 원치 않는 은퇴를 한 이스라엘 선지자나, 천사들을 기다리는 초대교회 사람들 같았지. 한 캔자스 청년의 총구를 잡았다가 축도와 세례를 주던 손이 뒤틀려 버렸던 노인네가 있었단다. 그는 이렇게 말했지. "그 아이가 날 쏘려 하지는 않는다고 생각했지. 구레나룻이 나려면 5년이나 있어야 되는 아이였거든. 엄마랑 집에 있어야 될 나이였는데. 내가 '그거 이리 줘봐라'라고 했더니, 아이가 씩 웃으면서 그렇게 했어. 난 총을 내려놓을 수도 없었고, 그러면 장난이 될 것 같았거든. 팔에 붕대를 매고 있는 다른 손으로 옮겨 잡을 수도 없었지. 그래서 총을 움켜쥔 채 걸어갈 수밖에 없었어."

　그들은 레인과 오벌린에서 수학했고, 히브리어와 그리스어를 알았지. 로크와 밀턴도 알았어. 그 중 일부는 타보에 괜찮은 대학을 세우기도 했지. 대학은 꽤 오래 갔어. 졸업생들, 특히 젊은 여성은 선생과 선교사로 지구 반대편에 갔다가 수십 년 후에 돌아와서, 터키와 한국에 대해 이야기해 주었지. 할아버지의 무덤이 누군가 불을 묻으려고 했던 곳처럼 보이는 것은 더할 수 없이 자연스러운 일이었지.

라디오에서 흘러 나오는 음악을 들으면서 내가 몸을 살짝 흔들었던 것 같아. 네 어머니가 복도에서 날 보고 "내가 추는 법을 가르쳐 줄게요"라고 말한 걸 보면. 그녀는 와서 내게 팔을 두르고 내 어깨에 머리를 기대더니, 잠시 후 가장 상냥한 목소리로 "당신, 왜 그렇게 늙어야 하는 거죠?"라고 말했지.

나도 같은 질문을 던지곤 한단다.

며칠 전, 너와 네 어머니는 꽃을 갖고 집에 돌아왔지. 어디 다녀왔는지는 알 만했어. 물론 그녀는 네가 그곳에 익숙해지라고 데려가지. 그녀가 아주 잘 만들어놨다는 얘기도 들리고. 사려 깊은 여인이야. 너는 인동덩굴을 가져와서, 내게 꽃의 꿀물을 빨아먹는 법을 가르쳐 주었지. 네가 꽃의 끝을 깨물어서 나한테 주자, 나는 어떻게 하는지 모르는 체하면서 꽃을 통째로 입에 넣고 씹는 체했지. 혹은 꽃이 호각이라도 되는 것처럼 입에 대고 불려고 했지. 너는 마구 웃으면서 "아니에요! 그게 아니에요!"라고 외쳤지. 내가 입 속에 벌이 있는 체하자, 너는 "아니에요, 벌은 없었는데!"라고 외쳤지. 내가 네 어깨를 잡고 귀에 대고 바람을 넣자 너는 벌이 쫓아온다고 생각하는 것처럼 펄쩍펄쩍 뛰었지. 그리고 웃음을 터뜨리더니 심각하게 "이렇게 해 보세요"라고 말했지. 너는 내 뺨에 손을 대고, 아주 부드럽고 조심스레 입술에 꽃을 대주더니 "이제 빨아요"라고 말했어. "약을 먹어야죠"라고 덧붙이더구나. 그래서 쭉 빨았더니 인동덩굴의 맛이 그대로 느껴지더구나. 네 나이였을 때 먹어 본 맛과 똑같았어. 그때는 담장 기둥과 현관 난간에 인동덩굴이 지천으로 자랐던 것 같았는데.

난 그날 오후 빛의 느낌에 충격을 받았단다. 지금껏 빛에 관심을 많이 쏟았는데, 아무도 제대로 빛을 보지 못했지. 빛의 무게감이 있었지. 풀에서 물기를 짜내고, 현관 바닥의 판자에서 오래된 수액을 짜내고, 때늦은 눈처럼 나무를 묵직하게 했지. 무릎에 고양이가 엎드리듯 어깨에 빛이 내려앉았지. 정말 익숙한 느낌이었어. 고양이 소피가 햇살을 받으며 인도에 엎드려 있었지. 너도 소피를 기억하지. 네가 잘 기억 못할지 모르겠다. 별로 눈에 띄는 동물이 아니니까. 소피의 사진을 찍어 둬야겠구나.

그래서 우리는 저녁 식사 때까지 인동 덩굴을 빨아먹었고, 네엄마가 사진기를 갖고 왔으니 그 사진을 네가 갖고 있을 게다. 네어머니를 찍으려 했는데 필름이 떨어졌지. 늘 그런 식이란다. 가끔 사진을 찍으려 하면 그녀는 손으로 얼굴을 가리거나 밖으로 나가 버리지. 그녀는 자기를 예쁘다고 생각하지 않아. 왜 그런 생각을 하는지 모르겠고, 앞으로도 그럴 거야. 가끔 멋지고 활기찬 그녀가 왜 나 같은 늙은이와 결혼했는지 궁금해진단다. 난 그녀에게 청혼하는 것은 꿈도 못 꿨을 거야. 언감생심이지. 청혼은 그녀가 했지. 자주 그 일을 되새기지. 그녀도 내게 그 일을 상기시키고.

난 아내가 내 아이를 애지중지하는 광경을 보게 될 줄은 꿈에도 몰랐지. 지금도 그 생각을 할 때마다 놀랍단다. 이 글을 쓰는 데는, 네가 살면서 어떤 일을 했는지 궁금해진다면 너는 내게 신의 은총이고 기적, 아니 기적 이상이었다고 말해 주려는 이유도 있단다. 누구나 조만간 그런 걸 궁금해 하게 마련이거든. 너는 나를 잘 기억 못할지 모르고, 초라한 고장에 살았던 노인의 예쁜 자식이었다는 사실이 네게 대단한 일이 아닐지도 모르겠다. 틀림없이 넌 이승을 떠나갈 거고. 그래도 네게 이야기를 들려주려 한다.

아이의 머리칼이 햇빛을 받아 빛나지. 가끔 이슬에서 보는 것과 똑같은 무지개 빛깔로 빛나거든. 꽃잎도, 아이의 살갗도 그런 빛깔로 빛나지. 네 머리칼은 짙은 갈색 직모고, 살결은 아주 희다. 다른 애들보다 예쁜 것은 아니지. 그저 보기 좋은 얼굴에 약간 가냘프고 깔끔하고 행동이 바르지. 다 좋지만, 내가 가장 사랑하는 것은 네 존재야. 내게 있어 '존재'란 상상할 수 있는 것 중에서 가장 비범한 것이란다. 이제 난 불멸하는 체해야겠다. 한순간, 한 눈의 반짝임 속에서.

한 눈의 반짝임. 더할 나위 없이 멋진 표현이구나. 가끔 그것이 삶에서 최고의 것이란 생각이 든다. 무엇의 매력에 빠지거나 유머를 본 사람의 반짝임……. '눈빛은 마음을 기쁘게 한다'고 했지. 그건 사실이란다.

네가 이 글을 읽는 동안 난 죽지 않는 존재가 되는 거고, 어쩌면 젊을 때의 힘 속에서 사랑하는 이들을 곁에 두고, 살아생전보다 더 살아 있게 되겠지. 너는 조바심 내고 정신이 몽롱한 노인의 꿈들을 읽고, 나는 어떤 꿈보다도 근사한 빛 속에서 살지. 하지만 널 기다리지는 않겠다. 네가 물리적인 삶을 오래 누리기를, 네가 물리적인 세상을 사랑하기를 바라니까. 내가 이 세상을 몹시 그리워하지 않으리라고는 상상할 수가 없구나. 저 세상에서 아내와 아이를 다시 만나는 게 어떤 의미일지 알고 싶은 마음은 간절하다만. 루이자와 레베카 말이다. 오래 전부터 그런 생각을 해왔지. 그래, 이 오랜 씨앗이 땅에 뿌려지게 되겠지. 그때는 다 알게 되겠지.

루이자의 사진이 몇 장 있지만, 기억 속의 모습과 다른 것 같아. 51년이나 못 만났으니, 내 판단을 믿을 수는 없겠지. 루이자는 아홉 살, 열 살이었을 때 줄넘기를 정신없이 하곤 했는데, 방해하려 하면 속도를 늦추지 않고 계속 넘으면서 몸을 돌리곤 했지. 땋아 내린 머리채가 등에서 솟구쳤다 떨어졌다 했지. 가끔 내가 머리칼을 잡으려 하면 루이자는 줄넘기를 하면서 달아났지. 천 번 아니, 백만 번쯤 넘으려는지, 무엇도 말릴 수 없었지. 내 어머니의 건강 서적에는 여자애에게 그렇게 힘을 많이 쓰게 해서는 안 된다고 나와 있었지만, 내가 그 대목이 나온 페이지를 보여주자 루이자는 "너나 잘해"라고 대꾸했지. 보닛(여자나 아이들이 쓰는 끈으로 턱 밑에서 매는 모자—옮긴이)을 비스듬히 쓰고, 늘 땋은 머리를 펄럭이며 맨발로 뛰어다녔어. 여자애들이 언제까지 보닛을 썼는지, 왜 그런 걸 썼는지 모르겠구나. 주근깨를 방지하려고 썼다면 전혀 도움이 되지 않았을 텐데.

아내가 늙어가는 모습을 지켜볼 수 있는 남자들이 항상 부럽단다. 보턴은 5년 전에 상처했고, 나보다 먼저 결혼했지. 장남이 머리가 허옇게 셌으니. 손주들도 대개 결혼했고. 그런데 나는 자식이 어른이 되는 것을 보지 못하고 말겠구나. 아내가 늙는 모습도 지켜보지 못할 거고. 많은 사람이 인생을 살아가도록 이끌었고, 수많은 아기들에게 세례를 주었지만, 항상 내게는 삶의 많은 부분이 닫힌 느낌을 받으며 살았단다. 네 어머니는 내가 아브라함 같다고 말하지. 하지만 내게는 늙은 아내도 없고 자식을 낳는다는 약속도 없었지. 나는 그저 책을 읽고, 야구 중계를 듣고, 달걀 프라이 샌드위치를 먹으며 지낼 뿐이었단다.

너와 고양이가 서재에 와서 같이 있구나. 소피는 내 무릎에 앉아 있고, 너는 햇살 드는 바닥에 배를 깔고 비행기를 그린다. 반시간 전에는 네가 내 무릎에 앉아 있었고, 소피가 바닥에 엎드려 있었는데. 너는 내 무릎에 앉아서 메서슈미트 109라고 네가 부르던 비행기를 그렸지. 책의 여백에 그림이 있어. 너는 한 달 전, 레온 피치가 준 책에 나오는 이름을 다 알지. 그는 내가 알면 승낙하지 않을까 봐, 내가 안 볼 때 책을 주었지. 책의 구석에 있는 그림들이 다 비슷하지만 너는 다른 이름을 지어 부르지. 스패드, 포커, 제로. 넌 비행기에 얼마나 많은 총과 폭탄이 실려 있는지 내게 읽어 주려고 애쓰지. 내 아버지가 여기 있다면, 내가 아버지 같았다면, 네가 피치에게 책을 돌려주는 것이 품위 있고 남자다운 일이라고 생각하게 만들 방법을 알았으련만. 그러면서도 뜻을 분명히 전할 텐데. 그 책을 식기실에 감춰야겠다. 넌 식기실에 대해 언제 알았니? 우린 네가 손을 대면 안 되는 물건은 뭐든 거기 감추지. 이제 생각해 보니, 식기실에 있는 물건의 절반은 우리 중 누가 손대지 못하게 늘 거기 있었던 것 같구나.

내가 아직 젊었을 때 재혼할 수도 있었겠지. 성도들은 목사가 기혼자이기를 바라고, 나도 인근에 사는 성도들의 딸과 여동생들을 소개받곤 했지. 되돌아보면 그때 결혼하지 않고 네 어머니가 올 때까지 독신으로 지낸 것이 얼마나 고마운지. 돌이켜볼 때, 깊은 어둠 속에서 기적이 준비되고 있었던 것 같아. 그러니 그때를 축복의 시간으로, 내가 믿음 속에서 기다렸다고 믿을 만도 하지. 뭘 기다리지는 나도 몰랐다만.

그때 네 어머니가 왔어. 아직 내가 잘 모르는데, 그녀는 그 표정(눈이 빛나진 않았어)을 지으면서 아주 진지하게 "저랑 결혼하셔야 해요"라고 말했지. 그때 평생 처음으로 타인을 사랑하는 게 뭔지 알았지. 그 전에 사람들을 사랑하지 않았다는 뜻은 아니란다. 하지만 이전에는 사람들을 사랑하는 게 무엇을 '뜻하는지'는 깨닫지 못했지. 부모님까지도 말이야. 루이자까지도. 그녀가 그런 말을 하자 어찌나 놀랐던지 1분쯤 대답할 말을 찾지 못했단다. 그녀가 가 버렸고, 나는 큰길로 쫓아 나가야 했지. 그녀의 옷소매를 잡을 용기는 없었지만 "당신 말이 맞소, 그러겠소"라고 대답했지. 그러자 그녀는 "그럼 내일 만나요"라고 말하더니 그대로 가 버렸지. 평생 그렇게 스릴 넘치는 순간은 처음이었어. 너도 그런 순간을 맞기를 바라는 마음이란다. 나와 네 어머니가 그 전에 겪은 일들을 생각하면 그런 바람을 갖는 게 좋을 지 모르겠다만.

지금 나는 아버지로서, 늙은 목사로서 현명해지려고 애쓰고 있다. 최악의 불운이 불운만은 아니란 말 외에 무슨 말을 해야 좋을지 모르겠구나. (이런 말을 쓰면서도 내 마음에는 아기 레베카가 있단다. 내가 안 았을 때의 그 아이 표정이 늘 기억에 남아 있지. 유아 세례를 줄 때마다 레베카를 떠올리지. 아기의 눈썹이 손바닥에 닿는 촉감이라니.) 난 이 인생을 얼마나 사랑하며 살 았는지. 말했듯이 보턴이 레베카에게 세례를 주었지만, 아기에게 손을 얹고 축복하면서 심장 박동을, 그 따스함을, 촉촉한 머리칼 을 느낄 수 있었지. 주님은 "그들의 천사들이 하늘에서 하늘에 계 신 내 아버지의 얼굴을 항상 뵈옵느니라"(마태복음 18:10)라고 하셨지. 그래서 보턴이 아이의 이름을 앤절린이라고 지은 거야. 그 구절 에서 위안을 얻는 사람들이 많단다.

최근에는 존재에 대해 생각하고 있다. 사실 존재에 대해 감동 한 나머지 적당히 즐길 수 없을 정도지. 오늘 아침 교회로 가는 길에 전쟁 기념비 부근에 줄지어 선 큰 참나무들을 지나면서, 한 두 해 전의 가을 아침 거기서 도토리가 우수수 떨어지던 일을 떠 올렸지. 나뭇잎 속에 도리깨질이라도 한 듯, 내 머리를 스치며 길 에 와르르 떨어졌어. 물론 사방이 어두웠지. 달이 떠 있던 기억 이 나는구나. 아주 맑은 밤이었는지 아침이었는지 모르지만 아주 고요했지. 그러더니 나무 사이에서 폭풍우 같고, 산통 같은 힘찬 것이 쏟아졌지. 난 약간 비켜서서 '내게 아직도 새로운 게 있구나' 라는 생각을 했단다. 초원 지대에서 평생을 살아온 내게 줄지어 선 참나무들이 여전히 새로울 수 있구나.

세상을 향해 눈을 떠서 이름 모를 놀라운 것들을 보고 다시 눈을 감아야 하는 아이가 된 기분을 가끔씩 느낀단다. 우리를 기다리는 것에 비하면 그것은 환영에 불과하다는 것을 알지만, 그래서 더욱 사랑스럽구나. 그 안에는 인간미가 있지. 또 모든 것이 변해서 썩지 않게 된다 해도 우리가 겪은 유한하고 영원하지 않은 환상적인 상태를 잊을 것 같지 않아. 우리에게 온 세상을 의미했던, 태어나고 죽는 위대한 꿈을 잊을 수는 없겠지. 영원에서는 이 세상이 트로이 같을 테고, 여기를 스쳐간 것마다 우주의 서사시가 되고, 거리에서 부르는 노래가 되겠지. 저 세상의 현실을 그림자 속의 현실로 상상할 수가 없고, 내 신앙심이 그걸 금하는 것 같으니 달리 생각할 수가 없구나.

레이시 스러시가 어젯밤에 죽었단다. 그 이름을 아니? 그녀의 외가가 레이시 집안이었지. 이 지역에서 유서 깊은 집안이지만, 그녀가 마지막으로 남은 자손이고 친가인 스러시 집안은 캘리포니아로 갔지. 노처녀였단다. 그녀는 금세 품위 있게 눈을 감았지. 내 건강을 걱정해주던 분이니 날 배려해서 그랬을 거야. 그녀는 반 시간쯤 의식을 찾았다가 반 시간쯤 의식을 잃더니 떠났지. 우린 주기도문과 시편 23장을 암송했고, 그녀가 마지막으로 「놀라운 십자가를 바라볼 때」를 듣고 싶어 해서 내가 노래를 불렀더니 콧노래로 따라 불렀어. 그러더니 고개를 끄덕이기 시작하더구나.

난 레이시에게 감탄한단다. 말하자면 그녀는 내게 붙들고 살 거리를 많이 주었지. 어쨌든 내가 잠자리에 드는 시간을 넘기지 않도록 금세 세상을 떠났고, 그녀의 평화로운 영면이 내게 큰 평안을 주었단다. 이런 성자들은 기회 있을 때마다 우리에게 축복을 주지.

내 할아버지와 친구들이 자주 얘기하면서 쿡쿡 웃었던 이야기가 있단다. 실화라고 보장은 못하겠다. 이야기하는 분위기를 보면, 그들은 이야기를 꾸미는 것을 진실 왜곡으로 보는 것 같진 않았으니까.

아무튼 이 근처의 작은 노예폐지론자들의 촌락에서 있었던 일이지. 사람들은 길 한쪽에 포목상, 다른 쪽에 마차 대여소를 세우자마자 두 곳 사이에 터널을 만들기 시작했지. 당시 터널을 만드는 것은 유행이었고, 기발한 착상이 숨을 곳과 도주로를 확보하는 것으로 이어졌지. 아이오와의 표토는 워낙 깊어서, 뉴잉글랜드 같은 지역보다는 큰 터널들을 많이 뚫을 수 있었어. 또 이 부근의 토양은 아주 깔깔하단다.

이들은 분별력 있고 선의를 지닌 사람들이었어. 하지만 터널을 만드는 데 너무 몰두하다 보니, 실질적으로 고려할 점들을 놓치고 말았지. 어찌나 열심히 공사를 했던지 지하에 도시의 기념비 같은 걸 만든 셈이 됐지. 한 노인은 없는 것은 샹들리에뿐이라고 말하기도 했어. 간단히 말해 터널을 너무 크게 만들고 지표면에서 너무 가깝게 뚫었지. 또 그 시절에는 초원 지대에 나무가 없어서, 그런 공사에 쓸 재목은 미네소타에서 수레로 옮겨야 했기 때문에 터널에 버팀목을 받치지도 못했지. 신중한 사람들도 가끔은 판단력을 잃는 수가 있지.

땅 파기를 마칠 무렵, 낯선 자가 커다란 검은 말을 타고 동네로 들어왔지. 그는 동네 이름을 물으려고 엉뚱한 곳에서 멈췄고, 결국 그와 말은 길 아래 뚫은 터널로 푹 빠졌지. 먼지가 가라앉자 말은 어깨까지 차는 구멍에 푹 빠져 있었다더구나. 사내는 말 위로 기어 올라가서 주위를 둘러봤지. 놀라서 살펴봤지만, 아무런 결정도 내릴 수 없었지. 사람들이 이 난리를 보러 나와서 사내가 당황하는 걸 보고는, 자기들도 당황한 척하는 게 최선이라고 생각했지. 그들은 팔짱을 끼고 서서 "이거 참 위험한 광경이구먼"이라는 뜻의 말을 중얼대고는, 큰 말을 꺼내는 데 따르는 위험에 대해 의논했지. 당연히 가여운 말은 몸부림치기 시작했고, 누군가 보리를 한 양동이 가져와서 위스키를 두어 병 뿌려 먹였지. 말은 보리를 먹기 무섭게 졸기 시작했어. 이방인은 말이 구멍에 박혀 있을 뿐 아니라 정신까지 잃자 우울해졌지. 그가 절대 금주주의자가 아니었다면 말이 술에 취했어도 그런 대로 견딜 만했겠지만. 결국 말이 길바닥에 고개를 대고 코를 골자, 말 주인은 할 말을 못 찾을 만큼 침울해졌다더구나.

노예폐지론자 거주지는 신앙심이 깊은 사람들이 사는 동네였으니, 이방인이 수염을 쥐어뜯고 모자를 내동댕이치는 광경을 보고 재미있어 하지 않았을 테지. 물론 조금 우습기는 했겠지. 그래도 미주리 주에서 오는 게릴라 대원(남북전쟁에서 활동한 게릴라를 말함—옮긴이)이나 지나가는 노예 사냥꾼들이 이 광경을 보면 의심할 테니까, 그런 상황을 피하려면 이 사람을 한시바삐 동네에서 내보내는 게 최선일 듯했단다. 그래서 한 사람이 구멍에 빠진 말 대신 자기 말을 주겠다고 제안했지. 말 임자가 얼씨구나 하고 제안을 받아들이리라 기대했지만, 사실 그는 포목점 계단에 앉아서 한동안 고민을 했지. 주민이 주겠다는 말은 몸이 작은 암말이었고 이익일 것도 같았지. 그는 말의 이빨을 보고 깨물어보게 한 후, 동네에 들어온 게 재수 없는 일이었다고 욕설을 지껄였지. 그는 말을 파내게 삽을 빌려달라고 부탁했어. 그러자 목사는 큰불이 나서 삽을 모두 잃었다고 근엄하게 말했지. "날 부분은 괜찮으니 얼마든지 쓰셔도 좋습니다. 삽자루가 못 쓰게 됐지요." 물론 거짓말이었지만, 상황이 다급하니 거짓말을 할 수밖에.

결국 이방인은 암말을 받겠다고 했고, 안장과 말굴레와 이런저런 것들을 더 받고 세상이 공평하다고 믿게 되었지.

일단 그가 떠나자, 마을 사람들은 말을 어떻게 처리할지 궁리를 시작할 수 있었어. 몇 사람은 터널 양쪽에서 들어가서 말의 다리 상태를 확인했지. 다리가 부러졌으면 말에게 총을 쏴야 될 상황이었단다. 말이 죽으면 몸을 잘라서 땅속에서 끌고 나오고 구멍을 메우면 될 터였지. 그런데 말의 다리는 멀쩡했어.

말 주변을 파내면 터널에 구멍이 나게 생겼지. 하지만 큰 구멍을 내서 말이 구멍 위로 걸어오게 할 수밖에 없다고 결정했어. 그러는 동안 말은 정신이 들어서 소리를 지르며 꼬리를 흔들었지. 그래서 사람들은 바닥을 떼어낸 헛간을 들어 올려서, 길 가운데 있는 말 위에 씌워 들어 올리기로 했어. 헛간이 작아서 말 위에 대각선으로 내려놓아야 했지. 말의 몸길이가 두 직삼각형의 빗변에 오게 맞춰야 했다더구나.

터무니없는 짓처럼 보이지. 하지만 순식간에 어떤 판단을 하게 되면, 바보 같은 선택만 가능하게 되는 경우가 있단다. 누군가 말 꼬리가 길 밖에 나온 것을 보자, 아이를 헛간 창문으로 들여보내서 꼬리를 안으로 당겨야 했지.

당시 그 동네에 흑인 청년이 있었지. 그곳으로 도망 온 첫 흑인이었어. 그가 오자 사람들은 진지해지고 목적 의식을 느꼈고, 따라서 말 문제에 대해서도 더 당황했던 거야. 별다른 경계심이 들지 않는 한 포목상에 머무르던 흑인 청년은 이 모든 일을 보고 들었지. 그는 무척 웃고 싶었겠지. 웃음을 터뜨리지 않으려니 몸이 나른해지기만 했을 거야. 그는 사람들과 눈을 마주치지 않고 입술을 꽉 깨물었어. 사람들이 헛간을 들고 걸어와 말 위에 내려놓자, 포목상에서 웃음소리가 터져 나왔어. 참아보려는 고통에 찬 웃음이었지.

 그 순간 그들은 흑인 청년이 그들의 판단력 문제 때문에 경계심을 발동할 만하다는 사실을 유념했지. 사실 그 밤으로 청년은 달아나서, 혼자 북쪽으로 향했지. 그 고장에서 멀리 떨어지는 것이 최선이라는 결론을 내렸던 게지.

 주민들은 상황을 파악하자, 두어 명이 그중 나은 말을 타고 청년을 쫓았지. 좋은 말은 구멍에 빠진 말과 바꾸었거든. (말 임자가 되돌아와서 물의를 일으키지 않도록 가장 좋은 말을 내주었지.) 아무튼 그들은 도망친 청년을 따라잡아 음식과 옷을 주고, 노예폐지론자들의 다음 거주지 위치를 알려주고 싶었어. 하지만 흑인은 이틀간 그들을 피했단다. 마을 주민 두 사람이 밤을 지내려고 땅바닥에 누웠을 때, 어둠 속에서 흑인 청년이 나와서 말했어. "여러분께 감사하지만, 혼자 가는 게 최선일 것 같네요." 그들이 가져온 꾸러미를 주자, 청년은 어둠 속으로 물러나면서 "말이 아직도 그러고 있나요?"라고 묻고는 웃음을 터뜨렸어. 그 후 그 흑인의 소식은 못 들었다더구나.

 마을 사람들은 말이 걸어 나올 수 있게 비스듬한 참호를 팠고, 뜻대로 됐지. 하지만 터널을 없애기가 힘들다는 사실과 마주쳐야 했지. 터널을 팔 때도 티를 안 내려고 파낸 흙을 최대한 넓게 흩뜨리느라 애먹었으니, 당연히 그 반대도 어려웠지. 터널을 팔 때는 비밀스럽게 느긋하게 일한 반면, 막을 때는 내놓고 서둘러 일을 해야 했지. 구멍의 가장자리가 계속 무너져 내리면서, 매일매일 터널이 더 드러났거든. (길 한가운데 헛간이 있으니 수상해 보일 게 뻔해서 헛간을 치웠지.) 터널을 완전히 무너뜨리고 위에서부터 메우는 게 가장 빠른 해결책이었겠지만, 그러면 포목상에서 마구간까지의 길이 당장 드러났겠지. 그래서 언덕 하나를 평편하게 깎고 거기서 나온 흙을 밤낮으로 터널로 옮겼단다. 포목상 지붕에는 망루 같은 걸 만들어서 낯선 사람들이 다가오면 신호를 보내게 했지. 질문을 받으면 테라스를 짓는 중이라고 둘러대곤 했지. 목사가 어떤 책에서 동양의 테라스를 본 적이 있었거든. 그 상황에서 그들이 할 수 있는 최선이었을 거야.

그들은 열심히 일하는 사람들이었지만, 흙을 아무리 잘 채워도 오랜 세월 동안 눈비와 햇볕이 만드는 것처럼 단단하게 할 수는 없었지. 그들이 열심히 판 터널을 열심히 원래대로 돌려놓았지만, 비가 한 번 크게 내리자 터널의 끝에서 끝까지 길이 주저앉았어. 그러자 그들은 위에서부터 다시 흙을 메웠단다. 밑져봤자 본전이고 달리 선택의 여지도 없었지. 비가 많이 내릴 때마다 길은 패였지.

마침내 겨울이 와서 땅이 단단히 얼고 눈이 내리자, 그들은 건물 몇 동을 지레로 들어 널빤지에 올려서 말로 끌어 옮겼단다. 800미터쯤 떨어진 곳으로 이사를 했지. 원래 있던 마을의 흔적을 없애려고 묘비도 들어내야 했어. 서너 개밖에 안 됐지만 서글픈 일이었지. 터널은 개천 바닥이 되어서 봄에는 물이 흘렀고, 사람들이 예전의 정원에서 옮겨 놓은 풀과 꽃이 자랐어. 뭘 모르는 이들은 개천가에 담요를 펼쳐놓고 피크닉을 했단다. 기억에서 사라진 가여운 무덤들 위에서 말이지. 따져보면 유쾌한 일이기도 했지.

너와 토비어스는 스프링클러 속에서 뛰어다니고 있구나. 해가 나는데도 비를 내리니 스프링클러는 대단한 발명품인 셈이지. 자연에서도 그런 일이 있긴 하다만 드물거든. 신학교 시절, 나는 침례교도들이 세례를 받을 때 물속으로 들어가는 것을 보러 가곤 했지. 목사가 세례받는 이를 물에서 들어올릴 때, 옷과 머리에서 물이 뚝뚝 떨어지는 광경을 보는 것은 장관이었어. 출생이나 부활처럼 보였거든. 물은 목사의 손이 머리통에 닿는 느낌을 강조해주지. 전기를 연결하는 느낌이랄까. 난 사람들에게 세례를 주는 게 항상 좋아. 가끔 세례를 줄 때 물이 더 빛나고 첨벙대면 좋겠다 싶긴 하지만. 그런데 너희 둘이 무지개가 빛나며 쏟아지는 물속에서 춤을 추고 있구나. 정신이 멀쩡한 사람이라면 물처럼 기적적인 것을 만날 때 너희처럼 환호성을 울리며 발을 구르겠지.

에드워드 형이 독일에서 돌아온 후, 내 마음속에 형이 워낙 깊이 박혀 있었기에 조용히 호텔로 찾아가곤 했지. 한번은 야구공과 글러브를 챙겨 갔고, 우린 옆 골목을 걸으면서 공을 주고받았지. 처음에 형은 옷에 신경을 썼지. 오랫동안 야구를 안 해봤다고 하더구나. 하지만 조금 몸에 익자 솜씨가 꽤 날카로웠지. 형이 던진 공이 내 손에 퍽퍽 꽂히기에 "와!" 하고 외쳤더니, 형은 팔이 제대로 돌아왔다면서 기쁘게 웃었지. 하지만 내가 공이 세게 올 줄 몰라 준비를 안 해서 그렇지, 그렇게 세게 꽂히지는 않았을 거야. 그리고 우린 진짜로 공을 주고받기 시작했지. 내가 높이 던지자 형은 펄쩍 뛰어서 멋지게 받았어. 그때쯤 형은 셔츠 단추를 풀었고, 멜빵은 옆으로 흘러내려 있었지. 사람들이 서서 우리를 구경했어. 먼지 이는 골목이었고 날이 더웠지. 우린 뜨는 공과 땅볼을 다 던졌어. 에드워드 형이 한 소녀에게 물 한 잔을 청했지. 그녀는 우리에게 물을 한 잔씩 주었어. 난 물을 마셨지만, 형은 물을 머리 위에 쏟았고, 지붕에서 물이 떨어지듯 콧수염에서 뚝뚝 물이 흘렀지.

그날 후로 우리가 대화를 할 수 있겠다고 생각했어. 그런데 그렇게 되지는 않았단다. 그래도 그날 이후로 형의 영혼에 대해 마음 놓이더구나. 물론 내가 판단할 입장은 아니다만.

머리가 젖은 채로, 콧수염에서 물을 뚝뚝 흘리며 그는 이런 말을 했지.

보라 형제가 연합하여 동거함이 어찌 그리 선하고 아름다운고

머리에 있는 보배로운 기름이 수염

곧 아론의 수염에 흘러서 그 옷깃까지 내림 같고

헐몬의 이슬이 시온의 산들에 내림 같도다

거기서 여호와께서 복을 명령하셨나니

곧 영생이로다.

시편 133편이지. 형은 내가 아는 것은 단어 한 마디까지 다 안다는 뜻이었지. 형은 내가 아는 것을 다 안다고 말했던 거야. 아니 내 말에 설득되지 않으리란 말을 했던 거지. 하지만 가끔은 형이 멋진 일을 했다는 생각을 하게 되는구나. 아버지가 그 자리에 있었다면 좋았겠다 싶었지. 아버지가 웃었을 테니까 말이야. 아버지는 연배에 비해 팔이 튼튼하셨어. 당시 어렸던 나는 형과 아버지가 화해하지 못할 거라고 믿고 있었고, 형이 모든 상황을 이렇게 차분하게 받아들일 수 있다는 데 놀랐지. 형에게 포이어바흐를 읽기 시작했다고 말했더니, 그는 숱 많은 눈썹을 꿈틀대면서 "그러다 어머니에게 들키지 않도록 해라!"라고 말했지.

내 신앙심과 고결함 등에 대한 명성이 좀 과장됐다고 말하겠다만, 내가 목회를 가볍게 받아들인다고 생각하지는 않았으면 좋겠구나. 목회일은 내 인생 전부였어. 나는 그리스어와 히브리

어를 꾸준히 공부했지. 보턴과 나는 설교 본문을 한 마디 한 마디 살펴보곤 했단다. 그의 집에는 아이들이 많아서 그가 내 집으로 왔지. 보턴은 아내나 딸들이 준비해준 따뜻한 저녁 식사 바구니를 들고 왔지. 나는 그의 집에 가는 것이 두려웠단다. 거기 다녀오면 내 집이 너무 썰렁해 보였기 때문이지. 보턴도 그걸 눈치채고 있었어.

그는 딸 넷, 아들 넷을 두었지. 보턴은 아이들을 튼튼한 미개인 꼬마들이라고 부르곤 했어. 하지만 인생지사 새옹지마라, 세월이 흐르면서 그 집안에도 끔찍한 후회를 낳을 일들이 벌어졌지. 그래도 꽤 오랫동안 내게는 기막히게 아름답게 보였지. 사실 그랬고.

우리는 여기 부엌에서 아주 쾌적한 저녁 시간을 보냈어. 보턴은 건실한 장로교인이지. 그래서 우린 서로에게 해를 입힐 만큼은 아니어도 견해가 다를 때도 많지.

당시 내가 느낀 감정이 분노는 아니었을 거야. 마치 '나도 아내가 있다, 나도 자식이 있다'라고 말하고 싶기라도 한 것처럼 내 삶에 대한 충실함 같은 것이었어. 꼭 처자식을 갖는 대가로 그들을 잃고 있는 것 같았고, 나로서는 그 대가가 그렇게 클 수도 있다는 것을 참을 수 없었지. 사람들은 네 누이처럼 어린 아기는 사물을 보지 못한다고들 한다만, 그 아이는 눈을 뜨고 날 쳐다보았어. 어찌나 작던지. 하지만 내가 안고 있는 동안, 아기는 눈을 뜨고 있었어. 진짜 내 얼굴을 쳐다본 게 아니라는 것은 나도 알지. 기억은 어떤 것을 실제 이상으로 부풀려 놓을 수 있지. 하지만 나는 딸아이가 내 눈을 똑바로 봤다는 것을 알아. 그게 중요한 것이지. 그때 그것을 알아서 다행이야. 지금의 내 상황에서, 이제 이 세상을 떠날 때가 되니 사람의 얼굴만큼 놀라운 것은 없다는 사실을 깨달으니까 말이지. 보턴과 그 점에 대해서도 얘기해 본 적이 있지. 그것은 육신화한 것과 관계가 있어. 아기를 보고 안고 있을 때는 아이에게 의무감을 느끼지. 어떤 얼굴이든 그의 개성과 용기와 고독을 이해할 수밖에 없으니 호소력을 가지지. 아기의 얼굴이야말로 정말로 그렇지. 내가 보기에 아기 얼굴은 무엇보다 신비롭고, 일종의 비전 같은 것이지. 보턴도 그렇다고 동의하고.

네가 아기였을 때 난 너 때문에 너무 겁을 먹었단다. 내가 흔들의자에 앉아 있노라면, 네 어머니는 너를 내 품에 안겨 주었고, 그녀가 할 일을 하는 동안 나는 의자를 흔들면서 기도하곤 했지. 노래도 불러주었어. 「어두운 겟세마네로 가라」라는 노래를 부르면, 그녀가 더 즐거운 노래는 모르냐고 물었지. 난 무슨 노래를 부르고 있는지조차 몰랐고.

오늘 아침 천국에 대해 생각해 보려고 애쓰지만, 도무지 묵상이 되지 않는구나. 내가 왜 천국을 알 수 있다고 기대하는지 모르겠다. 80년간 이 세상에서 휘젓고 다니지 않았다면, 난 이 세상이 어떻게 생겼는지 상상도 못했겠지. 사람들은 아이들에게 세상이 얼마나 놀라운지에 대해 이야기하고, 사실 그렇기도 하지. 그러나 아이들은 자라면서 그들이 세상을 이해하게 될 거라고 생각하는 반면, 나는 그러지 못할 거라는 걸 잘 알지. 내가 열 번의 삶을 살지 않는 한은 그러지 못할 거야. 매일매일 그런 사실이 더욱 분명해지는구나. 나는 아침마다 에덴동산에서 잠을 깨는 아담 같아. 내 손의 민첩함에 놀라고, 눈을 통해 마음에 쏟아져 들어오는 명석함에 놀라지. 늙은 손, 늙은 눈, 늙은 마음. 퇴락해가는 아담이지만, 여전히 비범하지. 나의 어떤 부분을 여전히 간직할까? 이 늙은 몸은 아주 좋은 동반자였지. 발람(성경 민수기에 나오는 인물─옮긴이)의 나귀처럼, 그것은 내가 아직 보지 못한 천사를 보았고, 천사는 길에 누워 있지.

또 결점이 많은 내 마음이 관심을 지속하게 했다는 것을 꼭 말해야겠구나. 거기에는 오랜 세월에 걸쳐 익힌 시가 있고 꽤 괜찮은 어휘가 있지만, 대부분이 사용되지 않았지. 또 성경도 있지. 나는 아버지나 할아버지처럼 성경을 알지는 못해. 하지만 꽤 잘 안단다. 당연히 그래야겠지. 지금의 너보다 어릴 때, 아버지는 내가 성경의 다섯 구절을 틀리지 않고 외울 때마다 1페니씩 주었어. 그리고 성경 구절을 말하는 게임을 했지. 아버지가 한 구절을 말하면 난 다음 구절을 말하는 게임이었단다. 우리는 계속 암송했고, 가끔 족보가 나오면 지루해졌지. 때로는 성경에 나오는 인물들의 역을 나누어 연극을 했어. 아버지가 모세면 나는 파라오, 아버지가 바리새파면 나는 예수님이 되었지. 아버지도 그렇게 자랐고, 내가 신학교에 다닐 때는 그때 공부가 큰 도움이 되었어. 내평생토록 도움이 되었지.

너도 주기도문과 시편 23편, 시편 100편을 알지. 어젯밤에는 네 어머니가 산상수훈의 팔복에 대해 가르치는 소리를 들었단다. 어머니는 너를 신앙 속에서 키우리라는 것을 내게 알려주고 싶은 게지. 그녀로서는 대단한 노력이지. 솔직히 처음 그녀를 알았을 때, 내 평생 그렇게 종교를 모르는 사람은 처음 봤거든. 뛰어난 여성이지만 성경 교육은 못 받았지. 그녀의 말로는 다른 분야도 교육받지 못했다고 하고, 그럴지도 모르지. 나는 존경심을 갖고 이 말을 한다.

하지만 그녀에게는 항상 대단히 진지한 구석이 있었지. 처음 교회에 왔을 때는 뒤쪽 구석에 앉곤 했고, 나는 그녀만이 설교를 경청한다는 느낌을 받곤 했어. 한번은 내가 온갖 멍청한 말을 해대며 예수님 앞에서 설교를 하고, 예수님은 흰 옷 차림으로 참을성 있고 슬프고 놀란 표정을 지으며 앉아 있는 꿈을 꾼 적이 있단다. 네 어머니 앞에서 설교를 하는 게 꼭 그런 기분이었어. 나중에는 '다 끝났어, 그녀가 안 올 거야'라고 생각하곤 했지만, 다음 주일이면 그녀가 거기 있었지. 그러면 그 주의 설교는 입에서 재처럼 되어버렸어. 그녀의 이름을 알기 전에는 그랬지.

오늘 아침 토비어스의 아버지 슈미트 씨와 흥미로운 대화를 나누었단다. 그가 너희의 부적절한 말을 들은 것 같아. 사실 지난 주에 너희가 즐겨 하던 말장난이기에 나도 들은 적이 있지. 솔직히 나는 그런 말을 못하게 할 필요를 느끼지 못했다만. 우리도 어릴 때 그런 말장난을 했지만 크게 잘못되진 않았지. 너희 중 한 사람이 순진하고 낭랑한 목소리로 "AB, CD 금붕어?"라고 묻지. 그러면 다른 사람이 최대한 깊은 소리를 내서 건방진 말투로 "L, MNO 금붕어!"라고 말하지. 그러면서 요란스럽고 과장되게 웃는 거야. 슈미트 씨는 'L'에 신경을 쓰더구나.(주님인 Lord의 머리글자인 L자로 말장난하는 것을 우려하는 것 같다-옮긴이) 그는 아주 진지한 젊은 사람이어서, 나도 진지한 표정을 유지하느라 애써야 했지. 난 경험상 진중하게, 아이들에게 너무 엄격하지 않은 게 좋다고, 사사건건 금지를 시키면 통제력이 약화된다고 말했지. 그는 내 백발과 직업에 밀렸지. 나더러 유니테리언(삼위일체설을 부인하고 그리스도의 신성을 부인하는 기독교의 교파-옮긴이)이냐고 두 번이나 묻긴 했지만.

보턴에게 이 이야기를 했더니 그는 알파벳 L을 다 빼면서 "나도 오래 전부터 알파벳에서 그 글자를 빼야 한다고 생각했는데 말이지"라고 이상하게 발음하더구나. 그러더니 마구 웃어댔지. 그는 존에게 소식을 들은 후로 기분이 좋아졌어. "존이 곧 집에 온다는

군!"이라고 하더구나. 존이 어디서 오느냐고 물었더니, 보턴은 "글쎄, 편지의 소인은 세인트루이스로 찍혀 있었어"라고 대답했지.

네 어머니에게 슈미트 씨와 나눈 대화에 대해서는 말하지 않으련다. 그녀는 네가 친구와 잘 사귀기를 무척 바라거든. 네게 친구가 없을 때는 마음 아파했지. 그녀는 자기보다 네 일에 훨씬 마음을 졸이지. 그녀의 잘못이 아닌데도 항상 자기 잘못이라고 넘겨짚지.

저번 날에는 다락에 있는 설교 원고들을 읽고 싶다더구나. 그녀가 그럴 거라 믿는다. 다는 아니겠지. 그러려면 몇 년이 걸릴 테니까. 내가 상자를 여기로 내려와서 정리를 해도 되겠지. 내가 좋은 인상을 남기고 떠난다고 느끼면 마음이 편해지겠지. 제단에서 설교문을 읽으면서도 내가 품은 소망이 글에 제대로 표현되지 못했다는 것을 자주 절감한단다. 어떤 관점에서 보면, 그 설교 원고들이 내 삶의 주된 일이었는데 말이야. 그러고도 어떻게 살아왔는지 의아해지는구나.

오늘은 성찬식을 하는 날이어서 마가복음 14장 22절 '그들이 먹을 때에 예수께서 떡을 가지사 축복하시고 떼어 제자들에게 주시며 이르시되 받으라 이것은 내 몸이니라 하시고'라는 말씀을 가지고 설교했단다. 성찬식 자체로 가장 아름다우니, 평소에는 성찬식에 대해 설교하지는 않지. 하지만 이 몇 주일간 몸에 대해 생각하고 있거든. '축복하시고 떼어⋯⋯.' 설교 본문으로 구약에서는 창세기 32장 23절에서 32절의 야곱이 천사와 씨름하는 대목을 같이 인용했단다. 육체의 특별함이라는 선물에 대해, 어떻게 축복과 성체가 몸을 통해 전달되는지에 대해 말하고 싶었단다. 최근에는 내가 육체의 삶을 얼마나 사랑하는지 생각하고 있거든.

어쨌든 너도 기억할지 모르겠다만, 성도들이 떠난 후 빵과 포도주가 테이블에 남아 있고 촛불이 아직 타오를 때 네 어머니가 너를 데리고 와서 말했지. "우리 아들에게도 성찬을 주셔야 해요." 물론 너는 너무 어렸지만, 네 어머니가 옳았어. 너를 위해 뗀 예수님의 몸. 너를 위해 뿌린 예수님의 피. 너는 진지하고 아름다운 얼굴을 들어 내 손에 들린 신비로움을 받았지. 몸과 피는 가장 놀라운 신비란다.

그것은 내가 놓칠 수도 있었던 경험이었지. 내가 그것에 대한 생각을 누릴 만한 시간 여유가 없을까 두렵구나.

이날 아침 교회에 깃든 빛은 아름다웠지. 그런 경우가 자주 있단다. 교회는 오래된 단조로운 건물로 페인트가 칠해져 있지. 하지만 어렵던 시절, 나는 해 뜨기 전에 교회에 앉아 빛이 예배당에 드는 것을 지켜보곤 했단다. 다른 이에게도 그렇게 아름다울지는 모르겠다. 그런 아침, 때론 아주 무시무시한 일들(공황과 전쟁들)을 두고 기도한 후 평온함을 느꼈지. 수십 년간 이곳 사람들에게는 비참한 일들이 많았지. 하지만 너도 믿겠지만, 기도는 평화를 불러온단다.

말한 것처럼 그 시절 나는 밤이면 주로 책을 읽으며 보냈지. 그러다 안락의자에 앉은 채로 잠들었다 깨니 시계가 네다섯 시를 가리키면, 어두운 거리를 걸어 교회에 가서 새벽이 오는 것을 지켜보는 것이 얼마나 즐거운지 생각하곤 했어. 교회의 빗장이 올라가는 소리가 좋았지. 건물이 주저앉아서, 통로를 걸으면 체중 때문에 바닥이 눌리는 소리가 들리지. 메아리보다 그 소리가 유쾌해. 느긋하고 새벽과 어울리는 소리지. 그 소리를 들으려면 예배당에 혼자 있어 봐야 한다. 아이의 체중으로는 느껴지지 않을 수도 있겠구나. 하지만 네가 이 글을 읽을 때도 교회가 건재하다면, 그리고 네가 멀리 떨어져 살지 않는다면 언젠가 혼자 그곳에 가서 내 말뜻을 체험하면 좋겠구나. 한참 후에는 내가 교회에 성도들이 없는 것을 더 좋아하는가 하는 의문이 생기더구나.

성도들이 건물을 헐 계획을 세우는 걸 알아. 나를 기다려주고 있으니 친절한 이들이지.

사람들은 밤이 되어도 갓난아기가 배앓이를 하거나, 아이가 아프거나, 싸움이나 근심, 죄책감으로 잠을 못 이루게 마련이지. 물론 우유 배달부들과 야간이나 새벽 근무를 하는 사람들도 있지. 때때로 친척 집 앞을 지나다 불이 켜져 있으면, 들어가서 도울 일이 있는지 알아볼까 하는 마음이 들었지만, 방해가 될 것 같아 가던 길을 그냥 갔지. 보턴의 집을 지날 때도 마찬가지였어. 가까운 사이여서 그 집안의 문제가 뭔지 오래 전에 알았지. 잠을 이룰 수 없고 독서도 하기 싫은 밤이면, 새벽 한두 시에 동네를 누비곤 했지. 한 시간쯤 동네의 모든 길과 집 앞을 지나다녔어. 집집마다 누가 사는지 기억하려 애썼고, 내가 아는 그들의 사연도 떠올렸지. 보턴의 성도가 아닌 이들은 다 우리 교회에 다녔기 때문에 난 참 많은 사연을 알고 있었어. 그래서 그들을 위해 기도했어. 그들의 질병이나 싸움, 꿈에 깃들인 본인도 모르는 평안을 상상하곤 했지. 그러다가 교회에 들어가서 더 기도하면서 날이 밝기를 기다렸어. 새벽이 오는 광경을 보는 게 참 좋았지만, 가끔은 밤이 끝나는 게 아쉽기도 했지.

밤에는 나무들이 다른 소리를 내고 냄새도 다르거든.

네가 나를 기억한다면, 지금 내가 하는 말 때문에 기억과 약간 다르다고 여길 것 같구나. 네가 어른으로서 날 볼 수 있다면, 내게서 황혼의 특징을 보게 되겠지. 네가 이 글을 읽으면서 이걸 알아주면 좋겠다. 나는 행복을 얻기 이전의 긴 밤에 대해 말하면서도 슬픔과 외로움보다는 평온과 위로를 기억한단다. 슬픔에는 위로가 없지 않고, 외로움에는 평온이 없지 않거든. 거의 그렇지.

어느 저녁 보턴과 성경 본문을 살피고 토론을 마치고 둘이 현관 밖으로 나가자, 반딧불이 수천 마리가 떼를 지어 날고 있었지. 평생 본 것보다도 많은 것 같았어. 풀 위로 날아올라 공중에서 빛이 꺼졌지. 우린 어두운 계단에 앉아서 한참 동안 말없이 반딧불이를 바라보았어. 마침내 보턴이 입을 열었지. "불꽃이 위로 날듯이 인간은 고통을 안고 태어나지." 정말이지 땅에서 연기가 피어오르는 것 같은 밤이었지. 전에도 그랬고 지금도 그렇지. 오래된 불은 스스로 검은 껍질을 만들어 그 안에 안주하지. 이 지구가 그렇듯이. 개인에게도 같은 비유가 적용될 게다. 길리아드도 그렇겠지. 문명도 마찬가지고. 조금만 자극하면 불꽃이 날아가지. 그 말이 반딧불이를 축복했는지, 반딧불이가 그 말을 축복했는지 모르겠지만, 그 후로 둘 다 마음에 들었어.

존 보턴에게서 연락이 왔다는구나. 존 에임스 보턴 말이야. 그는 아직 세인트루이스에 있는데 여기 올 계획이지. 글로리가 와서 그 이야기를 해주었어. 글로리는 흥분하고 또 초조해했지. "아버지가 존의 목소리를 듣고 기뻐하셨어요." 존이 조만간 나타날 것 같구나. 어떻게 한 아이가 어떤 희망도 주지 못하고 그렇게 많은 실망을 안겨줄 수 있었는지 모르겠다. 존도 30대에 접어들었을 거야. 아니 마흔 살쯤 되었을 걸. 그는 장남도 막내도 아니고, 가장 뛰어나거나 용기 있는 자식도 아니지만 가장 사랑받는 자식이지. 존에 대한 이야기를 해줘야겠구나. 아니, 이야기를 하는 게 의무 같구나. 하지만 다른 때 이야기하마. 먼저 생각부터 해야 하니까. 그와 대화할 기회가 생기면, 문제는 다 잊고 글로 쓸 거리도 없다고 결론지을지도 모르겠다.

보턴은 존을 보고 싶어 안달이지, 간절한 마음이면서도 초조할 거야. 훌륭한 자식들도 있지만, 그의 마음에는 늘 존만 있는 것 같았지. 잃은 양이랄까, 잃어버린 동전 한 닢이랄까, 탕자라고 할까. 난 어른이 된 후로 적어도 일주일에 한 번은 우리가 사랑받을 자격이 없지만 하나님 아버지가 사랑하신다는 것을 말했지. 그런데 인간 부모와 자녀 사이에서 그런 양상을 보면, 항상 좀 짜증이 나. (네가 훌륭한 사람이 되리라는 걸 알고 또 그러기를 바란다. 그렇지 않더라도 너를 완벽하게 사랑할 거고.)

오늘 아침 멍청한 짓을 저질렀단다. 어두울 때 일어나서 예전처럼 교회에 걸어가 보기로 결심했지. 메모를 남겼고, 네 어머니가 메모를 보면 나쁜 일이라고 생각하지 않을 거라고 여겼어. (고백건대 메모는 나중에 한 생각이었단다.) 그녀는 내가 마지막 숨을 거두러 나갔다고 생각한 것 같더구나. 따져보면 그것도 나쁜 생각은 아닐 듯싶구나. 그 마지막 몇 시간이 걱정이긴 해. 내가 어떤 죽음을 맞는지 너는 알겠지만 난 모르지. 말하자면 내 삶이 끝난 것이 네게 어떻게 보일지 말이다. 그건 내게도 그렇지만 네 어머니에게도 큰 근심거리지. 하지만 내 육신이 갑자기 날 저버릴 수도 있다는 점을 염두에 두기는 힘들구나. 대개는 기분이 나쁘지 않

아. 통증이 자주 일지 않아서 가끔은 아프다는 걸 잊지.

의사는 의자에서 일어날 때 조심해야 한다고 했어. 또 계단을 오르지 말라고 했는데, 그건 공부를 접으란 얘기거든. 감당할 수 없는 일이지. 또 의사는 매일 브랜디를 한 잔씩 마시라고 권했고, 나는 아침이면 네가 안 보도록 주방에서 커튼을 치고 브랜디를 마신단다. 네 어머니는 그걸 아주 재미있게 생각하지. 그녀는 "당신이 술을 즐기면 훨씬 도움이 될 텐데요"라고 말하지만, 내 어머니도 술을 마실 때는 그랬으니 나도 전통을 따를 수밖에. 지난 번 네가 병원에 갔을 때 의사는 네가 편도선을 떼면 더 건강할 거라고 말했단다. 네 어머니는 의사가 네 몸에서 병을 발견할 수도 있다는 생각에 잔뜩 지쳐서 돌아왔더구나. 그래서 내가 약으로 브랜디를 한 잔 주었지.

그녀는 내가 책을 응접실로 갖고 내려와서 거기서 공부하길 원하지. 그녀의 걱정을 덜어주기 위해서라도 그럴 수밖에 없겠지. 내게 주어진 시간에서 한 순간도 늘릴 수 없다고 말하자, 그녀는 "나도 당신이 거기서 한 순간이라도 덜 사는 걸 원치 않아요"라고 받아치더구나. 일 년 전보다 문법에 맞게 말했지. 난 항상 그녀의 말투를 좋아하지만, 그녀는 너를 위해서라면 더 좋은 문장을 구사해야 한다고 늘 생각한단다.

말했듯이 어둠 속을 걸어 교회에 갔단다. 달빛이 아주 밝았지.

밤의 세상에 좀처럼 익숙해지지 않는 걸 보면 이상하지. 그림자를 진하게 드리울 만큼 환한 달빛을 여러 번 본 적이 있지. 또 똑같은 바람이 밤이나 낮이나 같은 나뭇잎을 스치고. 어린 시절, 나는 동 트기 전에 일어나서 물을 긷고 장작을 가지러 나가곤 했단다. 그때는 생활이 아주 달랐거든. 어둠 속으로 나서면, 어둠이 마치 거대한 바다이고 집들과 헛간들과 숲이 거기에 떠서 정박지에서 멀어질 것만 같은 느낌이 들곤 했어. 그때 난 침입자가 된 것 같았는데 지금도 그래. 어둠이 모든 걸 지배하는데, 내가 문을 나서면서 방해한 것 같거든. 오늘 아침 달빛에 비친 세상은 늘 친해지고 싶었던 오랜 지인 같더구나. 기회가 있었더라도 지나쳐버렸지. 이상한 말이지만, 내 자신이 그렇게 느껴지는구나.

어쨌든 길을 걸어 교회에 가서 어둠 속에 앉아서 동이 트기를 기다려야 할 것 같은 마음에, 네 어머니가 걱정하리란 사실은 까맣게 잊었지. 사실 요즘은 내가 곧 떠나리란 것을 기억하기가 힘들구나. 말했듯이 통증이 있지만 그리 자주 심하게 일어나지 않아서, 심각한 경고로 여겨지질 않아.

내 상황을 더 염두에 두려 애써야 할 텐데. 저번 날 네가 이렇게 크지 않고 내가 이렇게 늙지 않았을 때처럼 널 들어올렸지. 그때 근심스런 표정으로 바라보는 네 어머니를 보고는 멍청한 짓을 했다는 걸 깨달았단다. 네가 나무에 매달린 원숭이처럼 힘껏 매달리는 느낌이 좋아서 그런 것뿐인데, 너의 날렵함과 힘을 느끼는 게 정말 좋거든.

얘기가 딴 데로 빠져버렸구나. 집안 내력을 이야기하다 말았
지. 네게 해 줄 이야기가 아주 많단다. 앞에서 말한 것 같다만 내
할아버지는 연방군(남북전쟁 때 연방정부를 지지한 북부의 군대-옮긴이)이셨
어. 할아버지는 일반 병사로 참전하려 했지만, 군에서는 너무 나
이가 많다고 했지. 아이오와에 노병들의 부대가 있다고 했어. 노
병들은 전투에 참가는 못하지만 보급품을 지키고 철로 건설 등을
맡았지. 할아버지는 이런 임무가 마음에 들지 않았어. 결국 군 당
국을 설득해서 군목으로 가게 되었지. 내 아버지 말로는 할아버
지가 그리스어 신약 성서를 보이는 것만으로도 군목이 될 수 있
었다더구나. 그 성서의 남은 부분이 지금도 어디 있을 거다. 물에
빠졌다가 제대로 마르지 않아서 상했다더구나. 내가 기억하기로
할아버지는 퇴각하다가 붙들렸다고 해. 우리가 할아버지의 무덤
을 찾으러 가기 전에 캔자스에서 온 성경이 바로 그것이란다.

내 아버지는 나처럼 캔자스에서 태어나셨지. 할아버지가 메인
주에 살다가 노예폐지론자들의 투표권 행사를 도우려고 캔자스
로 옮겨 왔거든. 당시 캔자스가 연방정부에 남느냐 독립하느냐에
대한 투표가 있었지. 그때 그 이유로 온 사람들이 꽤 있었어. 물
론 캔자스가 남부동맹에 가입하기를 바라는 미주리 주의 주민들

도 캔자스로 왔지. 한동안 상황이 손쓸 길 없이 안 좋았지. 아버지는 좋은 것은 모두 잊혀졌다고 말하곤 하셨어. 아버지는 그 시절에 대해 말하는 걸 내켜하지 않았고, 아버지와 할아버지 사이의 삐걱대는 감정도 그래서 생겼지. 나는 그런 사건들에 대해 찬찬히 읽어보면서 아버지가 옳다고 결정했단다. 사람들이 잊었으니 그럴 만도 하지. 눈에 띄는 일들이 계속 벌어졌지만, 그 후 세상에 큰 사건들이 생겨서 캔자스에 대해 생각할 틈을 내기란 어려웠어.

우리 가족은 내가 어렸을 때 이 집에 왔단다. 오랫동안 전기도 없이 등잔불을 켜고 살았지. 라디오도 없었어. 어머니가 얼마나 부엌을 좋아했는지 기억나. 물론 당시에는 아주 달랐어. 아이스 박스가 있고 펌프가 달린 개수대가 있고, 파이를 보관하는 선반과 장작 스토브가 있었지. 낡은 식탁은 그때와 똑같고 식기실도 같지. 어머니는 흔들의자를 스토브 가까이 놓아, 일어나지 않고도 오븐을 열어볼 수 있었지. 음식을 태우지 않으려고 그런다고 했지. 어머니는 음식을 태워 버릴 형편이 아니라고 말했고, 그건 사실이었어. 그런데도 어머니는 음식을 자주 태웠고, 세월이 흐르면서 그런 일이 더욱 잦아졌어. 아무튼 우리 가족은 탄 음식이라도 먹었으니, 음식을 버리지는 않았지. 어머니는 스토브의 따스함을 좋아했지만 덕분에 졸기 일쑤였어. 빨래를 하거나 저장할 음식을 만들 때는 특히 그랬지. 어머니는 요통을 앓았고 관절염도 심해서, 통증을 덜려고 위스키를 조금씩 마셨지. 밤에 잠을 푹 자지 못하셨어. 나도 어머니를 닮은 것 같구나. 어머니는 고양이가 재채기만 해도 깬다고 했지만, 두 걸음 앞에서 일요일 저녁밥이 까맣게 타도록 졸곤 했지. 그날은 토요일이었어. 우리 가족은 엄격하게 안식일을 지켰기 때문에 일요일 식사를 토요일에 준비했거든. 그래서 하루 전부터 다음 날 어떤 식사를 할지 알았지. 탄 콩과 뻣뻣한 애플소스가 특히 기억에 남는구나.

처음에 네 어머니는 일요일 저녁에는 다림질을 안 하는 게 좋겠다는 말을 듣고는 깜짝 놀라더구나. 그녀로서는 일을 멈추기가 어려웠을 테니, 내가 안식일에 대해 말한 게 어떤 결과를 낳았는지 모르겠다. 그래도 그녀는 풍습을 알고 싶어하고, 마음에 새겨 두지. 공부는 일로 치지 않아서 그녀는 마음을 놓았지. 그래서 식탁에 앉아서 좋아하는 시와 문장을 베끼고, 이런저런 사실도 적어 두지. 너 때문에 그러는 거란다. 내가 떠나면 그녀가 네게 모범이 되어야 하기 때문이지. 그녀는 "제가 어떤 책을 읽을지 당신이 가르쳐 주면 좋겠네요"라고 말했지. 그래서 영국 시인 존 던의 책을 꺼내 주었어. 사실 요 몇 해 내게 의미 깊은 시인이었거든. "짧은 잠이 지나면 우리는 깨어나고 / 그러면 죽음은 없나니. 죽음이여, 너는 죽나니."(존 던의 시 「죽음이여, 오만하지 마라」 중에서—옮긴이) 존 던의 작품에는 아주 멋진 구절들이 있지. 아직 안 읽었으면 읽어보려무나. 네 어머니는 그를 좋아하려 애쓰고 있단다. 새 책을 몇 권 살 형편이 된다면 좋으련만. 내 책은 대부분 신학서이고, 전쟁 이전의 여행서가 몇 권 있지. 내가 가끔 읽고 싶은 소중한 작품과 훌륭한 작품들은 이제 없구나.

네 어머니는 공공 도서관에 가지만, 이 부근의 모든 일이 그렇듯 그 도서관은 오랫동안 재정적인 지원을 받지 못했지. 지난번에 『쓸쓸한 소나무 길』을 빌려 왔더구나. 너덜너덜한 책에는 사방에 테이프가 붙어 있었지. 하지만 그녀는 책에 빠져서 푹 젖어 들었어. 그녀가 책을 계속 보도록 내가 계란 프라이와 구운 치즈 샌드위치로 식사를 준비했지. 나도 다른 사람들처럼 오래 전에 읽어 봤는데, 특별히 재미있던 기억은 없어.

소년 시절, 시골에서 어느 살인자가 도구로 쓴 칼집 달린 사냥용 칼을 강에 던져 버렸다는 소문이 돌았단다. 애들은 그 이야기를 수군거렸지. 늙은 농부가 헛간에서 소젖을 짜다가 뒤에서 칼을 맞았다고 했어. 용의자는 사냥용 칼을 가졌다고 소문이 났지. 그가 칼을 자랑하면서 늘 보여주며 돌아다녔으니까. 그가 교수형에 처해질 지경이었지. 그는 칼을 내보이지 못했고, 누구도 그 칼을 찾지 못했지. 사람들은 그가 칼을 강에 던졌다고 생각했어. 하지만 변호사는 누군가 모르는 사람이 칼을 훔쳐서 범행을 저지르고 칼을 강에 버렸거나 들고 떠났을 거라고 주장했지. 그럴 듯해 보였어. 게다가 세상에 그런 칼을 가진 사람이 용의자 한 사람이 아니었으니까. 또 아무도 살해 동기를 대지 못했고. 결국 그는 풀려났단다.

그러자 누구를 겁내야 할지 알 수 없었고, 그래서 무서웠지. 그 칼을 가졌던 남자는 그냥 떠나 버렸어. 가끔 그가 인근에 있다는 소문이 들려 왔어. 세상에 혈육은 누이 하나뿐이었는데, 거기 살았거든. 소문은 주로 크리스마스 무렵에 돌았지.

내가 그런 소문을 몹시 염려했던 것은, 아버지를 따라 강에 가서 총을 버리는 걸 목격한 경험이 있어서란다. 할아버지는 전쟁 전에 캔자스에서 주운 총을 갖고 있었지. 할아버지는 캔자스로 가면서 둘둘 말아 줄로 묶은 군용 모포를 우리 집에 두고 가셨지. 할아버지가 캔자스에서 돌아가신 걸 알자, 우리는 모포를 풀어 보았어. 전에는 하얗던 낡은 셔츠와 설교문 몇십 장, 실로 묶은 종이 뭉치, 총이 들어 있었어. 물론 내가 가장 흥미를 느낀 것은 권총이었지. 지금의 너보다는 나이가 한참 많았어. 하지만 아버지는 못마땅해 했지. 할아버지가 남기고 간 물건들에 화를 내셨어. 그래서 묻어 버렸지.

아버지가 판 구덩이는 깊이가 1미터도 넘었어. 나는 아버지의 솜씨에 감동받았어. 아버지는 꾸러미를 구덩이에 넣더니 흙을 채

우기 시작했지. 나는 왜 설교문도 묻냐고 물었어. 당시 나는 종이에 적힌 것은 당연히 설교문으로 여겼는데, 나중에 보니 정말 그렇더구나. 편지도 몇 통 있었지. 흙을 메운 지 한 시간도 안 되어 아버지는 밖으로 나가 다시 그 자리를 파냈어. 셔츠와 종이들을 치우고 다시 총을 묻었어. 한 달쯤 지나자 다시 총을 꺼내서 강에 던져 버렸지. 총을 땅 속에 그대로 두었다면 뒤편 울타리 부근일 게다. 거기서 한두 걸음 뒤쪽일까.

아버지는 내게 아무 말도 안 하셨지. 낡고 큰 총을 구덩이에 던지면서 "그냥 놔둬라"라고만 하셨어. 그러더니 설교문을 내게 주고는 셔츠에서 흙을 털어 개더구나. 아버지가 설교문을 집으로 갖고 들어가라고 해서 나는 시키는 대로 했지. 아버지는 다시 구덩이를 메웠어. 그러고는 발로 다지고 또 다졌지. 그러더니 한 달 후에 다시 총을 파내서 발로 밟고, 빌려온 큰 나무 망치로 최대한 부수어서는 올이 굵은 삼베로 둘둘 말았어. 나와 아버지는 강으로 갔고, 평소 우리가 낚시하는 곳에서 한참 아래로 내려갔지. 아버지는 최대한 멀리 총을 던지셨어. 나는 그것이 존재하지 않기를 바란다는 인상을 받았지. 총을 큰 바다에 던졌더라도 아버지는 만족하지 못하셨을 거야. 총을 완전히 사라지게 할 수만 있다면, 아무리 물이 깊은 곳이라도 들어가서 총을 꺼내 오셨을 걸. 말했다시피 총이 컸고, 무쇠로 된 라디에이터 비슷한 장식이 손잡이에 있었지. 총을 만져 봤다면 차가운 감촉과 무게감과 손

113

에 남았을 쇠 냄새를 생생히 기억할 수 있을 것 같구나. 하지만 아버지는 만지지 못하게 했지. 니켈이었던 것 같기도 해. 솔직히 거기에는 무시무시한 범죄가 연관되어 있었던 것 같아. 아버지가 할아버지와 싸운 이유를 말해 주지 않는 걸 보면 말이지.

아버지는 펌프에서 물을 받아 낡은 셔츠 두 벌을 빨아서, 빨랫줄에 거꾸로 너셨어. 말려서 태우려고 했던 거야. 누런 셔츠에는 얼룩이 많았어. 소맷부리가 바람에 앞뒤로 휘날리는 모양이 대단했지. 얻어터지고 수모당한 사람이 거꾸로 매달린 것 같았어. 사슴을 요리하려고 거꾸로 매단 것 같기도 했고. 어머니는 밖으로 나와서 셔츠를 걷었어. 그 시절에 주부는 빨래를 해 놓은 모양새에 자긍심을 느꼈고, 특히 흰 빨래가 그랬지. 힘든 일이었어. 어머니는 전기 탈수기는 꿈도 못 꾸셨을 거야. 옷을 빨래판에 대고 문질렀지. 그러면 빨래가 희고 깨끗하게 변했지. 정말이지 놀라웠단다. 모든 여자가 월요일마다 빨래를 했지. 처음 전기가 들어오자, 주부들은 날이 밝기 전과 저녁 시간에 전기를 켜 놓고 집안일을 했어. 월요일이면 몇 시간 더 전기를 써서 빨래를 했단다.

어머니는 셔츠의 꼬락서니를 참고 봐 줄 수가 없었지. 사람들이 빨랫줄에 널어놓은 빨래로 자신의 성격을 판단한다고 확신했고, 틀렸다고 할 수는 없을 게다. 하지만 어머니의 마음에는 그 이상의 뭔가가 있었을 거야. 아버지가 좋아하는 성경 구절은 '어지러이 싸우는 군인의 신과 피 묻은 겉옷이 불에 섶같이 살라지리니'였단다. 이사야서 9장 5절이지. 어머니는 아버지가 무엇을 하려는지 안다고 느끼고, 거기에서 불경스러움을 느꼈을 거야. 어쨌든 어머니는 셔츠를 걷어서 문지른 다음 밤새 담가 놓았다가, 표백을 하고 다시 헹구었지. 몇 군데 인도 잉크 자국인 검은 얼룩과 핏자국인 누런 얼룩을 빼면 셔츠는 말끔했어. 어머니는 셔츠들을 아무도 못 보는 포도나무 시렁 밑에 걸어 놓았지. 셔츠가 마르자 노래를 흥얼대며 공들여 다림질을 했고, 다림질이 끝났을 때 셔츠는 얼룩과 핏자국이 있긴 해도 보기에 괜찮아졌지. 그러자 어머니는 셔츠를 개서 밀가루 부대에 담더니, (워낙 희고 윤이 나서 대리석 흉상 같았지) 담장 근처 장미나무 옆에 묻었어. 내 부모님도 마음이 다를 때가 있었지.

언제 그 부근을 파서 셔츠가 남아 있는지 살펴봐야겠구나. 어머니가 그렇게 공을 들였는데도 거부하듯 버티고 남아 있다면 유감이겠지. 내 생각에는 태우는 게 좋았을 성싶구나.

할아버지가 잘못을 저질렀냐고 용기를 내서 물었더니 아버지는 "할아버지의 행위는 주님이 심판하시겠지"라고 말하시더구나. 나는 범죄 행위가 있었다고 확신하게 되었지. 할아버지가 나이 들어서 집 주변에서 찍은 사진이 한 장 있단다. 사진을 보면 내가 왜 이렇게 생각했는지 이해하는 데 도움이 될 거다. 아주 비슷한 데가 있거든. 머리는 산발이고 눈은 한쪽인 왜소한 노인이 수염을 휘어지게 기른 모습이지. 수염은 페인트 붓에 남은 물감이 마른 것 같은 모양이야. 갑자기 카메라에 무슨 책망이라도 하는 것처럼 카메라를 노려보고 있지. 여전히 어떻게 대응할지 생각하는 표정이야. 뚫어질 듯한 눈빛으로 질문을 접게 만들지. 아무리 잘 살았던 사람이라도 그런 표정을 짓는다면 죄책감 같은 게 드는 거지.

그래서 나는 할아버지가 무시무시한 일을 저질렀고, 아버지는 증거를 인멸하려 한다고 믿었어. 나도 비밀을 알게 된 거고. 내가 무슨 복잡한 일에 연루되는지도 모르고 끼어들게 된 거야. 그게 인간의 조건이겠지. 나는 연루되었고 지금도 그렇다고 믿고 있단다. 그 총을 보지 않았더라도 연루되었을 거야. 내 경험상 죄책감은 아주 작은 틈에서 터져 나와 천지를 덮고 웅덩이와 습지에서 살지. 원래 거기 있던 물처럼. 나는 아버지가 카인(성경에 나오는 인물. 동생 아벨을 죽인 형제 살해범―옮긴이)을 옹호하려 했다고 믿는단다. 그때 내가 알던 바로는 캔자스에서 벌어진 일들이 모두 그런 배경을 지녔지.

농부가 살해된 후 내가 아는 애들은 모두 젖 짜는 일을 겁냈어. 소가 말을 들으면 헛간 문 쪽에 소를 두고 젖을 짜곤 했지만, 아이들은 유난스럽게 굴면서 젖을 짜려 하지 않았지. 어두울 때는 동생들과 개들을 헛간 밖에 세워서 낯선 사람이 오는지 망을 보게 했어. 어린아이들에게 그 이야기가 전해졌기 때문에 몇 년이

나 그런 일이 계속되었지. 살인자가 누구든 늙은이라고 했지. 형이 너무 서둘러 젖을 짜는 바람에 전처럼 소젖이 돌지 않아서 결국 아버지가 젖 짜는 일을 맡았지. 그러던 중 닭장에 누가 숨어 있었다는 소문이 돌자, 아이들은 달걀을 거두러 가는 걸 겁냈지. 서둘러 달걀을 줍느라 못 보고 지나치든지 달걀을 밟기 일쑤였어. 그 후에는 누군가 나무 창고, 지하 저장실, 다락에 숨은 걸 봤다는 얘기가 돌았어. 그럼 거기 가는 걸 겁냈지. 살인 사건이 일어나기 전을 기억 못할 어린애들이 특히 그랬지만, 겁먹는 게 당연했지. 그 시절에는 작은 일이 중요해서, 20년 동안 각 마을의 서너 곳의 농가마다 0.5리터씩 우유를 덜 생산하고 매일 달걀 몇 개를 잃어도 그 손실이 대단했지. 아이들이 여전히 그런 이야기를 듣는지 모르겠구나. 아직도 심부름을 끔찍해 하고, 여전히 그 지역의 생산량을 줄일까?

　우리는 그림자가 움직이거나 쾅 소리가 나면 헛간이나 나무 창고에서 뛰쳐나왔지. 그러니 늘 그런 이야깃거리가 있었지. 루이자가 범인의 개심을 위해 기도해야 한다고 말한 기억이 나는구나. 우리 각자가 위험 가능성이 있는 순간에 하나님의 돌봄을 기도하는 것보다는 문제의 원천을 봉합하는 게 낫다는 게 루이자의 생각이었지. 그 애는 그렇게 되면 범인에 대해 못 들어서 소젖을 짜러 가기 전에 기도할 생각을 못하는 이들도 보호받는다고 말했어. 현명하고 부모님 같은 생각이다 싶어서 다들 범인을 위해 한 마음으로 기도했지. 그 응답이야 주님만이 아시겠지. 하지만 너나 토비어스가 이런 이야기를 듣는다 해도, 범인은 지금쯤 백 살일 테니 누구에게도 위협이 안 될 거라고 장담할 수 있단다.

그 셔츠와 총에 대해 알게 된 것은 아버지와 할아버지의 입씨름 때문이었지. 우리랑 교회에 간 할아버지는, 아버지가 설교를 시작한 지 5분쯤 되었을 때 자리에서 일어나셨어. 내 기억에 설교 본문은 '백합화가 어떻게 자라는지 보라'라는 대목이었지. 어머니는 나더러 나가서 할아버지를 찾으라고 했어. 길을 내려가는 할아버지를 보고 따라잡으려고 달려갔지만, 할아버지는 날 노려보면서 "네가 속한 곳으로 돌아가렴!"이라고 말하셨지. 나는 시키는 대로 했어.

저녁 식사 시간이 지난 후 할아버지가 집에 나타나셨어. 어머니와 내가 정리를 하는데 할아버지가 부엌에 들어와서 빵 한 조각을 잘랐지. 우리에게 한 마디도 하지 않고 다시 나가려고 하셨어. 바로 그때 아버지가 현관 계단을 올라와 문간에 서서 할아버지를 지켜봤지.

"목사." 할아버지가 아들을 보자 인사를 했어.

아버지도 "목사님"이라고 대꾸했지.

어머니는 "오늘은 일요일이에요. 주일이라고요. 안식일이고요" 라고 말했어.

아버지는 "우리 모두 아는 사실이오"라고 대꾸했지. 하지만 아버지는 문간에서 비키지 않았단다. 그러자 어머니는 할아버지에게 "앉으시면 저녁을 차려 드릴게요. 빵 한 조각으로 어떻게 버티시려고요"라고 말했어.

그러자 할아버지가 식탁에 앉았어. 아버지도 안으로 들어와 맞은편에 앉았지. 둘은 한동안 말이 없었어.

그러다 아버지가 말했지. "제 설교가 거슬렸나요? 몇 마디 들으신 내용 중에 그런 대목이 있었나요?"

할아버지는 어깨를 으쓱하며 대답하셨어. "거슬리는 대목은 없었다. 난 그냥 '설교다운 설교'를 듣고 싶었을 뿐이야. 그래서 흑인 교회에 갔지."

1분쯤 후 아버지가 물었어. "그래, 설교다운 설교를 들으셨나요?"

할아버지는 어깨를 으쓱했어. "설교 본문이 '원수를 사랑하라'였단다."

"상황이 그러니 훌륭한 본문 같군요"라고 아버지가 말했어. 그때는 앞서 말한 교회의 뒤쪽에 누군가 불을 지른 직후였단다.

할아버지는 "대단히 기독교적이지"라고 대꾸했어.

아버지는 "실망하신 것 같은데요, 목사님"이라고 말했지.

할아버지는 양손에 머리를 묻었어. 그러더니 이렇게 말했지. "목사, 어떤 말도 더 쓸쓸할 수 없고, 어떤 날도 더 길 수 없었네.

그것에는 끝이 없지. 실망. 난 실망을 먹고 마신다네. 실망 속에서 깨고 잠들지."

아버지의 입술이 허옇게 질렸지. 아버지가 말했어. "목사님, 그 전쟁에 큰 희망을 가지셨다는 걸 압니다. 제 희망은 평화 속에 있고, 저는 실망하지 않습니다. 평화는 나름의 보상이니까요. 평화는 나름의 이유니까요."

할아버지가 맞받아쳤지. "그리고 바로 그게 내 심장을 죽인다네, 목사. 주님이 그대에게 오지 않으셨다는 사실이. 천사가 숯을 자네의 입술에 대지 않았다(성경 이사야서 6장. 천사가 뜨거운 숯을 입에 대어 죄를 제한다는 내용—옮긴이)는 사실이……."

아버지는 의자에서 벌떡 일어났어. "아버지가 허리에 총을 두르고 피 묻은 셔츠를 입고 제단으로 걸어가던 때를 기억합니다. 그리고 어떤 계시만큼이나 또렷하고 분명한 생각을 했습니다. '이건 예수님과는 아무 관계도 없어'라는 생각이었습니다. 아무 관계도……. 아무 관계도 없어요. 예전에도 지금도 다른 사람들처럼 소위 환상이라고 확신합니다. 이것에 대해서는 누구의 뜻도 따르지 않아요. 아버지도, 사도 바울도, 세례 요한도 마찬가집니다, 목사님."

할아버지는 "소위 환상이라니. 내게는 주님이 거기 곁에 서 계셨던 것이 지금 네가 여기 서 있는 것보다 백 배는 더 확실하다!"

1분쯤 후 아버지가 말했어. "그거야 아무도 의심하지 않을 겁니다, 목사님.”

그때 틈이 확실히 벌어졌지. 얼마 후 할아버지는 떠나셨어. 식탁에 남겨진 메모에는 이렇게 적혀 있었지.

선이 이루어지지 않았고, 악이 끝나지 않았다.
그게 너의 평화란다.
꿈이 없는 백성은 망한다.
주님께서 너를 축복하시고 지키시기를.

지금도 그 메모를 갖고 있다. 성경책 속에 끼워두었지.

하지만 나는 아버지가 아벨의 피가 땅속에서 울부짖는다고 설교하는 것을 보면서, 어떻게 그런 식으로 말할 수 있는지 놀라곤 했지. 나는 아버지를 대단히 존경했어. 아버지가 그의 부친의 죄책감을 숨겨야 하고, 나 역시 내 죄책감을 감추어야 할 것 같았어. 아버지가 거기 서서 주님이 거짓을 미워하고 결국 우리의 일은 진실의 빛 속에 드러날 거라고 설교할 때면, 난 아주 이상하고 괴로운 격정을 품고 아버지를 사랑했지.

시간이 흐르면서, 나는 할아버지가 전쟁 전에 캔자스에서 벌어진 폭력에 깊이 연루되었음을 알았어. 말했다시피 그게 두 분이 벌이는 언쟁의 원천이었고, 결국 두 분은 캔자스에 대해서는 더 이상 언급하지 않기로 합의했지. 그래서 아버지는 소위 그런 '기념품'이 집에 남은 것을 알자 견디지 못하셨을 거야. 그때는 할아버지의 무덤을 찾으러 캔자스로 가기 전이었지. 아버지에게는 할아버지에 대한 강렬한 분노가 진심으로 회개해야 할 일 중의 하나였을 거야.

하지만 내 아버지는 전쟁을 싫어했어. 1914년에는 죽을 뻔했지. 의사 말로는 폐렴이라고 했지만, 나는 울분과 화 때문에 아팠다고 믿는단다. 세계대전이 시작되자, 멋진 일이라도 일어날 것처럼 유럽 전역에서 대규모 축하 행사가 벌어졌어. 우리도 참전하면서 여기서도 큰 행사가 열렸어. 고적대의 행진과 퍼레이드가 벌어졌어. 우린 군대 파병이 얼마나 비참한 일인지 이미 알고 있었지. 4년간 신문을 볼 때마다 아버지가 안쓰럽더구나. 아버지는 캔자스에서 벌어진 일을 보았는데, 또 부친이 입대했으니. 결국 전쟁이 끝나기 전에 아버지도 군에 가야 했지. 아버지에게는 여동생 넷과 남동생 한 명이 있었고 할머니도 건강하지 않았어. 할머니는 40대에 젊은 나이로 세상을 떠났지. 어린 자식들은 알아서 크거나, 할아버지와 내 아버지, 착한 신자들의 손에서 커야 했지. 아버지의 형인 에드워즈 삼촌은 달아났어. 다들 그러기를 바랐지. 어쨌든 큰아버지는 자취를 감췄고, 혼란스런 시대여서 당국에서도 찾지 않았어. 할아버지 세대에 추앙받던 조너선 에드워즈라는 신학자의 이름에서 딴 이름이었지. 그리고 내 형 에드워드는 삼촌의 이름을 물려받아 '에드워즈'였지만, 형은 대학에 진학한 후 이름에서 'S'를 빼 에드워드가 되었지.

글로리가 와서 존 보턴이 집에 왔다고 전해주었어. 오늘 밤 존은 아버지 집에서 저녁 식사를 한다는구나. 그가 하루이틀 후에 안부를 전하러 들를 거라더구나. 미리 귀띔해 주니 고맙지. 마음의 준비를 할 시간이 있으니까. 보턴은 아들을 더 못 낳을 거고 나도 자식을 얻지 못할 거라고 생각해서, 내 이름 '에임스'를 넣어 이름을 지었지. 정말 속 깊은 친구였어. 그런데 그는 14개월 후에 아들을 더 얻는 축복을 누렸지. 이 아이가 시어도어 드와이트 웰드 보턴이고, 의사 학위와 신학 박사 학위를 받은 후 미시시피 어디에서 영세민을 위한 병원을 운영하고 있단다. 그는 집안의 자랑이지. 존은 자기 말고 신문에 이름이 나는 가족이 있어서 다행이라고 말하더구나. 부모가 자신 때문에 얼마나 난감했는지 생각할 때 그건 쓸쓸한 농담이었지. 신문에 기재된 존의 이름 때문에 보턴 내외는 더 힘들었단다. 늘 존 에임스 보턴이라고 나왔거든.

캔자스에서 헤매면서 아버지는 내게 많은 이야기를 해 주셨단다. 시간을 때우려는 목적이 컸겠지만, 할아버지가 그곳으로 돌아간 이유를 설명하려는 목적도 있었을 거야. 우리가 할아버지를, 그러니까 할아버지의 무덤을 찾아야 되는 이유를 말해 주려는 의도도 있었을 테고. 할아버지는 전쟁에서 돌아온 후로 안식일에는 밖에 나가서 퀘이커 교도들과 어울리곤 했다더구나. 할아버지의 교회는 반쯤 비었고, 성도라야 미망인과 고아들, 아들을 잃은 어머니들뿐이었지. 남자 성도 몇 명은 참전했다가 발진티푸스라는 병을 얻어 집에 돌아와 가족들에게 병을 옮겼지. 일부는 앤더슨빌에 있다가 목숨을 잃을 지경으로 돌아왔지. 아버지는 교회 묘지의 절반이 새로 생긴 무덤이라고 말하셨어. 그리고 할아버지는 일요일마다 이 모든 일에 드러나는 신의 공의에 대해 설교하셨지. 그러면 노부인들은 흐느끼기 시작했고 아이들도 같이 울었지. 할아버지는 그걸 참을 수가 없었고.

나는 할아버지 입장이 되어 상상해보려 애쓰고 있단다. 그 외에 무슨 말을 할 수 있었을지, 그 밖에 무엇을 진실로 받아들일 수 있었을지 모르겠어. 할아버지는 젊은이들에게 전쟁에 나가라고 설교하셨지. 그래서 교회는 심한 공격을 받았어. 교회 성도들이 먼저 입대해서 전쟁이 끝날 때까지 남았기 때문에, 남부동맹이 그들에게 총탄을 퍼부었지. 할아버지는 40대를 훌쩍 넘겼지만 함께 입대하셨어. 그때 눈 하나를 잃었고, 그런 상태로 집에 돌아왔지. 그는 이미 눈을 잃은 데 익숙해져서, 가족들에게 그 소식을 알리는 것을 잊었던 듯했지. 사실 전쟁에서는 부상을 입는 게 흔한 일이었어. 팔다리 절단이 워낙 많았어. 내가 어렸을 때는 팔이나 다리가 없는 노인들이 많았단다. 내 눈에는 그들이 늙어 보였

지.

　할아버지가 성도들에게 돌아와 함께 지내면서 미망인들과 고아들을 보살피게 된 것은 영광스런 일이었지. 감리교도들이 교회로 모이고 있었고, 길 아래쪽의 땅을 매입했기에 할아버지의 성도들은 그와 함께 할 필요가 없었지. 일부 떠난 이들도 있었어. 나는 아버지가 땅에 묻었다가 다시 파낸 설교문을 읽고 그런 사정을 알았지. 감리교의 설교가 대단히 매력적이고, 연방을 지지하는 군대에서 짧지만 명예롭게 복무한 목사의 젊음이 드러난다고 적혀 있더구나. 그 설교문들을 여러 번 읽어 봤지. 잉크 자국이 흐릿해졌어.

　새로 온 사람들과 젊은이들은 감리교도가 되어서, 강가에서 야외 회합을 열고 있었어. 시골 곳곳에서 수백 명이 모여 낚시를 하고 요리를 하고 세탁을 하고 저녁 무렵까지 서로를 방문했지. 그러다가 횃불을 밝히고 밤이 깊도록 설교와 찬송을 했지. 할아버지도 거기 가서 즐거운 시간을 보내셨어. 할아버지는 주일이면 교회 성도들이 강에서 올라오는 노랫소리를 듣도록 문과 창문을 열어두곤 하셨지. 할아버지는 전쟁의 큰 짐을 타고났다는 이유로 감리교도들을 존경했어. 하지만 그들이 아주 오랫동안 감독에게 인내심으로 대하는 것을 동의할 부류라고는 믿지 않으셨지.

　할아버지가 많은 것을 잃은 교회에 설교만으로는 생기를 불어넣지 못하리란 것을 아셨던 것 같아. 할아버지는 온갖 일을 맡아서 했지. 지붕과 현관 앞 계단을 고치고, 아이들을 가르치고 돼지를 잡았지. 남은 성도들이 사례를 할 수 없었어도 별별 일을 다 했어. 할아버지가 잡다한 일을 해주면 사람들은 닭고기 수프나 감자 몇 알밖에 보답하지 못 했어. 할아버지는 해야 할 일이라는 이유만으로 일을 했지. 어느 집에서는 장작을 패 주고, 다음 집에서는 잡초를 베어 주었지. 아버지는 "고아와 과부를 붙드셨다"라고 말하셨지. (시편 146편에 나오는 구절이란다.) 또 할아버지는 육군성에 수없이 편지를 보내서, 참전 용사들과 미망인들이 보상금과 연금을 받게 하려고 노력하셨지. 보상금과 연금이 아예 오지 않거나 늦게 왔거든. 여기에 모순이 있었지. 정작 당신 자식들은 이 시기에 아버지 없이 살아야 했고, 할머니도 오래 살지 못할 게 분명했기 때문에 아주 힘들었다고 아버지는 말씀하셨어.

그 무렵 내 아버지는 20대에 접어든 어른이 되었고 누이 둘도 거의 다 컸지. 할머니의 건강이 악화되어 고생하지 않았다면 그럭저럭 버텼을 거야. 할머니는 암에 걸렸던 것 같아. 읍에 의사가 한 명 있었지만, 군대를 따라가서 돌아오지 않았지. 그가 죽었는지는 아무도 몰랐지. 머리에 파편이 박혀서 그 후 회복하지 못했다는 소문이 돌긴 했지만. 아무튼 당시 의사들은 별로 도움이 안 되었지. 찜질약이나 대구 간유, 겨자 고약, 부목, 봉합이 고작이었으니까. 아니면 브랜디를 쓰거나.

이웃 부인들이 약으로 붉은 토끼풀꽃 차를 주었는데, 아버지 말로는 해가 되진 않았다더구나. 그들은 할머니의 머리칼을 잘랐지. 머리카락이 힘을 빠지게 한다고 믿었으니까. 할머니는 자른 머리칼을 보자 울음을 터뜨리면서, 평생 자랑스럽게 여기던 것이 그거라고 말씀하셨지. 아버지는 할머니가 고통으로 허약해져서 제정신이 아니었지만, 그 말이 가슴에 남았다고 하셨어. 고모들도 마찬가지였고. 그 시절에는, 내가 아이였을 때까지도 여자들은 성경에 나온 대로(고린도전서 11:15) 머리를 길게 길렀단다. 하지만 병들면 머리를 잘랐고, 그것은 그들이 겪어야 하는 다른 모든 것들과 더불어 언제나 슬픔이고 치욕이었지. 그래서 할머니는 그게 힘겨웠던 거야. 아버지가 할머니께서 많이 힘들어 하신다고 말하자, 할아버지는 "네가 돌아왔고 내가 돌아왔지. 우리 둘 다 건강하고 팔다리가 붙어 있잖니"라고 말씀하셨어. 아버지는 이 말을 할머니의 슬픔은 지역민이 평균적으로 느끼는 정도이니 아내의 마음을 보살필 짬을 내지 못하겠다는 뜻으로 받아들였어.

　노목사의 실수들은 주로 윤리 문제에서 격렬함이 빚은 결과였던 것 같아. 결국은 감탄을 받긴 했지만 말이지. 할아버지는 오랜 세월 동안 환상을 많이 봤는데, 하나같이 요구가 많아서 남들보다 해이해지지 않으셨지. 할아버지는 정신없이 강을 건너 후퇴하다가 그리스어 성경을 잃어버렸지. 난 언제나 그 일에서 은유 같은 걸 느꼈지. 할아버지의 평생에는 늘 풍파가 있었지. 고난이 끝이 없었어. 그러다가 늘 다시 상황을 바로잡았지.

몇 년 후 성경이 앨라배마에서 우편으로 왔더구나. 남군이 성경을 주워서, 그날 그들이 퇴각시킨 연대를 찾아내 군목이 누구인지 알아냈겠지. 조롱하는 의미로 성경을 보냈을지도 모르지만, 어쨌든 고마운 일이었지. 성경책은 아주 많이 망가졌어. 네가 그걸 간직하면 좋겠구나. 값어치가 없는 물건일 것 같다만.

나는 할아버지가 환상에 대해 아주 좁은 견해를 가졌다고 생각한다. 말하자면 대단한 경험의 빛이 눈부신 나머지, 누구에게나 인상적인 햇살이 비친다는 것을 깨닫지 못했지. 그게 내가 하고 싶은 이야기일 거야. 때로 어느 특정한 날의 비현실적인 일면은 기억 속에서 다가오지. 또는 시간이 흐르면서 우리에게 열리기도 하고. 예를 들어 세례를 주려고 아기를 품에 안으면, 경험 속에 더욱 충만함에 빠져든단다. 더 많은 생명을 보았고, 인간의 신성함을 확인해 주는 게 무엇인지 더 잘 알기에 충만해지지. 돌이켜 보면 기억 속에서만 우리에게 오는 환상이 있는 것 같아. 강단에서 말하는 게 그것이지만, 진실을 말할 때만 그렇지.

오늘 존 에임스 보턴이 찾아왔더구나. 나는 현관 앞 그네에 앉아서 신문을 읽었고, 네 어머니는 꽃을 가꾸고 있었지. 그가 대문을 지나서 계단을 올라와서는, 손을 내밀고 미소를 짓더구나. 그는 "잘 지내셨어요, 파파?"라고 물었지. 그가 어릴 적에 날 부르던 호칭이 '파파'였거든. 그의 부모가 그렇게 시켰겠지. 난 그렇게 생각하고 싶더구나. 존은 조숙한 매력을 가진 사람이었지. 실제로 그렇더라도 자기 스스로 알아서 행동할 수 있었을 텐데 말이야. 지금껏 그가 날 좋아한다고 느낀 적은 없어.

존이 아버지를 어찌나 닮았던지 충격을 받았어. 물론 중요한 것은 부자지간이 너무 다르지만. 그가 존 에임스 보턴이라고 인사를 하자, 네 어머니는 놀란 기색이 역력했지. 존은 웃음을 터뜨렸어. 그는 날 보면서 "아직 과거를 묻지 말라고는 못하시겠는데요, 목사님"이라고 말했지. 그런 말을 하다니! 하지만 내게 대자(代子)가 있다고 그녀에게 미리 말하지 않은 건 불찰이었지. 너는 나무 사이에서 소피를 찾고 있었지. 고양이가 워낙 자주 짐을 꾸려 알려지지 않은 곳으로 가출을 하는 바람에, 너와 네 어머니는 걱정이 많지. 그때 마침 네가 겨드랑이에 고양이를 끼고 나타났지. 고양이는 귀를 뒤로 눕히고 성난 눈빛으로 꼬리를 뒤틀었지. 꼬리가 워낙 길어서, 그렇게 꼬지 않으면 네가 밟았을지도 몰라. 네가 내려놓으면 소피는 냉큼 달아날 게 뻔했지만, 너는 바닥에 내려놓았고 녀석은 달아났지. 그런데 너는 존 에임스 보턴과 악수하느라고 소피가 도망가는 것도 몰랐어. 그가 "만나서 반갑구나, 꼬마 동생!"이라고 말하자, 너는 무척 흐뭇해하더구나.

너희 모자가 그가 내 이름을 물려받았다는 사실에 그렇게 넋이 나갈 줄은 미처 몰랐다. 알았다면 미리 귀띔했을 텐데.

그는 모자를 손에 들고 계단을 올라왔지. 우리 사이에 오랜 농담이라도 있는 듯 웃으면서 말이다. 그는 "좋아 보이시는데요, 파파!"라고 말했고, 나는 오랜 세월이 흐른 후 그의 첫마디는 분명히 농담일 거라는 생각이 들었지. 하지만 그때 난 그네에서 일어나느라 버둥댔지. 그네에는 붙잡을 만한 든든한 데가 없었거든. 의사들은 앉은 자세에서 갑자기 일어나면 심장에 무리가 간다고 했지. 그게 사실이라는 것은 나도 경험으로 알고. 너희 둘이 지켜보는 데서 죽거나 쓰러지지 않는 게 최선이다 싶더구나. 가여운 괴짜 노인네 보턴이 그 일을 피할 수 있었을지 고민하게 만들 수도 없는 노릇이고. 존 보턴이 그런 표정으로 내 팔꿈치를 잡아 부축해주었지. 꼭 구멍에 발을 디디는 기분이더구나. 그가 나보다 훨씬 컸고, 전보다도 많이 컸거든. 물론 나도 나이가 들면서 키가 줄었지만, 그 정도로 차이가 나다니 이상스러웠지.

정말 이상해. 나는 존경받을 만한 시민으로 신문에서 정치 기사를 읽고, 젊은 아내는 부드러운 아침 햇살 속에서 백일초를 가꾸고, 귀여운 어린 아들은 늘 없어지는 고양이 소피를 제대로 못 다루던 순간, 다시 한 번 한동안 기쁨인 상태를 누렸지. 파리떼가 성가셨지만, 햇살이 환하고 투명했고 신문에는 흥미로운 기사가 많았어. 난 발가락에 관절염이 생겨서 침실 슬리퍼를 신고 있었고. 흠잡을 데 없는 아침 풍경이었지.

그런데 존 보턴이 여기 온 거야. 그는 신체적으로는 아버지를 꼭 닮았지. 검은 머리 하며 좋은 혈색 하며 똑같지. 그는 네 어머니 또래지. 그녀가 세례 받으려고 사랑스런 얼굴을 내 쪽으로 들 때가 기억나는구나. 겨울 아침 햇빛은 갓 내린 눈으로 환했지. 난 '이 사람은 늙지도 젊지도 않구나'라는 생각을 했고, 왠지 그녀에게 놀랐지. 아름다움을 초월한 그녀였기에 물을 눈썹에 댈 수가 없었지. 거기에는 슬픔도 배어 있었어. 시간이 흐르면서 그녀는 점점 젊어졌고, 네 덕분인 면도 있지. 하지만 오늘 아침처럼 그녀가 젊게 보인 것은 처음이었어.

　빛이 환했고 네 어머니는 정원에 있었어. 너는 웃통을 벗어 주근깨 투성이인 어깨를 드러내고 맨발로 돌아다녔지. 네 어머니는 핫도그를 줄에 꿰어 막대기에 매달아, 네가 소피를 유인하게 해 주었지. 그녀는 그것을 '고양이 장대'라고 불렀고, 그건 네가 좋아하는 장난이지. 그래서 아침 내내 너는 나무 수풀과 집 주위에서 고양이를 유인하며 놀았어. 나는 선거 관련 기사를 읽었고. 요즘의 기쁨 중 하나는 내가 시시각각 모든 걸 인식한다는 거란다. 그것도 좋았지. 나도 모르게 존 보턴의 부축을 받아 일어날 때까지는. 그때 네 어머니와 네 표정을 보았지. 존과 내가 대조되어 그런 표정을 지었을 리는 없었어. 둘은 오늘 아침에야 비로소 내가 늙었음을 깨달은 게 아닐 테니까. 그 표정이 뭔지 모르겠고, 더는 생각하지 않을 작정이다. 기분이 별로 좋지 않았거든.

　존은 차도 마시지 않고 일어났어. 분위기는 괜찮았지. 내가 살아 투표한다면, 아이젠하워를 찍으련만……. 네가 내가 힘이 있을 때의 모습을 알 수 있었다면 얼마나 좋았을까.

환상에 대해 말하고 있었지. 어렸을 때, 아버지가 불탄 교회를 허무는 것을 거들던 일이 기억나는구나. 번개가 첨탑에 내리치자, 첨탑이 건물을 덮쳤지. 우리가 교회 건물을 허물러 간 날은 비가 내렸어. 제단은 부서지지 않고 빗속에 서 있었지만, 의자는 거의 불쏘시개가 되어 버렸지. 화요일 자정에 그런 일이 벌어진 데 대해 주님을 찬양하는 소리가 드높았지. 따스한 날이었고, 포근한 비가 내렸지. 비를 피할 곳이 없었고, 비를 맞아도 다들 아랑곳하지 않았어. 온갖 사람들이 도우러 왔지. 꼭 캠프나 야유회 같았어. 사람들이 마차를 끄는 말들을 풀어놓았고, 우리 아이들은 마차 밑에 낡은 누비이불을 깔고 앉아 이야기를 하고 구슬놀이를 했어. 형들과 어른들이 폐허 더미에 올라가서 성경과 찬송가를 꺼내는 모습을 지켜보았지. 그들은 노래를 불렀고, 우리 모두 「복 되신 예수님」과 「고난의 십자가」를 불렀지. 강풍이 비를 몰고 와서 우리가 있는 곳에 뿌리곤 했단다. 비보다도 바람이 차가웠어. 마차 바닥에 쏟아지는 빗줄기 소리는 다락 처마에 비가 쏟아지는 소리와 똑같았지. 지금은 비가 안 오지만, 그날이 기억나는구나. 사람들이 불에 탄 책을 모아서 무덤 두 개를 만들었지. 하나는 성경책을, 하나는 찬송가를 묻었고, 그 교회(내 기억으로는 침레 교회)의 담임 목사가 기도를 했지. 어른들이 어떤 상황을 만나든 어떻게 해야 되는지 아는 걸 볼 때마다 놀라웠지.

부인들은 가져온 파이와 케이크와 쓸 수 있는 책들을 마차에 넣은 다음, 널빤지와 방수포를 덮어 놓았지. 음식이 죄다 젖었지. 비가 올 줄 아무도 예상하지 못했던 것 같아. 또 추수기가 다가와 사람들이 워낙 바빠서 오랫동안 다시 오지 못했지. 제단을 나무 밑에 놓고 모포를 덮었고, 건질 만한 것은 뭐든 모았지. 지붕널과 못까지 모은 다음, 아직 서 있는 것은 뭐든 무너뜨려서 말린 다음 불쏘시개로 썼지. 빗속에서 재가 액체가 되었고, 무너진 더미에서 일하는 사람들은 숯검정이 묻어 누가 누구인지 알아볼 수도 없었어. 아버지는 내게 재가 묻은 과자를 주면서 "마음 쓰지 말아라. 재보다 깨끗한 것은 없단다"라고 말씀하셨어. 하지만 과자 맛이 이상했지. 무교병(유대인들이 애굽에서 나온 것을 기념하여 유월절 전 일주일간 먹던 효모를 넣지 않은 빵. 고난의 떡이라고도 함―옮긴이)과 비슷할 것 같았어. 요즘은 잊혀졌지만 당시에는 '고난의 떡'이란 말이 자주 언급되었단다.

'역경의 쓰임새는 묘하다'라고 하지. 맞는 말이란다. 여기 내 서재에서 라디오를 켜 놓고 오래된 책을 들고 있자니, 내가 어디에 있는지 잊게 되는구나. 밤이고 바람이 불고 집에서 삐걱대는 소리가 나는 지금, 마치 1~2분간 힘겨운 시절로 되돌아간 느낌이 들고, 이해 못할 경험 속에 달콤함이 있구나. 하지만 그럴수록 역경의 가치는 더 큰 거란다. 내가 하려는 말은 우리가 경험한 것일 지라도 그 실제 성질을 모른다는 것이다. 혹은 거기에는 정해진 특성이 없지. 모자에서 빗물이 뚝뚝 떨어지는 빗속에 서서, 더러운 손으로 내게 과자를 주던 아버지가 기억난다. 그의 뒤에 있는 타 버린 교회의 잔해에서는 비가 깜부기에 쏟아져 김이 피어올랐 지. 비가 주룩주룩 쏟아지는 가운데, 여인네들은「고난의 십자가」 를 부르면서 찬송가에 맞춰 춤이라도 추는 것처럼 사뿐사뿐 움직 이며 일을 했지. 성인 여자는 머리를 풀어 내린 모습을 남에게 보 이지 않던 시절이었지만, 그날은 할머니들도 여학생들처럼 머리 를 등 뒤로 풀어 내렸지. 너무나 즐겁고 슬펐지. 내 삶의 많은 것 이 그 순간에 함축된 것 같기에 이런 말을 다시 하는 거란다. 애 도하는 마음이 자주 그날 아침으로 날 데려가곤 하지. 내가 아버 지께 성찬을 받던 그 시간으로. 나는 그것을 성찬으로 기억하고, 성찬이란 바로 그런 거라고 믿는단다.

비 내린 그날이 내게 어떤 의미인지는 말해줄 수가 없다. 무슨 의미인지 내 자신에게도 말할 수 없으니. 하지만 얼마나 많은 것 들이 명확해졌는지는 알지.
요즘은 노부인들도 머리를 짧게 자르고 검게 물들이지. 그것도 좋은 것 같아.

손에 성경책을 들 때마다, 빗속에서 나무 밑에 타 버린 성경을 묻던 그날이 떠오른단다. 그 기억으로 인해 그 일이 신성해지지. 할아버지가 허물어져 가는 교회에서 설교를 하던 모습이 떠오르는구나. 거기 모인 몇 사람이 침례교도들의 모임에서 부르는 「고난의 십자가」를 들을 수 있게 창문을 전부 열어 놓았던 일에 대해 생각해 본다. 우리 교회도 내가 들었던 그 이야기로 인해 신성해지지. 아버지와 할아버지가 처음 집에 돌아오니 교회 지붕이 엉망이라 통로와 의자에 빗물을 받는 양동이들이 놓여 있었다던 아버지 말씀이 기억난다. 아버지는 부인들이 건물과 담장에 장미 덩굴을 심어서, 전보다 아름다워졌다고 하셨어. 초원은 다시 밭과 과수원이 되었고, 길에는 바퀴 자국들 사이에 해바라기가 피었지. 교회가 무너져 갔지만, 부인들은 기도 모임을 갖고 성경 공부를 했지. 그런 생각을 하니, 강하고 사랑스런 마음이 드는구나. 직접 환상을 보았든 보지 못했든, 그런 것들을 환상으로 받아들이지 않는다면 감사를 모르는 채 허세나 부리는 태도겠지.

　그 말을 하고 보니, 우린 늘 할아버지의 오른편에 다가가는 것에 신경을 썼던 기억이 나는구나. 잃은 눈이 오른쪽 눈이어서, 할아버지가 그쪽에서 환상을 본다는 인상을 받았거든. 할아버지는 환상에 대해 자세히 말씀하시지 않았어. 우리가 환상에 대해 잘못된 태도를 가졌다고 느꼈기 때문이야. 그럼에도 우린 존중하려고 노력했지. 가끔 학교에서 집으로 돌아오면, 어머니가 뒷문에서 기다리다가 "주님이 응접실에 계시단다"라고 속삭이곤 했어. 그러면 나는 신발을 벗고 조용히 들어가다가, 응접실 안을 힐끗 들여다보았지. 할아버지가 마음을 모은 채 상냥하고 기쁜 표정으로 소파 왼쪽 끝에 앉아 계셨어. 이따금 "요점을 알겠습니다"라거나 "저도 자주 그렇게 느낍니다"라고 대꾸하는 소리가 났지. 그 후 며칠간 할아버지는 환하고 목적 의식이 분명한 표정을 지었고, 더 당당하게 물건을 갖고 나가곤 했지.

한번은 저녁 식사를 하면서 할아버지가 우리에게 말했어. "오늘 오후 강변에서 주님을 만나 얘기를 나누었단다. 그분이 내게 흥미로운 권유를 하시더구나. 주님은 '존, 왜 집에 돌아가서 늙어가지 않느냐?'라고 말하셨지. 하지만 나는 여행할 기운이 있는지 자신이 없다고 말할 수밖에 없었지."

어머니가 말했어. "아버님, 여기가 집이에요. 주님은 아버님께 좀 편히 지내라는 뜻으로 말씀하신 거라고요."

할아버지는 "글쎄다……"라고 되뇌었고, 무슨 생각을 하는지 환한 표정을 지으셨지.

나중에 아버지는, 주님이 할아버지에게 캔자스에 돌아가라고 설득하셨다면, 우리가 무슨 말을 했어도 마음을 돌리지 못했을 거라고 말하곤 했지. 아버지에게는 그렇게 믿는 게 중요했어. 정말 그렇게 믿지는 않은 것 같았지만 말이지.

한번은 학교에 가는 길에, 아이들 몇 명이 내 할아버지를 놀리는 걸 봤지. 검은딸기를 따서 모자에 넣으며, 고개를 끄덕이며 혼 잣말을 중얼대는 추레한 보통 노인 대하듯 하더구나. 아이들은 할아버지의 오른쪽으로 다가가서 옷자락을 잡아당겼어. 그러자 할아버지는 고개를 끄덕대며 중얼댔고, 아이들은 손으로 입을 막고 달아나곤 했지.

이 광경에 난 놀랐지. 할아버지의 오른쪽에 신성함 같은 게 있다고 믿은 나였으니, 아이들이 그걸 망칠 수 있다는 게 충격이었지. 난 정신이 아득해져서 거기 서서 어떻게 할지 정하려고 애썼지. 그러자 할아버지가 몸을 돌리더니 날 빤히 쳐다보셨어. 내가 거기 있다는 걸 어떻게 알았는지 모르겠어. 또 왜 배신자라도 되는 듯이 날 쳐다보셨는지 모르겠지만, 그 눈길을 떨칠 수가 없었지. 그냥 오해라고, 아무 의미도 없는 눈빛이었다고 자위할 수가 없었어.

고백건대 난 할아버지에게 당혹감을 느꼈단다. 창피함이었는지도 몰라. 또 그런 감정은 그때가 처음이 아니었지. 하지만 당시 난 아이였으니, 할아버지가 이해했을 거라는 생각도 들어. 꿰뚫어 볼 수 있는 사람들은 제대로 못 본단다. 실제 모습보다 나은 사람이 되려고 노력하는 것을 높이 치지 않으니까. 그런 노력은 힘들고 좋은 것이니 알아줘야 하는데 말이야. 이렇게 말해도 될 것 같구나. 할아버지가 그렇게 떠나서 모두 큰 상처를 받았지. 그런 처신에 심판이 있다는 것을 알았으니까. 뭐라 변명해도, 아무리 우리 입장을 합리화하고 선의였다고 말해도, 우리는 알고 있었어. 할아버지의 입장에서는 어쭙잖은 변명임을. 우리가 보기에도 진부한 핑계임을. 할아버지는 떠나면서 너무 많은 것을 가져가셨지.

아버지는 제대해서 할아버지의 교회에 들어가자마자, 성찬용 탁자 위에 걸린 자수 벽걸이가 눈에 들어왔다고 했지. '우리 주 하나님은 정죄하는 불이시다'라는 글귀 주변에 꽃과 불꽃이 수놓인 아름다운 작품이었지. 내가 늘 할아버지의 교회가 벼락을 맞았다고 생각하는 것도 그 때문일 거야. 사실 그렇기도 했지.

아버지는 그 깃발 때문에 퀘이커 교도들과 어울리게 됐다고 하셨지. 아버지는 깃발을 잘 봤다면 '정죄하는'이라는 구절을 전쟁에 적용시켜 생각했을 거라고 말씀하셨어. 또 부인네들이 아들과 남편을 잃음으로써 세상이 더 정죄될 수 있다는 생각에 오싹했다고 하셨지. 아버지는 불쾌한 표정으로 거기 서서 깃발을 보셨나 봐. 어느 부인이 "성경에 나오는 구절인걸요"라고 말한 걸 보면.

아버지는 "죄송합니다만 부인, 저건 성경 구절이 아닙니다"라고 대답했어.

그러자 부인은 "그렇다면 그런 구절을 넣어야겠네요"라고 대꾸했지.

물론 그녀가 그런 생각을 했다는 것이 아버지의 마음에는 끔찍했지. 하지만 정확히 그런 구절이 성경에 없다고 해도, 그런 뜻이 담겼다고 할 만한 구절들은 있지. 그 부인도 그런 뜻으로 한 말이었을 거야.

나는 항상 그 깃발을 직접 보고 싶었어. 벽걸이라고 해야 되나. 아버지는 옛날 그림처럼 양쪽에 날개를 앞쪽으로 편 천사들이 있고, 언약의 궤가 있을 자리에 그 선동적인 구절이 있었다고 하셨어. 글귀 주위와 위쪽에 꽃과 불꽃이 수놓여 있었어. 그 부인들이 어떻게 벽걸이 재료를 구했는지 모르겠어. 가장 좋은 옷의 실을 풀고 잘라서 그 깃발을 만들었겠지. 또 깃발이 어떻게 됐는지도 늘 궁금했지. 실이 워낙 약하니 망가지기 쉽지. 일부라도 남아 있다면 좋으련만.

그 부인들은 하나하나 미망인이 되었음을 알게 되었고, 동부의 가족들에게로 돌아갔지. 전부는 아니지만 꽤 여럿이 떠났지. 일부는 남편과 자녀들을 교회 옆에 묻었기 때문에, 도저히 떠날 수가 없었지. 떠났다가 몇 년 후 돌아온 사람도 몇 명 있었단다. 결국 신자들은 흩어졌고, 감리교도들이 교회 부지를 사서 낡은 건물을 태웠지. 그대로 쓸 수가 없었거든.

아버지는 설교 시간에, 전후 시절이 후회된다고 말씀하신 적이 있었지. 할아버지는 가여운 남은 성도들에게 위로의 말을 하려고 애쓰는데, 아버지는 이곳을 떠나 퀘이커 교도들과 어울린 게 후회스럽다고 했어. 그 시절, 할아버지는 열리는 창문은 다 열어 감리교도들이 강가에서 부르는 노랫소리가 들리게 했지. 부인네 몇 명은 설교 중인데도 「고난의 십자가」나 「반석의 세월」 같은 성가를 따라 불렀고, 그러면 할아버지는 설교를 멈추고 노래에 귀를 기울였지. 새 무덤이 많아서 바람에 흙냄새가 실려 왔지만, 사람들은 나중에 그런 주일 아침과 수요일 저녁을 묘하게 멋진 시간으로 기억했다더구나. 사람들은 아련함을 안고 그때를 기억했지. 아버지는 그 후 평생 후회하고 회개했지만 부족하다고 말씀하셨어. 처음에는 떨어져서 지내는 것이 원칙적인 행동 같았으니까. 할아버지는 노예제도가 있는 한 평화는 없고, 무기와 힘을 가진 자들과 무방비 상태로 붙잡힌 이들 사이의 전쟁만 있을 뿐이라며, 성도들이 전쟁에 나가도록 설교했지. "그 전쟁이 끝나야 평화가 올 것이므로, 평화의 하나님께서 전쟁을 끝내라고 우리를 부르신다"라고 말하곤 하셨어. 할아버지는 허리에 총을 차고 이 모든 말을 했지. 늘 모두 "아멘"이라고 소리쳐 화답했지. 아주 어린 아이들까지도.

오늘 점심 식사를 하러 집에 와 보니, 네가 길에서 존 보턴이랑 야구를 하더구나. 너는 그의 글러브를 끼고 있었지. 유격수가 끼는 멋진 새 글러브가 네 팔꿈치까지 올라오더구나. 그는 내가 책상 위에 올려둔 에드워드의 낡은 글러브를 끼었고. 글러브에는 포켓은 말할 것도 없고 손가락을 잇는 가죽 끈도 없는데. 아직 네게 글러브를 마련해 주지 않은 것은 내 불찰이구나. 나중에 구해 줘야지.

　존 보턴이 네게 땅볼 잡는 법을 가르친 것은 네가 뜬공을 잡지 못 할 것 같아서였겠지. 너는 아주 민첩한 발놀림으로 여기저기 뛰어다니며 열심이었고, 그는 "자, 잡아 봐"라고 소리치면서 글러브를 탁탁 쳤지. 그러더니 스포츠캐스터 같은 말투로 "주자가 2루를 돌고 있습니다. 공이 3루에 먼저 날아올까요?"라고 말하더구나. 그때 네가 다시 공을 놓치자 그는 "놀랍습니다. 주자가 신발 끈에 발이 걸려 넘어졌습니다! 주자는 숨을 몰아쉬고 있습니다! 이제 일어나서 베이스를 향해 달립니다!"라고 외쳤지. 또 "왼발을 질질 끌며 들어오는군요. 주자가 한 발로 펄쩍펄쩍 뜁니다!"라고 말했어. 너는 키득대지만, 마침내 공을 그에게 던졌지. 그러면 존은 "주자가 아웃됩니다!"라고 소리치더구나. 그늘 속에서 둘을 보니 아름다운 정경이더라.

　그 길에서 선홍색 코트를 입고, 머리를 땋아 늘어뜨린 채 줄넘기를 하던 루이자를 보던 기억이 나는구나. 초봄이라서 루이자는 먼지를 일으키지 않았지. 나무마다 잎을 틔우고 있었고. 어린 나무들답게 가냘프고 용감한 표정을 지니고 있었지. 동네에 느릅나무들을 심은 게 누구의 착상인지 모르지만, 누가 한 일이든 우리에게 멋진 세상을 준 셈이었지. 보턴과 나는 저녁이면 그 나무들 밑에서 공을 주고받곤 했지. 그 친구가 관절염을 앓기 전까지 그랬으니, 그가 40대에 접어들기 전이었지. 그에게는 건강이 또 하나의 시련이었지. 존 보턴을 보면 자기 아버지의 모습 그대로구나.

나는 상황을 최선으로 만들려고 노력하는 중이다. 즉 보통의 사이 좋은 부자 관계로, 내가 너를 직접 키웠다면 하지 않았을 이야기들을 해 주려고 애쓰고 있단다. 일이 평범하게 풀리면, 중요한 것을 기억하기 힘들지. 다른 사람에게 이야기할 엄두가 안 나는 것들이 아주 많단다. 그런 것들이 네게 가장 큰 의미가 될 거라고 믿는다. 네 자식들까지도 널 잘 알기 위해서 알아야 할 이야기들이기도 하지. 어린 시절의 그날, 다른 애들과 마찬가지로 누워서 어른들이 침례교회의 잔해를 허무는 모습을 지켜보던 그날 말이야. 아버지는 내 점심으로 비스킷을 가져왔고, 나는 기어 나와 빗속에서 그와 함께 무릎을 꿇었지. 그렇지 않았다는 것을 알지만, 꼭 아버지가 빵을 잘라서 내 입에 넣어주는 것 같았어. 손과 얼굴이 재투성이인 아버지는 빗속에서 무릎을 꿇고 앉아 품에서 비스킷을 꺼내 잘랐어. (숯검정을 뒤집어쓴 모습이 옛 선지자 같았지.) 비스킷의 절반을 내게 주고, 나머지 절반은 아버지가 드셨지. 그때는 모두 가

난했으니까, 그 과자는 진짜 무교병이나 다름없었지. 몇 년간 가뭄이 심해서 힘든 시절이었지. 누구나 힘드니 내가 힘들다는 것을 인식하지 못했어. 사람들이 비가 내려도 개의치 않은 것도 그 때문일 거야. 그 전에 비가 워낙 안 내렸거든. 부인네들이 머리를 풀어 내리고, 치맛단이 진흙탕에 끌리던 광경이 늘 기억난단다. 할머니들까지도 상관없다는 듯 그런 모습이었지. 그들은 노래를 불렀는데, 내 기억에는 대단히 고운 소리였어. 사실 그럴 리가 없는데도 말이지. 빗소리와 함께 노랫소리가 커지곤 했지. 「십자가의 예수님 밑에서」란 곡이었어. 아름답고 슬픈 곡조였지. 세월이 흐르면서, 쓸쓸한 비스킷은 내게 또 다른 의미가 되었단다. 여러 번 그 일을 회상해 보았어.

내가 그날을 아버지가 성찬식을 베푼 날로 기억하는 것도 무리는 아니지. 아버지가 재투성이 손으로 빵을 떼어 내게 주었으니까. 하지만 내가 비스킷을 받은 태도를 떠올리면 이상하기도 하지. 일부 교회와는 달리, 목사가 성도의 입에 떡을 넣어주는 것은 우리의 관습이 아니었거든. 네 어머니가 너를 데려와서 성찬을 줘야 한다고 말하던 아침, 나는 떡을 떼어서 네게 먹여 주었지. 내 기억 속에서가 아니면 아버지는 그렇게 하지 않았을 텐데. 그 순간, 나는 네게 같은 기억을 주고 싶었던 거야. 그게 내게는 아주 설레는 추억이기 때문이지. 지금에서야 그런 생각을 자주 했다는 것을 깨닫게 되지만 말이다.

시간은, 늘 흐르는 샘물처럼,
그 아들들을 품고 간다네.
그들은 잊혀진 채 날아가지.
시작되는 날
꿈이 죽듯이.

대단한 아이작 와츠. 그가 지은 이 찬송가 가사를 자주 떠올린
단다. 이 현재의 현실은 궁극의 현실과 어떤 관계가 있는지 늘 궁
금하구나.

그대 눈에 천 겹이
가버린 어느 저녁 나절과 같나니……

두말 할 것도 없이 그게 사실이란다. 인생의 꿈은 해가 뜨고 환
해지면 불쑥 완전히 끝나 버리는 꿈들처럼 끝나 버릴 테지. 또 우
리는 '아무것도 아닌 것을 두고 두려워하고 슬퍼했구나'라고 생각
할 테지. 하지만 그건 사실일 리가 없단다. 우리가 슬픔을 다 잊
을 거라고 믿을 수가 없구나. 그것은 인간적으로 말하자면 우리
가 살아온 것을 잊는다는 뜻이 될 테니까. 내게 슬픔은 인생의

중요한 본질로 여겨진다. 예컨대 네가 이 글을 읽는 이 순간, 나는 너에 대해 사랑이 깃든 슬픔을 느낀다. 내가 너를 모르기 때문에, 네가 아버지 없이 자랐기 때문이지. 가여운 아가. 지금 너는 햇빛이 드는 바닥에 엎드려 있고, 소피가 네 등에서 잠들어 있구나. 너는 이상한 그림을 그리고 있고, 칭찬받으려고 내게 가져오겠지. 나는 네가 안 좋게 기억할 만한 말은 한 마디도 할 용기가 없기에 무조건 칭찬할 테고.

   옛 이야기를 더 해야겠구나. 내가 옛날에 대해 아는 것은 주로 아버지와 캔자스에서 헤매면서 들은 이야기들이지. 내가 실제로 울었는지는 모르겠지만, 울지 않으려고 안간힘을 쓴 적은 많았지. 구두굽이 닳아서 흙, 나뭇가지, 자갈이 들어와 양말에 구멍을 내고 발에 닿았지. 그 땟국물 하며! 그 물집 하며! 아이들에게는 시간이 무겁게 짓누르는 법이지. 너도 알겠지만 아이들은 교회에서도 안절부절 못하잖니. 나는 어딘지 모를 곳에서 날이면 날마다 터벅터벅 걸으며, 늘 천천히 걷기를 앉기를 눕기를 바랐지. 아버지는 절망에 젖어 저만큼 앞서 가고……. 그럴 만도 했지. 한두 번 주저앉았어. 무더위 속에서 잡초 위에 앉아 있으니, 메뚜기 떼가 머리 위를 날아다녔지. 아버지가 저 멀리 걸어가는 모습을 지켜보았어. 아버지는 계속 걷더니 내 시야에서 사라졌지. 캔자스에서는 꽤 먼 길이란다. 그러자 아버지를 따라잡으려고 뛰어갔지. 아버지는 "그러면 갈증이 나는데"라고 말씀하셨어. 그래, 난 평생의 절반은 목이 마른 것 같았지.

하지만 아버지 곁에 있으면 다른 때라면 결코 듣지 못했을 멋진 이야기들을 듣는다는 점이 좋았지. 요깃거리가 있으면 아버지는 그걸 기념하려고 이야기를 해 주었고, 요깃거리가 없으면 그걸 벌충하려고 이야기를 해 주곤 하셨지. 한번은 올빼미 소리에 깨어났어. 가끔 트집이라도 잡는 것처럼 소란을 떨거든. 그러자 아버지는 밤에 소리를 듣고 깨어나 밖에 나갔다가, 존 브라운의 노새가 할아버지의 교회 문에서 나오는 것을 본 이야기를 해 주었어. 달빛 속에서 누군가 노새를 구슬려 계단을 내려가게 했어. 아버지는 뒷걸음질치는 소리와 구슬픈 소리로 "잘한다, 잘하고 있어"라고 말하는 소리를 들었지. 그 뒤로 말 네 마리가 민첩하게 따라 나왔고, 말마다 안장이 얹혀 있었어. 사람들이 말에 탔지. 두 사람이 말 한 마리에 올라타고 뒤에 오는 말을 이끌었지. 한 사람은 부상을 입어서 부축을 받아야 했어. 그들은 말없이 달려갔어. 몇 분 후 아버지는 헛간 문이 열리는 소리를 들었고, 집의 말이 헐떡대며 발길질하는 소리를 들었지. 할아버지가 말에게 이야기를 하더니, 할아버지도 떠나버렸다더구나.

아버지는 교회에 올라가서, 어둠 속에 앉아 어떻게 할지 궁리했다고 말씀하셨지. 아직 열 살도 채 안 된 때였지. 아버지는 교회에서 말 냄새, 화약 냄새, 땀 냄새가 풍겼다고 했어. (당시에는 요즘

교회에서 나간 사람들이 의자와 성찬용 테이블을 벽에 붙여서 말들이 있을 공간을 만들었지. 그들이 나무의자에서 자고 간 것도 분명했지. 부상 입은 사람도 마찬가지였지. 의자와 바닥에 피가 흥건했거든. 아버지는 "동이 트자마자 처음 본 광경이 그거였단다"라고 말씀하셨어.

아버지는 그 의자를 교회 뒤로 끌고 가서, 높이 자란 풀숲에 세워놓았지. 그래야 풀밭 표면이 덜 망가질 테니까. 아버지는 삽과 빗자루를 꺼내서, 말들의 흔적을 최대한 지웠지. 양동이에 물을 뜨고 비누로 핏자국을 닦았지만, 자국이 더 커지기만 했지. 결국 핏자국이 두드러지지 않게 바닥 전체에 물을 뿌렸다더구나. 교회에서 잔 사람들이 쫓기는 중이라면, 쫓는 사람들이 언제라도 들이닥쳐서 교회에서 말똥이나 의자에 묻은 핏자국을 찾을지 모른다는 생각이 들었지. 어쨌거나 사람들이 그 흔적들을 볼 수밖에 없었지. 더구나 그날은 토요일이었으니까.

그러나 그 추격자들이 해가 훤히 뜨기도 전에 그가 교회를 청소하는 것을 보면 의문을 가질 터였지. 그 순간, 그런 때 떠나는 것이 할아버지답지 않다는 생각이 머리를 스쳤다더구나. 내 할아버지가 상황을 바로잡지 않고, 어떻게 일을 처리할지 지시도 내리지 않고 떠났다는 게 이상했지. 아들이 잠자리에서 일어나 이런 상황 속에서 헤매게 하고 떠난 게 이상했어. 어쩔 도리가 없는 것 같은 상황이었으니까. 아버지는 이런 점들을 생각하며, 물 한 양동이를 교회로 가져갔고, 뿌연 빛 속에서 의자에 앉아 있는 육군 제복 차림의 군인을 보았지. 벽에 놓인 벤치에 앉은 그는 양손에 모자를 들었고, 옆에는 총이 있었지.

병사가 말했어. "이곳을 제대로 해 놓았구나." 그러더니 그는 바지의 찢어진 무릎 부분을 당기면서 덧붙였어. "망할 놈의 말이 날 태우고 날뛰었지. 올빼미가 울었는지, 말이 냅다 달아났어. 동네에는 내가 쓸 만한 말이 없을 텐데. 하루 이틀이면 될 텐데 말이다."

"아버지랑 얘기하셔야 될 거예요."

그러자 병사가 대꾸했지. "네 아버지는 여기 없다. 내가 빌리고 싶은 그 말을 타고 어딘가로 달려간 것 같구나. 오사와토미의 존 브라운(노예철폐론자로 흑인 교육을 하기도 했다-옮긴이)이라고 들어봤니? 당연히 들어봤겠지. 누구나 아는 이름이니까. 네가 착한 아이란 걸 척 보니 알겠다. 걱정 말아라. 여기 교회에서 거짓말을 하게 하진 않을 테니까. 존 브라운이 어떤 종류의 일들을 벌였는지 알겠지."

아버지는 여러 이야기를 들었다고 말했어.

병사는 고개를 끄덕였어. "기회가 생기면 그를 도와주려는 착한 사람들이 근방에 있지. 목사들도 그렇고. 그들은 존 브라운이 부탁만 하면, 늙은 노새를 교회 안으로 데려오는 것도 허락할 거야. 그들은 그걸 영광스러운 일로 여길 테지. 놀라운 일이지. 그

148

도망자들은 부상을 입은 채 흙투성이 발로 무기를 들고 오지. 바닥에 피를 흘리며 들어오고, 그것도 괜찮지. 그런데 미 정부의 병사가 그들을 찾아서 따라오고, 그 병사는 그게 밥벌이를 하는 일인데도 커피 한 잔 대접 못 받지."

아버지가 말했어. "집에 커피가 있어요. 틀림없이 있을 거예요."

병사가 일어났지. 그가 말했어. "우리 소대가 여기서 3킬로미터쯤 떨어진 곳에서 날 남기고 동쪽으로 갔어. 그들은 달이 지자마자 도망자들이 어디쯤 있을지 알았지. 너희가 일반적인 상황을 알리려고 거기 놓아둔 표식들을 발견할 필요조차 없었지. 그러니 네 아버지가 그들과 같이 갔다면, 지금부터 큰 곤란을 당하게 될 거다. 네게 커피를 얻어 마시기 전에 알려 주는 게 좋을 것 같구나."

아버지는 입술이 얼어붙어서 말을 할 수가 없었어. 병사는 "너희 우물에서 물이나 마셔야겠다"라고 말했지. 그는 교회에서 나가 목을 축이고는, 한쪽 다리를 끌면서 걸어갔어. 아버지는 할아버지가 총을 쏜 사람이 그 병사라고 믿기 싫었지만, 그렇게 믿었지. 할아버지가 병사를 즉사시키지는 않았지만, 그 시절 그곳에서는 총상이 아니어도 얼마든지 다른 이유로 죽을 수 있었지.

병사는 옆 농가로 걸어가 말을 징발하고는, 그의 부대가 있는 쪽이라고 짐작되는 방향으로 떠났지. 실제로 그는 자기 부대에서 남쪽으로 좀 쳐졌다 싶다만. 브라운과 일행은 이미 크게 한 바퀴 돌아서 남쪽으로 향하고, 추격당할 줄 알고는 언덕으로 향한 후 였지. 그때 할아버지는 허리춤에 큰 총을 차고 느린 걸음으로 집 으로 돌아오는 중이었어. 겨드랑이에는 피 묻은 셔츠를 끼고 있 었는데 어리석은 행동이었지. 할아버지는 동행했던 두 사람에게 셔츠를 벗어주었기에 때문에, 재킷 속에 아무것도 입지 않았어. 한데 아버지 말씀으로는 할아버지가 그날 이후 다시는 현실적인 분이 될 수 없었다고 해. 나는 할아버지가 보인 비현실성의 근원 이 어디에 있는지 몰랐지만, 비현실적이었다고 확실히 말할 수는 있지. 어쨌든 혼자인 병사가 할아버지에게 다가가서 불러 세웠 단다. 그는 이웃집 소유로 보이는 갈색 말을 타고 있었지. 병사가 질문을 시작했고, 할아버지는 거짓 없이 받아넘겼지. 그러나 그 에게는 총이 있었고, 총은 장전되어 있었어.

할아버지는 "내가 해 냈지. 내가 그를 쏘았지. 그랬더니 말이 냅다 달아나더군. 그는 피를 많이 흘렸어"라고 말하셨어. 할아버 지는 병사를 거기 두고 떠났지. 할아버지는 "브라운이 만일의 사 태가 발생하면 도주를 은폐해 주겠냐고 묻더군. 나는 그러겠다고 했고, 약속을 지켰지. 내가 그를 뭐 하러 여기 데려왔겠니?"라고 말했어. 할아버지 말씀의 요점은 신도들이 생각을 많이 해서, 집 과 별채에 속이 빈 벽과 지하 대피소를 만들었다는 거지. 바닥이 뚫린 감자 통에서 시작되어 100미터쯤 떨어진 건초더미에서 밖으로 나가는 터널들도 있었어. 교회에 바닥이 뚫린 관이 있었지. 판자 위에 삼베를 깔고, 흙을 덮은 무덤 밑으로 터널을 뚫어 나무 창고로 나가게 만들어 놓았지. 모든 노력은 포로를 탈출시키기 위한 것이었고, 그들을 보호하기 위한 일이었지. 그 병사는 내 할아버지가 존 브라운과 한패라고 결론을 내릴 수 있었을 테고, 그런 걸 알아챘다면 모든 걸 망칠 수 있었어.

아버지가 할아버지에게 교회에서 그 병사를 봤다는 말을 하자, 할아버지도 사정을 털어놓아야 했지. "피부가 거무스름한 친구 말이냐? 말을 느릿느릿 하는?" 할아버지는 아버지에게 이건 생사가 걸린 중요한 일이라고 말했지. 누구에게도 그 일에 대해 한마디도 말하면 안 된다고, 누가 물으면 거짓말을 할 준비를 해야 한다고 할아버지는 일렀어. 그래서 아버지는 자나 깨나 들판에 혼자 누워 있는 부상병을 생각했고, 그런 사람은 본 적이 없다고, 얘기한 적도 없다고 말하는 상상을 하려 애썼지.

당국에서 그 병사에 대해 조사하러 오지 않자, 아버지는 병사가 거기서 죽었다고 생각했지. 아버지는 "그들이 오지 않자 매일 크게 안도했지"라고 말하셨어. 물론 사람이 죽는 날이 평생에서 최악의 날일 가능성이 크겠지. 하지만 아버지는 "할아버지가 말이 냅다 달아났다고 말했을 때, 가슴이 쿵 하고 무너지더구나"라고 하셨지. 우리는 버려진 헛간에 누워 그런 이야기를 나누었어. 올빼미 소리가 들렸고, 쥐 소리며 박쥐 소리, 바람 소리가 들렸지. 새벽이 오는지 알 수가 없었어. 아버지는 "병사를 찾아 나가지 못한 나 자신이 용서가 안 되더구나"라고 하셨지. 난 어떤 사람의 말보다 그 말에서 진실성을 느꼈단다. 아버지는 이렇게 말했어. "다음 주일에 그 노인네는 피가 묻었던 셔츠를 입고 허리에 총을 차고 설교를 했지. 성도들이 어떤 반응을 보였는지 넌 믿지 못할 거야. 다들 흐느끼면서 소리를 질러댔지." 그 후 할아버지는 가끔 며칠씩 자취를 감추었다더구나. 주일이면 교회 계단까지 말을 타고 달려왔고, 예배 시작 시간까지 도착하지 못할 때는 교회로 오고 있다는 걸 알리기 위해 공중에 대고 총을 쏘았지. 성도들은 창백한 얼굴에 뻘건 눈으로 제단에 선 할아버지를 보았지. 할아버지는 수염이 먼지투성이가 된 채 심판과 은총에 대해 설교했지. 아버지는 말했어. "어디 갔다 왔냐고 물을 엄두가 나지 않았어. 내가 의심하는 것보다 나쁜 일들이 벌어질 가능성이 있는 마당이니 들춰낼 수가 없었지."

나는 아버지의 팔베개를 베고 누워 있었어. 바람 소리를 들으니, 연민이 너무 깊어서 다른 생각을 할 수가 없더구나. 우리를 찾으러 나왔을 테지만 찾지 못할 어머니가 안쓰러웠지. 박쥐 떼와 쥐 떼도 가여웠어. 대지와 달도 불쌍했어. 하나님에게도 연민을 품었지.

메인 주 출신의 부인네 농가에 간 게 바로 그 다음 날이었단다.

오늘 아침에 재정위원들과 회의를 했어. 유쾌했지. 그들은 교회 건물을 보수하자는 내 제안을 공손하게 거절했어. 내가 가고 나면, 그들은 새 교회를 지을 테지. 그걸 나쁘게 생각하는 것은 아니야. 성도들은 내게 슬픔을 주기 싫어서, 일을 착수할 수 있을 때까지 기다리는 거란다. 친절한 마음이지. 그들은 낡은 건물을 부수고 더 크고 튼튼한 성전을 짓겠지. 성도들이 루터교도들이 한 일에 감탄하더구나. 붉은 벽돌로 대단한 성전을 지었다지. 현관에는 흰 기둥이 있고, 멋진 문에 첨탑이 근사하다지. 내부는 정말 아름답다더구나. 나도 헌당식에 초대받았으니, 그때까지 움직일 힘이 있다면 참석해야지. 하나님이 원하시면 그렇게 되겠지. 우리 새 교회도 보고 싶지만, 성도들의 생각이 옳아. 난 옛 건물이 쓰러지는 것을 보기 싫다. 그걸 보면 난 못 살 테고, 하지만 나 같은 상태의 사람에게는 그것도 끔찍한 일은 아니지. 최후의 일격으로서 슬픔의 찌름이라……. 시적인 데가 있겠구나.

내가 안달을 하고 있나? 그럴 수도 있을까? 오늘은 육체에도, 마음에도 특별한 고통이 없구나. 가슴이 두근대는 증상은 늙은 소의 되새김질마냥 계속되고 있다. 내 보기에는 끝없이 느긋하게 이어지는 것 같구나. 밤에 일어나면 가슴 뛰는 소리를 듣는다. 가슴은 '다시'라고 말한다. 다시, 다시, 다시. "보존은 창조이며, 더욱이 지속되는 창조이며, 매순간의 창조이다." 영국의 목사 조지 허버트의 글이지. 너도 읽어 봤겠지. 어떤 마음이든 '다시'라고 말하고, 이 말이 내뱉어질 때 그 순간은 사라져서 그 안에 깃든 약속조차도 없어지지.

내 굳은 마음의 부분은
이 틀에서 만나
당신을 찬미하네.
내게 평안을 간직할 기회가 있다면,
당신을 찬미하는 이런 돌은 그치지 않으리.

하지만 한동안은.

허버트가 옳다면, 이 늙은 육신은 너만큼이나 새로운 창조물이겠지. 지금의 너 말이야. 내 방 창 아래, 댄 보턴이 너를 위해 매준 그네에서 노는 너 말이다. 너는 그것을 기억해야 해. 댄은 낚싯줄을 화살에 매서 나뭇가지 위로 쏘았고, 낚싯줄을 이용해서 밧줄을 끌어올렸어. 하루 종일 걸렸지만, 그는 그네를 맸지. 영리하고 착한 젊은이지. 제 부모에게 큰 위안을 준 아들이었어. 지금은 미시간에서 학교 선생으로 있다는구나. 오랜 세월 목사가 되리란 기대를 받았지만, 목회자의 길을 선택하지는 않았지.

너는 그네 위에 서서 높이 솟구치는구나. 풍랑 이는 바다의 뱃사람처럼 대담하게 버티고 서서 말이야. 밧줄이 길고 네가 가벼워서, 밧줄이 거미집처럼 출렁거린다. 너는 빨간 셔츠 차림으로

(네가 좋아하는 옷이지) 햇빛 속으로 날아올랐다가 잠시 멋지게 정지하고는 다시 그늘 속으로 내려온다. 정말 행복해 보이는구나. 나도 중력과 빛 같은 기본적인 것들을 처음으로 실험했던 시절이 기억난다. 얼마나 즐거웠는지도. 또 네 엄마도 있지. 그녀는 "너무 높이 올라가지 마라"라고 말한다. 너는 말을 잘 들을 거야. 착한 아이니까.

재정위원들을 비난할 뜻은 없었다. 그들이 이 시점에서 교회에 '상당액'을 투자하기를 꺼리는 것을 이해하거든. 하지만 내가 조금만 젊다면, 직접 지붕에 올라가련만. 현관 앞 계단의 발판에 못질을 할 텐데. 아무리 낡은 건물이지만, 그렇게 초라해 보이게 내버려둘 필요는 없을 텐데. 아주 소박하지만 균형미가 있는 건물이니까, 칠만 새로 하면 누가 봐도 괜찮은 외양이 될 텐데. 외양을 뺀 다른 면에서는 불충분한 구석이 많다만.

오래 전 내 할아버지가 메인 주에서 가져와 첨탑에 세운 풍향계에 대해 잊지 않고 당부해 두었다. 할아버지는 목회하는 아버지에게 닭 모양의 풍향계를 주었지. 메인 주에서는 베드로의 배신(예수의 제자 베드로는 예수가 잡히자 닭이 울기 전에 세 번이나 예수를 모른다고 부인했다-옮긴이)을 기억하고 회개하는 데 도움이 되라고 닭 모양의 풍향계를 교회 첨탑에 세운다고 했지. 그 시절에는 교회에 십자가를 세우는 경우가 많지 않았지. 하지만 내가 첨탑의 풍향계에 대해 말하자, 대부분 거기 그런 게 있었는지 몰랐고, 첨탑에 십자가가 없다는 사실을 거북해 하더구나. 그들이 그런 생각을 하게 되었으니 이제 십자가를 세우겠지. 재정위원들이 관심을 갖는 게 그거니까. 그들은 풍향계를 사람들이 감상할 수 있는 로비 같은 곳의 벽에 붙여 두겠다더구나. 그들이 어떻게 하든 난 상관없다. 다른 물건과 함께 버려지는 게 싫어서 그 이야기를 한 것뿐이었거든. 그 얘기를 하면 적어도 잘 살펴보기는 할 테니까.

풍향계의 꽁지 밑 부분에 총알 구멍이 있단다. 그게 생긴 경위에 대해서는 얘기가 분분했지. 할아버지가 모이는 시간을 알릴 종이나 도구가 없고 성도들도 시계가 없어서 공중에 라이플총을 쐈다는 얘기를 들었어. 할아버지가 부주의하게 총구를 겨누는 통에 닭 풍향계에 총알 구멍이 뚫렸다나. 다른 이야기도 있단다. 마침 성도들이 모여 있는데 미주리 주 사람이 지나가다가 그들이 노예제를 반대하는 걸 알고, 풍향계가 빙빙 돌아 사람들을 낙심시킬 요량으로 총을 쐈다나. 또 교회가 샤프스 라이플총을 한 상자 운반했는데, 누군가 총이 소문대로 정확한지 알아보려고 총을 쐈다는 얘기도 있었지.

샤프스는 아주 멋진 라이플총이지만, 첫 번째 얘기가 사실인 것 같아. 내 경험상 우연히 그렇게 정확하게 맞을 수도 있거든. 할아버지는 당황해도 내색하지 않을 줄 알았기 때문에, 성도들이 추측해서 얘기를 꾸미게 내버려 두었을 거야. 재정위원회에 미주리 사람에 대해 이야기한 것은, 기독교적인 성격이 있기 때문이란다. 풍향계를 건드린 것은 상당히 억제된 행위였을 테니까. 당시는 감정들이 치솟았던 시기였거든. 그 이야기에는 역사적 관심사들도 내포되어 있는 듯하구나. 내가 아는 바와는 반대지만, 그게 사실이었을 수도 있지. 사람들 이 옛것에 마음을 쓰게 만들긴 어렵지. 그래서 가엾은 닭 모양 풍향계를 위해 내가 할 수 있는 바를 해야 한다고 생각했지.

　이런 이주자 교회들은 사정이 나아질 때까지 어려움만 피하는 곳인 경우도 많았지. 그러니 시간에 대한 존엄성이 없자 오래된 것은 쓰레기 취급을 당할 뿐이지. 유서 깊은 것으로 삼을 의도가 없었으니까. 아버지가 허무는 것을 도왔던 침례교회는 빗속에서 시꺼멓게 서 있는 모양이 벼락을 맞기 전보다 열 배는 흉해 보였어. 난 교회 하면 늘 그런 모습을 떠올렸지. 어릴 때 나는 첨탑을 세운 목적이 번개를 끌어당기기 위해서라고 믿었지. 다른 집들과 건물들을 보호할 요량으로 첨탑을 만들었다고 생각했고, 기막히게 멋지다고 여겼지. 그러다 역사를 읽었고 한참 후에야 교회들이 대초원 지대 끝자락에만 있는 게 아님을 깨달았지. 또 설교단에 내 아버지만 서는 게 아니라는 것도 알았단다. 교회사는 아주 복잡하고 뒤죽박죽이지. 내가 어떻게 그런 사실을 알게 되었는지 네가 알면 좋겠구나. 요즘은 독실한 신앙심을 무지몽매하다고 여기는 사람들이 많단다. 그보다 나쁘게 보기도 하지. 나도 그걸 알고, 교회를 비난하는 소리가 강하다는 것도 알아. 나 자신의 교회 경험은 여러 면에서 세상과 격리되고 편협하다는 것도 잘 알지. 정말로 우주적이고 초월적인 삶이 아닌 한, 어디서든 어떤 상황에서든 자명한 것이 아닌 한 사실 그렇지. 굳게 믿건대, 우리 모두를 위해 겟세마네 동산(예수님이 십자가 달리기 전 마지막으로 기도했던 동산—옮긴이)에 오르신 주님과 함께 할 때란다. 아버지가 숯검정 손으로 먹여 준 재 묻은 비스킷. 그것은 내가 네게 말해 줄 수 있는 것보다 많은 것을 의미하지. 그러니 내 말로 내가 아는 것을 판단하면 안 된다. 내 아버지가 내게 준 것을 내가 네게 줄 수 있다면 좋으련만. 아니, 주님께서 내게 주셨던 것을 네게도 주실 거야. 하지만 네가 그 선물을 잘 받아들이기 바란다. 말했지만 꼭 목회자의 길을 말하는 것은 아니야.

난 오늘 아침 이상한 일을 했단다. 라디오에서 왈츠곡이 나오자, 음악에 맞춰 춤을 추고 싶어졌지. 보통의 왈츠는 아니고. 왈츠를 대략은 알지만, 스텝을 배우지 않아서 제대로 추는 법은 모르거든. 그냥 팔을 저어 조심스레 살살 도는 정도였지. 어린 시절을 떠올리니 충분히 누리지 못했다는 것을 알겠구나. 유년기를 마치기도 전에 어린 시절이 끝나 버렸지. 에드워드 형을 생각할 때마다, 무더운 거리에서 야구를 하던 일과 팔이 대단히 나른해지던 것이 생각난다. 뛰어올라 높은 공을 받던 것이 생각나고, 온

몸의 훌륭한 조화와 글러브를 제대로 댔다는 것을 알 때의 확신과 놀람이 기억난다. 아, 난 세상이 그리울 거야!

그래서 가볍게 왈츠를 추는 것도 좋겠다 싶었고, 정말 그랬지. 여기 서재에서 왈츠를 출 계획이란다. 유난스런 통증이 일어나기 시작할 때에 대비해서 책을 가까이 준비해 두려 한다. 내가 들고 있을 만한 책으로 특별히 추천할 만한 것들을 준비해야겠지. 그러면 극적일 거야. 힘든 상황에서 책을 껴안고 있으면 별난 효과를 낼지도 모르지. 궁리한 결과 존 던과 허버트, 바르트(스위스의 신학자로 변증법 신학의 창시자—옮긴이)의『로마서 강해』와 칼뱅(개신교 종교 개혁가—옮긴이)의『기독교 강요』2권을 골랐다. 1권을 무시해서는 절대 아니야.

오랜 세월 겪은 상처와 단점을 고스란히 안고, 내 왼쪽 무릎에 관절염이 진행되는 동안 갖게 된 모든 욕구와 모든 버릇을 가진 채, 노인으로서 노인에 대해 생각해 보면 신비 같은 게 있단다. 주님이 우리 삶 전체를 기억으로 품으신다는 생각이 자주 든다. 물론 그러시겠지. '기억'이란 말은 적절치 않아. 하지만 스물두 살 때, 2루에 슬라이딩 하다 부러뜨린 손가락은 지금 어느 때보다 더 굽었고, 허버트의 관점에서 볼 때 그런 사실은 친밀한 관심으로 해석할 수 있겠지.

오늘 아침에는 보턴의 집에 걸어갔어. 그는 방충문이 있는 현관에서, 능소화 뒤에 앉아 졸고 있었지. 보턴 부부는 능소화가 벌새를 끌어들인다며 무척 좋아했지. 지금도 새들이 몰려들어서 집이 오리 사냥꾼의 잠복처 같아. 내가 그 말을 하자, 보턴은 "울새 사냥꾼이지"라고 고쳐주더구나. 그러고는 "작은 새가 총에 맞으면, 새들이 천 마리쯤 몰려드는 때도 있다네"라고 말하더구나. 하지만 아직은 사냥철이 아니니, 때를 기다리겠다나.

보턴네 정원은 덤불숲처럼 변해 버렸지만, 다가가서 보니 보턴의 자식들이 아이리스 꽃밭을 정리하는 광경이 보였어. 그 집은 보턴의 소유지. 부러운 일이지만, 관리할 사람이 그 친구뿐인데 최근 몇 년간은 손을 못 대고 지냈지.

보턴은 기분이 좋아 보였어. "아이들이 나 대신 정돈을 하고 있네"라고 말했지.

야구 시즌과 선거에 대해 말을 해 보았지만, 보턴은 자식들의 말소리에만 귀를 기울이더구나. 그들은 행복하게 두런두런 대화를 나누었지. 그 아이들이 고양이들, 연, 거품을 갖고 정원에서 놀던 시절이 기억난다. 참 보기 좋은 광경이었어. 그들의 어머니는 좋은 여인이었고, 재미있는 사람이었지! 보턴은 "그 사람이 끔찍한 일을 하던 게 그립다네"라고 말하지. 그녀는 어릴 때부터 루이자를 알았지. 둘이 삶은 달걀을 암탉의 몸 아래 놓아둔 일이 기억난다. 뭣 때문이었는지 몰라도 둘이 웃음을 터뜨리며, 잔디밭에 벌렁 누워 머리칼이 젖도록 눈물을 흘리며 웃던 기억도 나고.

한번은 보턴과 나, 다른 사람 몇 명이 건초 마차를 분해해서, 법원 지붕에 갖고 가서 조립을 했지. 왜 그랬는지는 모르겠지만, 우린 어둠 속에서 재미난 시간을 보냈단다. 난 아직 목회자는 아니었지만 신학교에 다녔지. 우리가 무슨 생각으로 그랬는지 모르겠구나. 그 웃음소리 하며. 다시 그 소리를 듣고 싶다. 보턴에게 지붕에 수레를 올려놓은 일을 기억하냐고 물었더니 "어떻게 그걸 잊겠나?"라고 대답하고는 날 즐겁게 해주려고 쿡쿡 웃었지. 하지만 그는 지팡이에 턱을 괴고는 자식들의 목소리를 듣고 싶어하더구나. 그래서 난 집으로 돌아왔지.

너와 어머니는 건포도 빵에 땅콩 버터와 사과 버터를 바른 샌드위치를 만들고 있었어. 그 샌드위치는 만드는 데 공이 많이 드는 것 같아. 그러니 준비가 끝나고 우유를 따를 때까지 날 현관에 있게 하는 거겠지. 애들은 유쾌한 일은 깜짝 놀라야 된다고 생각하는 모양이야.

네 어머니는 내가 어디 있는지 몰라서 좀 당황했어. 보턴의 집에 간다는 말을 안 했거든. 그녀는 내가 어디서 쓰러졌을까 걱정했고, 사실 그럴 만도 하지. 내가 보기엔 더 나쁜 일도 일어날 수 있을 것 같다만, 그녀는 그렇게 보지 않지. 대개는 의사들의 예상보다 상태가 한결 좋으니, 최대한 즐기고 싶구나. 자는 데도 도움이 되니까.

우리가 어렸을 때 보턴의 부모님이 어땠는지 생각했단다. 한창

때도 그분들은 좀 침울했어. 보턴 같지 않았어. 모친은 음식을 석탄이라도 되는 듯 조금씩 씹어 삼키곤 했지. 소화불량의 불을 지피는 것처럼 말이지. 목사였던 부친도 원한이 있는 듯한 분위기를 풍겼어. 난 항상 "원한을 다스리다"라는 말이 좋아. 분노를 가슴 깊이 간직해서 그것에 약한 사람이 워낙 많으니까. 이 두 순례자가 지금쯤 어떻게 되어 있을지 누가 알겠니. 난 신께서 우리에게 옛 모습을 되돌려 주어서, 우리의 늙은 모습을 비웃게 해주시는 상상을 한단다. 구부정하고 실눈을 뜨고 팔다리가 늘어지고 찡그린, 터무니없는 모습을 비웃는 상상을 해 보지. 우리가 만날 때면 삶이 내게 지어 준 이상한 모습으로 인해 너와 멀어지지 않겠지. 보턴을 보면, 재미있고 마음이 넉넉하고 활기찬 젊은이가 보인단다. 지금은 지팡이를 두 개나 짚고, 세 번째 팔을 나게 할 수 있다면 그러겠다고 말하는 보턴이지만. 그는 10년 전부터 강단에 서지 못했지. 보턴은 제 몫을 다했고 난 아직 완수하지 못했다고 본다. 내가 주님의 참을성에 너무 기대면 안 될 텐데.

『오솔길』이라는 책을 읽기 시작했어. 네 어머니가 그 책을 손에서 놓지 못하겠다기에, 내가 직접 도서관에 가서 대출했지. 그녀는 처음부터 다시 읽고 있는 게지. 난 전에 읽은 책인데도 까맣게 잊어버렸구나. 아가씨가 나이 든 남자를 사랑하는 내용이지. 아가씨가 "어디든 당신과 함께 가겠어요"라고 말하는구나. 그 대목을 보고 난 웃었지. 꽤 좋은 책 같아. 사내는 나처럼 늙지 않았고, 네 어머니도 여자 주인공처럼 어리지는 않고.

이번 주에는 창세기 21장 14절에서 21절을 본문 삼아 설교할 생각이다. 하갈(아브라함의 아들 이스마엘을 낳은 여인으로 아들을 데리고 광야로 떠났다─옮긴이)과 이스마엘의 이야기지. 평소 같으면 복음서들과 사도서간들을 쭉 설교한 후에 다시 창세기로 돌아가련만. 그게 내 방식이거든. 성도들을 효과적으로 가르칠 수 있는 설교 순서라고 느껴져서 말이지. 가르치기 위해 설교하니까. 하지만 당장 마음에 떠오르는 것은 하갈과 이스마엘이구나.

오늘 아침, 기도 중에 하갈과 이스마엘의 이야기가 생각났고, 거기서 큰 위로를 받았단다. 그 이야기에는 아이 아버지만이 아이의 삶을 챙기고 아이의 어미를 보호하는 게 아니라는 대목이 나오지. 어미가 아이를 양육할 길을 찾지 못한다 해도 양육이 이루어진다는 내용이 나오거든. 그런 면에서 위안을 주는 이야기지. 인생은 그렇게 펼쳐지니까. 우리는 자식들을 광야로 내보내지. 어떤 아이는 우리가 도움을 줄 수 있는데도 태어난 날로 광야로 나가지. 어떤 아이는 자신이 광야가 되어 버리는 것 같고. 그러나 거기엔 분명히 천사도 있고, 샘물도 있지. 자칼이 사는 광야에도 주님이 사시지. 이런 점을 마음에 간직해야겠다.

존 보턴은 네가 야구를 하고 싶은지 알아보러 집에 들렀더구나.

넌 하고 싶어했지. 그는 정원에서 일을 해서 얼굴이 그을렸더구나. 덕분에 건강하고 정직한 표정으로 변했어. 그는 네게 어깨 위로 던지는 법을 가르쳐 주었지. 같이 저녁 식사를 하지 못한다고 했어. 넌 실망했고, 틀림없이 네 어머니도 실망했을 게다.

포근한 저녁 빛 속에서 달빛이 아름다워 보이는구나. 아침 햇살 속에서 촛불이 아름다운 것처럼. 빛 속의 빛, 뭔가 은유가 있는 것 같아. 정말 그렇지. 그 점에 대해서는 사상가이며 수필가인 랠프 왈도 에머슨이 정통하지.

내 보기에는 인간의 영혼에 대한 은유 같아. 존재라는 위대한 빛 속에 깃든 하나의 빛. 또는 언어 속의 시. 경험 안의 지혜. 우정과 사랑 속의 결혼……. 기억했다가 설교에 인용해야겠구나. 하갈과 이스마엘에 대한 생각 속에 그런 자리가 생겼단다. 그들이 광야에서 보낸 시간은 창조 안에서 신의 섭리가 발하는 특별한 순간 같구나.

어제 저녁 식사 직전에 존 보턴이 산책하다가 왔어. 그는 현관 계단에 앉아 야구와 정치 이야기를 했어. 양키스 팀을 좋아한다는데 그럴 만도 하지. 그때 마카로니 치즈 냄새가 진하게 풍겨서, 그에게 식사하자고 권할 수밖에 없었단다. 너와 어머니는 아직도 존을 놀라운 사람으로 보지. 조용조용 말하고 목사 같은

164

데가 있는 존 에임스 보턴을 말이다. 그런데 그는 아무런 노력을 하지 않고도 그런 몸가짐을 얻었지. 그럴 자격이 없는데도. 아무튼 내가 아는 한은 그렇단다. 존은 어릴 때부터 그랬고, 난 항상 그게 마음에 걸렸지. 그런 식으로 자라서 그렇지, 존 스스로도 의식하지 못하는 면이겠지. 하지만 가끔은 흉내를 내는 기미가 느껴지기도 하거든. 그가 다른 데서도 그렇게 처신하는지, 아니면 나와 제 부친 앞에서만 그런 건지 궁금하거든. 내가 의미하는 '목사 같은 몸가짐'은 무엇일까? 형식을 차리면서도 공손하고 온화한 동시에 권위를 유지하는 태도가 목사 같은 몸가짐이지. 나는 그런 면을 잘 갖추지 못했지만, 아버지와 보턴에게는 그런 면이 있었지. 옛 나실인 같았던 내 할아버지는 다른 면에서 인상적인 분이었고. 하지만 존 보턴같이 단아하고 완벽한 목사다운 면모를 가진 사람은 못 봤지. 그가 이교도이거나 과거에 이교도였지만 말이다. 네 어머니가 그에게 식사 기도를 청하자, 그는 기도했지. 마카로니 치즈에는 아까워 보이는 우아하고 소박한 기도더구나.

존은 내가 며칠간 자기 아버지를 보러 오지 않았다고 말했는데, 그건 사실이야. 우연히 그렇게 된 것은 아니란다. 나는 존이 며칠만 부친의 집에 머물 것으로 생각했지. 둘이 같이 있는 것을 보는 건 좀 짜증스러운 일이거든. 존이 떠날 때까지는 물러서 있고 싶었지만, 그가 곧 떠날 것 같지 않구나.

예전에는 부엌에 들어가서 식품실과 아이스박스를 둘러보면,

수프나 스튜, 요리가 담긴 냄비가 있곤 했지. 기분에 따라서 데워 먹기도 하고 그냥 먹기도 했어. 음식이 없으면 식어버린 구운 콩과 달걀 프라이 샌드위치를 먹었지. 맛이 있었어. 가끔 식탁에 파이나 비스킷이 있기도 했어. 내가 교회나 서재에 있을 때면, 어느 부인이 집에 들어와서 내가 먹을 음식을 놓고 갔지. 다음 날 다시 와서 그릇과 행주 같은 걸 갖고 갔어. 잼, 피클, 훈제 생선도 두고 갔어. 한번은 간유구도 있더구나. 나름의 즐거움이 있는 독특한 생활이었지.

그러다가 네 어머니와 결혼을 했지만, 성도들이 이제 드나들면 안 된다는 걸 배우는 건 힘든 일이었어. 그들은 네 어머니가 요리를 못할 것으로 짐작했고, 사실 그랬지. 다들 계속 냄비를 들고 왔고, 마침내 네 어머니가 난감해 한다는 것을 알고 난 사람들과 대화했지. 어느 날 저녁 그녀는 식기실에서 울고 있더구나. 누군가 와서 전등을 켤 때 당기는 줄을 바꾸고, 선반에 새 종이를 깔아 놓았던 거야. 선의를 베풀려고 한 일이지만 배려가 부족했지.

이런 말을 하는 것은 너와 네 어머니가 존 보턴과 거기 앉아 있는 게 내게는 이상하게 보였기 때문이야. 몇 해 전, 나 혼자 그 식탁에 앉아서 식기실에서 찬 고기를 가져다 먹으며 라디오를 들을 때 늙은 보턴이 문을 열고 들어와 식탁에 앉았지. 그는 "불을 켜지 말게"라고 말했어. 그래서 난 라디오를 껐고, 우리는 같이 앉아서 존 에임스 보턴에 대해 이야기하고 그를 위해 기도했지.

하지만 그 이야기는 네가 알아야 할 필요가 없고, 내가 말해 줘야 되는 정도를 넘어선 것 같다. 제대로 된 상황이라면 이런 얘기를 왜 하겠니? 이야기에 특별한 점이 없고, 사실 아주 평범한 이야기인 것을. 참작할 점 따위는 없는데. 그래서 사람들이 자기에게 책임이 있거나 고통받는 사악함에 대해 말할 때면 난 "아, 또 시작이군!"이라고 생각하지. 남부의 교회들은 모든 성도들 앞에서 공개적으로 무거운 죄를 고백하게 한다는 얘기를 들었다. 때로 사람들이 이런 옛날 죄가 얼마나 진부한지 인식하게 하는 장점은 있겠다 싶다. 그런 일이 유혹받은 이들에게서 광채를 앗아 갈지는 모르지. 하지만 그런 효과가 있다는 증거를 제시할 수는 없구나. 물론 특별하고 참작할 만한 상황도 있겠지. 존 보턴의 경우, 상황이 제법 특별하고 참작할 점도 없지. 내가 심판관이라면 그렇게 보겠지. 그런데 난 재판관도 아니고 성경에 따르면 심판해서도 안 되니까.

죄. 그건 율법주의지. 한 가지 죄란 없단다. 인생에는 치료되어도 흉터를 남기는 상처가 있고, 결코 치유되지 않는 상처도 흔히 있지.

죄를 피할 것. 그것이 충고란다.

네 어머니에게 무슨 말을 할지 결정해야겠다. 그녀가 궁금해 한다는 걸 알아. 존은 그녀에게, 또 너에게 아주 친절하지. 나에게도 그래. 오늘 저녁에는 '파파'라고 부르지 않았으니 다행이지. 너무 깍듯해서 "아직은 내가 세상에서 최고령자는 아니다"라고 말해 주고 싶더구나. 하지만 내가 어떤 일에는 과민한 걸 알아. 존에게 공평하도록 노력해야겠지.

너는 그가 찰스 린드버그라도 되는 듯 쳐다보지. 존은 너를 '꼬마 동생'이라고 부르고, 넌 그걸 맘에 들어 하지.

내가 챙길 다른 일도 많은 때니까 그가 나타날 때는 특별히 다른 구석이 있으면 좋겠구나. 그는 특히 평화가 필요한 때에 상당한 혼란을 주는 인물이니까.

내가 불평하는 것은 아니란다. 아니 그래서는 안 되겠지.

내 장례식 설교에 대해 생각 중이다. 보턴 그 친구가 고생하지 않도록 내가 써 놓을 계획이야. 그의 스타일을 잔뜩 모방해서 쓸 수 있겠지. 보턴이 그걸 보고 한바탕 웃을 테고.

오늘 아침에는 존이 집에서 딴 사과와 자두를 들고 들렀더구나. 그와 글로리가 집안 정리를 잘하고 있지. 일을 많이 했어.

난 그에게 다정하게 대하려고 노력 중이란다. 그는 뒤로 물러서서 싱긋 웃고는, 마치 '오늘은 우리가 다정하네요! 그건 무엇을 뜻할까요?'라고 생각하는 듯이 날 쳐다본다. 그는 내 얼굴을 빤히 보면서, 이게 연극임을 알고 그래서 재미있다는 것을 내게 알게 하고 싶은 표정을 짓지. 어떤 의미에서는 시도가 곧 연극이겠지. 하지만 내가 달리 어쩔 수 있겠니? 이런 상황에서 사람들은 속으로는 무슨 생각을 하든 잘 넘길 테지. 그것을 '악마의 짓'이라고 부르는 것은 주저된다만, 마음이 불편한 것만은 확실하다. 이것이 그가 의도하는 바임이 분명하거든. 존은 정말 재미있어 하겠지. 그래서 오늘 다정하게 굴려는 시도는 접고 양해를 구한 후, 일을 처리하러 교회로 갔지.

몇 시간 동안 존 에임스 보턴에 대해 묵상하고 기도했다. 보턴이 '영혼의 아버지'라고 부르는 나, 존 에임스에 대해서도. 사실 그런 호칭은 마뜩치 않아. 영혼의 아버지는 주님뿐이니까. 그 사실을 두고 곰곰이 생각할 게 많구나. 내가 자식을 화나게 하거나 거부할지 몰라도 (이건 신이 금하신 일이지) 너 역시 나처럼 주님의 자녀지. 우리 모두가 그래. 내가 친절해야겠지. 내 역할은 오직 친절한 것뿐이니까. 존에 대해 친절하게 생각하도록 노력해야겠어. 그가 날 꿰뚫어 보니까 말이다. 더 나아져야 하고 기도해야겠지만 기도를 통해 많이 나아진 것 같구나.

이건 중요한 일이라서 나도 여러 사람들에게 말했고, 아버지도 내게 말했고, 할아버지도 아버지에게 말한 거란다. 다른 사람을 만날 때, 누군가를 대할 때는 너에게 질문이 던져진 것과 같지.

그러니 '이 순간, 이 상황에서 주님은 내게 무엇을 요구하시나?'라고 생각해야 한단다. 모욕이나 적개심과 맞닥뜨린다면, 처음에는 똑같이 대응하자는 충동이 일겠지. 하지만 '이 사람은 주님이 보내신 사자이며 나를 이롭게 하려는 의도가 있어. 무엇보다도 내 믿음을 보일 기회이고, 나를 구하신 은총에 작게나마 참여할 기회야'라고 생각해야 한단다. 그러면 상황과는 다르게 자유롭게 처신하게 되지. 동시에 상대방을 미워하거나 분개하는 충동에서 자유롭게 된단다. 주님이 너를(그리고 그를) 이롭게 하시려고 네게 그를 보내셨다는 생각을 그가 비웃겠지. 하지만 주님이 그를 워낙 완벽하게 위장하셨기에 그 자신도 그런 사실을 모르는 거란다.

최근에 그렇게 살지 못한 경험 때문에 이 소중한 가르침을 되새기게 되는구나. 칼뱅은 어딘가에서 '우리는 무대 위의 배우이며 신은 관객이다'라고 썼지. 늘 그 은유에 마음이 끌렸어. 우리가 행동을 하는 예술가이고 신은 우리의 연기에 반응한다는 것이, 흔히 생각하듯 도덕적인 심판이 아닌 미학적인 평가의 개념이니 말이지. 우리는 맡은 역할을 얼마나 잘 이해할까? 얼마나 자신 있게 그 역을 연기할까? 내 신이 뉴잉글랜드의 중서부인이듯이 칼뱅의 신은 프랑스인이겠지. 우리 모두는 이런 중요한 문제에 그런 관점을 적용한단다. 하지만 칼뱅이 제시한 이미지는, 신이 실제로 우리를 어떻게 기뻐하시는지 가르쳐 주기 때문에 마음에 든다. 우리가 그것에 대해 너무 적게 생각하는 것 같구나. 신의 기쁨을 위해 세상이 존재하므로, 그런 식으로 핵심적인 것들을 이해해야겠지. 물론 그 '기쁨'은 단순한 의미가 아니라, 자식이 가슴에 박힌 가시이더라도 자식의 존재를 기뻐하는 것 같은 종류지. 보턴은 자식들이 문제를 일으키면 "그 아이도 제 마음이 있으니까"라고 말하곤 했지. 진심으로 칭찬으로 한 말이었지. 예컨대 에드워드도 자기 마음이 있었지. 존중할 가치가 있는 마음이.

그게 사실인지는 모르겠다. 물론 존중할 가치가 있지. 그러나 내 마음이 독서에서 왔듯이 그의 마음도 독서에서 나왔다는 게 사실이지. 그러나 꼭 그런 것도 아닐 거야. 나는 신학교 시절, 형이 언급한 책들과 형이 읽었으리라 짐작되는 책들을 모두 읽었단다. 독일어로 된 책만 아니라면 손에 잡히는 대로 다 읽었지. 수중에 돈이 있으면, 형이 읽을 거라고 예상되는 책들을 우편으로 주문했어. 그 책들을 집에 가져오면 아버지도 읽었어. 그걸 보고 깜짝 놀랐지. 마음이 어디서 오는지 누가 알겠니. 온통 미스터리일 뿐이야. 그래도 보턴이 옳아. 존 보턴은 작품이지.

훨씬 많은 기도가 필요한 게 사실이지만, 먼저 낮잠부터 자야겠구나.

네게 존 보턴에 대해 경고하고 싶은 충동이 강하게 일어난다. 네 어머니와 너에게. 이 글을 읽을 즈음이면, 너는 내가 얼마나 허술한 사람인지, 이 문제에 대해서 내가 얼마나 내 감정을 믿지 못하는지 알겠지. 또 너는 내가 모르는 세월을 살면서, 그런 경고를 한 나를 용서해야 할지 경고하지 않은 나를 용서해야 할지 알게 되겠지. 또는 이런 게 전혀 문제가 되지 않는 걸로 판명 날지도 모르겠구나. 이게 내게는 묵직한 의문이란다.

그 대목만으로도 큰 경고가 될 게다. 어쩌면 그 정도는 네 어머니한테 말할 수 있겠지. 존은 품성이 아주 좋은 사람은 아니란다. 그를 조심하려무나.

그가 계속 주위를 맴돌면, 두 사람에게 경고를 하게 될 거야.

하루 이틀 편지를 쓰지 못했다. 꽤 힘겨운 밤을 보내고 있거든. 불편하고 호흡이 좀 곤란하구나. 난 두 가지 중 선택할 수 있겠다는 결정을 했다. '자신을 괴롭히거나, 주님을 신뢰하거나.' 내가 직면한 문제는 세속적인 해결책이 없다. 그런데 그 생각에 매달림으로써 문제를 가중시킬 수 있겠다 싶구나. 지금까지 그런 것 같고, 그러니 그만 해야지. 오늘은 양키스와 레드삭스가 경기를 한다. 괜찮은 게임이 될 거고 어느 쪽이 이기든 난 상관없으니, 경기 때문에 마음이 복잡한 것은 아니다. 경기를 시청해도 과한 감정이 개입되지는 않을 거야. (이제 우리에게는 TV가 생겼다. 내가 야구 경기를 시청할 수 있게 해 주려고 성도들이 선물해 주었지. 그러니 시청을 해야겠지. 하지만 TV는 라디오에 비해 2차원적으로 보이는구나.)

어머니는 네가 날 성가시게 하지 않도록 너를 이웃에 보냈다만, 오늘 아침 내가 그녀에게 어떤 인상을 주었기 때문에 그랬나 궁금해지는구나. 가여운 여인은 몹시 창백하다. 나보다 잘 잔 것 같지 않다. 어제 사람들은 응접실에 TV를 설치하고, 오후에 지붕에 올라가서 안테나 장치를 했단다. 젊은이들은 이런 일들에 대단한 관심을 보이지. 위험하고 이색적인 일을 하면 행복해지니까. 나도 기억한다, 기억하고말고.

네 어머니는 글을 쓸 도구와 내 책상 위에 있던 책들을 가져왔고, 약과 안경과 물잔을 놓을 수 있게 누군가 TV받침대를 가져왔다. 다들 위험한 상황이라고 보는가 봐. 나는 그렇게 믿지 않지만, 아마도 내 판단이 틀리겠지.

의자에서 잠들었다가 한결 나은 기분으로 깼다. 8회까지를 놓쳤구나. 9회에도 별일은 없었고, 4대 2로 양키스가 이겼다. 수신 상태가 좋다. 주님이 허락하신다면, 나머지 시즌 내내 중계 방송 시청이 기대되는구나. 네 어머니는 내 무릎에 머리를 기댄 채 바닥에 꿇어앉아 잠들었더구나. 난 한참 꼼짝 않고 앉아서, 영화를 시청해야 했지. 버버리코트 차림의 영국인들이 프랑스인들과 기차와 관련된 우울한 일에 관여하는 내용이었지. 무슨 얘기인지 따라갈 수가 없더구나. 그녀는 깨자, 내가 오랫동안 떠났다 오기라도 한 것처럼 반가워했지. 그러더니 가서 너를 데려왔고, 우린 응접실에서 저녁 식사를 했지. 누가 가져왔는지 셋이 각자 쟁반에 상을 받았지. 세 종류의 냄비 요리와 두 종류의 과일 샐러드, 디저트로 케이크와 파이가 있는 걸 보니, 성도들이 내가 위험하단 얘기를 듣고 음식을 가져온 걸 거야. 그들은 인생의 중대사는 이런 음식으로 해결하지. 영락없이 장로파다워 보이는 요리인 콩 샐러드까지 있는 걸 보니, 몹시 염려했던 것 같았지. 내가 죽었다고 생각했던 게지. 우린 점심 때 먹으려고 음식을 아껴 두었다.

세 식구가 TV를 보면서 즐거운 시간을 보냈지. TV에는 공 던지는 서커스 단원, 원숭이, 복화술사가 나왔고 춤도 추었지. 너는 내 접시에 담긴 음식을 조금씩 먹어 보고, 어떤 냄비 요리와 샐러드를 고를지 결정하겠다고 했어. 아이답게 자기 접시에서 음식이 섞이는 게 싫었던 게지. 그래서 난 한 가지씩 떠먹여 주었지. (짐작건대) 브라운 부인, 맥닐 부인, 프라이 부인, 그 다음에는 도리스 부인, 터니 부인의 음식을 내 포크로 먹여 주었어. 네가 "아직 결정을 못하겠어요!"라고 말하면 처음부터 다시 시작했지. 그렇게 장난을 하면서 음식을 다 먹었어. 멋들어진 장난이었지. 네게 성찬을 주던 날을 떠올렸단다. 너도 그 생각을 하는지 궁금하구나.

오늘 아침에는 몇 시간 동안 교회에 있다가 집에 와 보니, 책상과 의자와 함께 책이 여러 권 응접실로 옮겨져 있었지. TV는 위층으로 옮겨지고. 네 어머니의 아이디어였겠지만, 물건을 날라주거나 거들어준 사람이 존 보턴이라는 걸 난 알았지. 그렇다고 화가 나는 건 아니야. 살아 있는 동안에는 화내고 싶지 않아. 선의로 해준 일이겠지. 또 조만간 해야 되는 일이었고. 황혼을 누군가와 얽혀서 맞이해야 된다면, TV 쇼 진행자 잭 베니보다는 카를 바르트와 함께하고 싶다. 아직까지는. 내겐 서재가 있지. 아직은 포기할 필요를 못 느낀다. 존 보턴이 내 서재에 있었지. 그가 이 일기장을 아래층으로 가져왔는지 모르겠다. 두 번이나 위층에 올라가서 초조하게 찾은 끝에, 책상의 아래 서랍에 든 일기장을 발견했다. 평소 거기 두지 않는데. 존이 내가 못 찾게 일기장을 감춰놓기라도 한 듯이 일종의 놀림처럼 여겨지는구나. 터무니없는 생각인 줄 알면서도 말이다.

오늘 하갈과 이스마엘에 관한 설교를 했다. 평소보다 본문 내용과 조금 다른 이야기를 했는데, 현명한 처사가 아니었는지 모른다. 지난밤에 잠을 못 잤거든. 잠을 이루지 못한 것은 아니고. 깨어 있고 싶더구나. 누워서 무기력하게 걱정거리를 되새겼지. 정신을 똑바로 차리면 잊어버릴 수도 있었던 문제들이었는데. 하지만 그러지 못했고, 난 마비 같은 증세를 견뎌야 했단다. 마비가 일어난 속에서 발버둥치는 게 이상하긴 하지. 팔을 움직이지 않은 것 같은데, 정신을 차려보니 심장이 약하고 나른했지.

존 보턴이 교회로 들어왔어. 예상치 못한 일이었지. 네가 그를 보고는 손을 흔들며 옆자리를 두드리자, 그는 통로를 걸어서 네 곁에 앉았지. 네 어머니는 인사를 하려고 그를 보고는, 다시는 그를 쳐다보지 않았어. 한 번도.

나는 하갈과 이스마엘이 광야로 떠난 이야기와 아브라함이 아들 이삭을 제물로 바치려고 떠난 이야기의 유사점을 지적하기 시작했지. 아브라함이 사실은 이스마엘과 이삭, 두 아들 모두 희생시키라는 요구를 받았다는 점과 양쪽 모두 하나님이 천사를 보내 중요한 순간에 아이를 구하도록 중재하셨다는 점이 내 요지였지. 두 이야기에서 아브라함의 많은 나이가 중요한 요소였지. 그가 자식을 더 낳을 수 없다는 점이나 말년에 낳은 자식들이 소중하기 때문만은 아니었어. 오히려 어떤 아버지든, 특히 늙은 아버지는 결국 자식을 광야로 보내야 하고 신의 섭리를 믿어야 하기 때문이지. 부모가 자식들을 보호할 수 없는 마당에 다른 세대를 낳는 것은 잔인한 일 같아. 최상의 여건이라 해도 마찬가지지. 자녀를 내놓는 데는 큰 믿음이 필요하지. 신께서 광야에 천사들이 있게 해주심으로 부모의 자식 사랑을 드높여주시리라 믿어야겠지.

아브라함 자신도 아버지의 집을 떠나 광야로 보내졌고, 모든 세대가 그랬다는 점을 지적했지. 우리가 신의 섭리의 도구가 되고, 궁극적으로는 신의 몫이지만 우리가 아비 노릇에 참여할 수 있었던 것은 오직 신의 은총 덕분이라고 말했어.

이 대목에서 나는 설교 본문을 떠나서, 늙은 목사가 교회를 근심하는 것은 그리스도가 양떼의 목자임을 잊는 것과 마찬가지라고 말했지. 또 어느 세대에나 그들 사이에 믿음이 있었다는 것을 잊는 것과 마찬가지라고. 좋은 지적인 듯싶었는데, 몇몇 부인이 울기 시작해서 화제를 바꾸어야 했단다. 너는 왜 하나님이 다정한 아브라함에게 아들들 앞에서 그렇게 잔인한 두 가지 일을 하게 명했는지 물었지. 왜 자식과 그 어미를 광야로 내보내게 했고, 자식을 제물이라도 되는 듯 묶어서 제단에 바치게 했을까? 내 자신이 자주 궁금히 여기던 점이었기 때문에 그 말을 하게 된 거였어. 나는 그 대답을 짐작해서 말해야 했단다.

성서를 통틀어 아버지가 자식에게 몹쓸 짓을 하는 예는 이 두 가지뿐이라는 생각을 하던 참이었지. 주님은 '자식이 빵을 구하는데 돌을 줄 아비가 어디 있겠냐?'라고 물으셨는데, 그것은 수사적인 질문이란다. 자식을 함부로 하거나 버리는 아버지가 많다는 것을 우린 경험으로 알지. 그 순간 존 보턴이 날 보며 빙긋이 웃고 있는 걸 알아차렸지. 흰 이불보처럼 환하게 웃더구나. 그가 그 자리에 있을 줄 알았더라면 선택하지 않았을 설교 내용이었지. 원고를 작성한 대로 설교했더라면 아무 일도 없었을 것을.

그런 이야기의 잔인함에 대해, 나는 아이들이 거부나 폭력의 희생자가 되는 일이 많다는 사실을 보여준다고 말했지. 그런 경우에도 아이는 신의 보호 속에 있고, 그렇지 않다면 성경에 실리지도 않았을 거라고 말했어. 하나님이 샘물을 주거나 칼을 멈추게 해서 아이가 세상에서 살게 해주는 것이 사실인 것처럼, 천사가 아이를 신실한 사랑의 아버지에게로 데려가는 것도 사실이지.

그 질문에 충분히 답이 되는지 모르겠구나. 워낙 어려운 질문이라 애초에 꺼내기가 머뭇거려지지. 그 문제를 다루는 준비라고는 사람들이 설명을 부탁한 적이 많았다는 경험뿐이거든. 그들이 어떻게 생각했는지 몰라도, 내 대답에 스스로도 만족이 안 되는구나.

모욕당하거나 짓밟힌 이들이 신의 섭리 안에 있다고 말할 때면, 모욕이나 억압하는 것이 심각하고 악한 일이 아니라고 받아들이는 사람들이 있을까 봐 걱정스럽단다. 성경의 가르침은 그것과는 확연히 반대거든. 그래서 '누구든지 나를 믿는 이 작은 자 중 하나를 실족하게 하면 차라리 연자 맷돌이 그 목에 달려서 깊은 바다에 빠뜨려지는 것이 나으니라'(마태복음 18:6)라는 주님의 말씀을 인용했지. 심한 말씀이지만 사실이 그러니까.

존 보턴은 싱글거리면서 앉아 있더구나. 늘 그에게는 묘한 구석이 있어. 그는 말을 마치 행위인 양 받아들이지. 다른 사람들과는 달리 말의 '뜻'을 귀담아듣지 않아. 말이 적대적인지 얼마나 적대적인지만 판단하지. 그 말이 자기를 위협하거나 상처를 입히는지 판단하고 그 수준에서 대응하지. 그가 상대방의 말에서 악의를 찾아내면 마치 상대가 총이라도 쏜 것처럼, 꼭 귀라도 물어뜯은 것처럼 대응한단다.

전에도 말했다만, 그가 그 예배에 참석할 줄은 몰랐단다. 더구나 자식에게 제 역할을 못해주는 부모가 많은 마당에, 내 설교가 원고에서 벗어났고, 또 그의 그런 표정을 보고 임시변통으로 말했다는 걸 인정한다 해도 그만을 겨냥한 설교였다는 것은 지나친 자기 본위지. 하지만 그는 그렇게 받아들이는 품이 역력하더구나.

네 어머니는 초조한 표정이었어. 그 설교를 나와 그녀와 너의 처지에 대한 이야기로 받아들였을지 모르지. 또는 내가 생각을 정리하느라고 안간힘을 썼기 때문이거나 평소보다 감정이 격해졌다고 걱정했는지도 모르고. 내 감정을 살펴보자면 그런 걱정을 할 만도 했지.

하지만 존 보턴이 몇몇 사건을 자기 식으로 그녀에게 말했을 거라는 생각이 들더구나. 그래서 그녀가 그의 관점에서 내 설교를 해석했을 것 같더구나. 존이 언제 그런 말을 그녀에게 했는지는 모르겠어. 기회를 얻고 싶었다면 찾을 수 있었을 테지. 그녀가 그를 딱 한 번만 쳐다본 것도 미심쩍었지. 그녀가 설교에서 존의 이야기임을 안다는 내색을 하고 싶지 않았다면 설명이 되겠지. 성도들은 설교가 그를 향한 것이라고 생각했을지도 모른다는 느낌이 들더구나. 그게 가장 불운한 점이었지. 설교에서 좋은 뭔가가 드러날 수 있기를 바라야 하는데 말이다. 그가 왜 장로교도들과 예배를 보지 않는지 모르겠구나.

　이제 기도해야겠다. 먼저 잠을 자야 될 듯하구나. 자려고 애써
봐야지.

　또 아침이 밝았다. 하나님께 감사한다. 간밤에 잘 잤고, 이렇다
하게 불편한 구석도 없었다. 아침을 막 마쳤을 때 여신도 한 분
이 와서 자기 집에 가자더구나. 연로하고 최근에 남편과 사별해
서 혼자 사는 분이지. 얼마 전 농가에서 시내의 작은 집으로 이사
했지. 그런 분들이 겪는 어려움과 두려움을 넌 모를 거야. 그래서
그 집에 갔지. 알고 보니 부엌 싱크대가 문제였어. 부인은 규칙
대로 돌아가는 세상에서 아주 정반대되는 일이 일어날 수 있다는
사실이 놀랍다고 했어. 찬물 꼭지에서 더운물이, 더운물 꼭지에
서 찬물이 나온다는 것이었어. 나는 더운물을 C로, 찬물을 H로
생각하면 되겠다고 말했지만, 그녀는 뭐든 원래대로가 좋다더구
나. 그래서 집에 와서 스크루드라이버를 챙겨 다시 가서 꼭지를
바꿔 달아주었지. 부인은 진짜 배관공을 부를 수 있을 때까지 이
정도면 되겠다고 했어. 아, 성직자의 삶이여! 이 여신도는 내가
교의를 벗어 던졌다는 의혹을 품었고 이제 그렇다고 확신할 것
같다는 생각이 드는구나. 그래도 이 이야기를 듣고 네 어머니가
웃음을 터뜨렸으니, 내 노고가 보답을 받은 셈이지.

　어젯밤 『오솔길』을 다 읽었단다. 그것은 나에게 한동안 일종의

충격을 주었어. 노인은 여자가 또래와 있는 걸 보고 둘이 잘 어울린다고 말하더니, 자기가 늙고 초라해지기 시작한 거야. 물론 여자는 여전히 아름답고. 하지만 결국에는 모든 게 괜찮아지지. 여자는 노인만을 영원히 사랑하거든. 그 특별한 문제가 생기지 않았더라도 이 책이 내 관심을 끌었을지 의심스럽구나. 또 그 책의 어떤 점이 네 어머니의 마음을 당기는지 알고 싶었지. 신께서 그녀를 축복하시길, 그 사랑스런 여인을. 어제 저녁에 책을 거의 다 읽고는, 그런 궁금증에 잠을 이루지 못했지. 그래서 살그머니 서재로 가서 동이 틀 때까지 책을 읽었단다. 그런 다음에 새벽이 오는 것을 보려고 교회로 올라갔지. 잠보다는 그런 평온이 나를 더 회복시키거든. 교회 안에는 고요 덩어리가 있는 것 같았어. 실내에 들어온 침묵이 거기 머무른 것 같더구나. 어릴 때 어머니가 내 방에 들어와서 구석에 놓인 의자에 앉아 무릎에 손을 포갠 채 조용히 자리를 지켜주는 꿈을 꾸던 기억이 나는구나. 그런 꿈을 꾸면 놀랍도록 안전하고 행복해졌지. 깨어 보니 정말 어머니가 의자에 앉아 있는 거야. 어머니는 빙그레 웃으면서 "조용한 게 좋아서 여기 있었지"라고 말씀하셨지. 교회에서 똑같은 기분을 느꼈단다. 꿈이 현실이 되는 기분을.

　네 어머니는 대단찮은 작품을 좋아해서 나까지 그 책을 알고 읽게 함으로써 그 어떤 말보다도 내게 용기를 준 셈이지. 그것은 그녀가 하지 못할 말을 내게 들려주는 신의 뜻이었단다.

내가 옛 바이킹족처럼 될 수 있다면 좋으련만. 집사들이 나를 옮겨서 성찬용 탁자 발치에 내려놓고, 낡은 배에 불을 붙이면 배와 내가 함께 영원 속으로 떠내려갈 텐데. 사실 그들이 그 탁자를 간직하면 좋겠지만. 틀림없이 보존해 줄 거야.

지성소도 열렸지. 깊은 어둠은 흔한 햇빛 속으로 사라졌고, 신의 신비로움이 더욱 휘황찬란해졌지. 쌓였던 나의 침묵 또한 흩어질 수 있을 테고, 거대한 침묵도 더 초라해지지 않겠지. 아직도 그들이 내가 죽을 때까지 기다려주는 데 대해 하나님께 감사한다.

때때로 이 글을 쓰는 목적을 잊는단다. 네가 성장하는 것을 지켜보면서 했을 이야기들을 편지로 대신하려는 게 목적이지. 아비로서 네게 가르치고 싶은 것들을 적는 거야. 물론 십계명이 있고, 네가 제5계명인 '네 부모를 공경하라'를 특히 마음에 새기리란 것을 난 알아. 제6, 7, 8, 9계명은 법과 윤리와 사회 관습에서 강조되니까, 나는 제5계명에 마음이 끌렸단다. 십계명은 가장 의지가 굳은 사람이라도 자신에게 강요할 수 없는 것이고, 계속 지키기 힘든 것이지. 나는 모든 결혼을 지켜보면서 겪은 아픔에 대해 너에게 솔직했단다. 특히 보턴의 가정처럼 아이들이 많은 집안을 보면 마음이 아팠지. 내가 그 아이들을 갖고 싶어서가 아니라, 내 자식을 갖고 싶어서 그랬단다. 내가 원해도 갖지 못한 것을, 사랑하는 이들이 가졌다고 느낄 때의 분노가 바로 탐욕의 죄겠지. '이웃 사랑하기를 네 자신과 같이 사랑하라'(레위기 19:18)는 말씀을 보면, 탐욕처럼 타락된 것은 없지. 사람은 가슴속에서, 뼛속에서 그걸 느끼지. 그런 면에서 그것은 교훈적이야. 난 탐하지 마라는 계명을 지키지 못하며 살았단다. 남과 자주 어울리지 않는 것으로 계명을 깨는 것을 피하며 살았지. 사도 바울처럼 탐욕을 피할 수 없는 것으로, 내게 박힌 가시로 받아들였다면 훨씬 좋은 목사 노릇을 할 수 있었을 텐데. '즐거워하는 자들과 함께 즐거워하고'(로마서 12:15)라는 구절이 있지. 그 구절 역시 실천하기 어려운 때가 너무 많아. 난 우는 사람들과 함께 우는 것을 훨씬 잘했지. 농담이 아니라, 그 생각을 하면 우습다.

내가 살았더라면, 좋은 것뿐 아니라 나쁜 것까지 나를 본으로 삼아 네가 많이 배웠을 텐데. 그래서 내가 실패한 대목을 말해주고 싶구나. 진정한 결과를 이끌어낼 만큼 중요한 실패라면 말이다.

하지만 네 어머니를 공경하라는 계명으로 돌아가자. 제5계명은 신을 제대로 섬기는 이들과 타인에게 옳은 행동을 하는 이들 사이에 놓인다는 생각이 드는구나. 십계명의 순서가 중요한 계명의 순서인지 늘 궁금했어. 그렇다면 네 어머니를 공경하는 것은 살인을 저지르지 않는 것보다 중요하겠지. 단정할 수는 없지만 그것도 특별해 보이는구나.

아니면 십계명은 중요성으로는 비교할 수 없는 다른 종류로 생각될지도 모르지. 네 어머니를 공경하라는 것은 적절한 처신과 관련된 계명들보다는 올바른 섬김과 관련된 계명들의 마지막 계명일지 모르겠구나. 난 이것이 적절한 관점이라고 믿는다.

사도 바울은 '형제를 사랑하여 서로 우애하고 존경하기를 서로 먼저 하며'(로마서 12:10)라고 말하지. 계명은 훨씬 폭이 좁아. 옛 주석가들은 '네 부모'가 권위 있는 사람은 누구든 의미한다고 했지만, 사람들이 오랫동안 그렇게 생각하면서 많은 폐해가 생겼단다. 노예제도를 '가부장적'이라고 여기는 등등. 권위를 가지는 사람은 누구든 부모라니! 그래서 이 세상에는 극악한 부모들도 있지. '가난한 자의 얼굴에 맷돌질하느냐!'(이사야서 3:15) 성서 어디에 '자녀에게는 좋은 것이 주어지고 부모는 빈손으로 보내지리라'는 말씀이 있는가? 없어. 부모는 부나 권위로 판단되는 것이 아니기 때문이야. 성경의 어디에도 자녀에게 사악하게 구는 아버지는 없지만, 사악한 부자와 권위자는 많이 나오지. 권위를 공경하는 것이 자기 길에서 벗어나 맞서지 못하는 것을 의미한다면, '공경'이 생모에게만 적용되는 편협한 것이 되어 버리지. 그렇다면 십계명의 한가운데 들어 있을 만큼 아름답지도 않고 중요하지도 않을 거야.

나는 제5계명이 신을 섬기는 계명들에 속한다고 믿는단다. 올바른 섬김은 올바른 인식이며(특히 로마서 1장을 참조하거라), 여기서 성경은 깊은 지식을 갖고 있는 사람들을 제대로 인식할 것을 권유하지. 사람을 어떻게 공경하느냐는 상황에 따라 달라지므로, 서로 친하고 이해하는 경우에 공경할 수가 있어. 이 모든 게 부모 쪽으로 기울어진 듯 보인다면, 다시 지적하거니와 성경에 나오는 부모들은 자식들을 존중한단다. 카인을 책망하는 이는 아담이 아니라 하나님이셨던 것이 그 예란다. 또 엘리는 아들들을 책망하지 않았고, 사무엘도 그의 아들을 벌하지 않았어. 다윗 왕도 압살롬을 비난하지 않았다. 마지막에서 가여운 늙은 야곱은 아들들을 축복하면서 책망하지. 곰곰이 따져볼 일이야.

여기 설교가 있다. 복음서에 나오는 돌아온 탕자 이야기 말이다. 보턴에게 그걸 알아차렸냐고 물어 봐야겠다. 하지만 당연히 그도 알고 있을 거야. 그 이야기는 더 생각해 봐야겠구나.

내가 말하고 싶은 것은, 신의 위대한 섭리는 우리들에게 공경할 대상을 준다는 것이지. 아이에게는 부모를, 부모에게는 자녀를. 나는 너의 올곧은 성정과 선한 마음을 존중하고, 네 어머니는 더할 수 없을 만큼 널 사랑하고 대견해 한다. 그녀는 네 삶의 매순간을 지켜봤고, 하나님이 널 사랑하시는 것처럼 널 뼛속까지 사랑한단다. 그게 자녀를 존중하는 것이지. 누군가의 존재를 사랑하는 것이 신과 같은 것임을 알겠지. 네 '존재' 자체가 우리에게는 기쁨이란다. 너는 나처럼 오랫동안 자녀를 갈망할 필요가 없다면 좋겠지만, 마침내 네가 왔을 때 얼마나 찬란하던지. 이제

7년간 너를 누린 것이 얼마나 큰 축복인지.

자녀가 부모를 공경하는 것으로 말하자면, 부모가 더 큰 신비요, 어떤 면에서 이방인이기 때문에 계명으로 삼아야 했던 것 같아. 우리 인생의 많은 부분이 흘렀고, 네 어머니도 마찬가지지. 그녀는 나보다 한 세대는 젊지만, 내게 오기 전에도 꽤 인생을 살았지. 우리가 결혼했을 무렵 그녀는 서른을 훌쩍 넘겼다는 뜻이다. 앞서 말했듯이 그녀는 살면서 많은 슬픔을 경험한 것 같아. 물은 적은 없지만, 내가 살면서 배운 게 있다면 늘 거기 있는 슬픔을 알아볼 줄 아는 것이지. 그녀를 처음 봤을 때 '어디에 있다 왔니, 사랑스러운 아가?'라는 생각이 들었단다. 그녀는 첫 기도 중에 들어와서 마지막 줄에 앉아서 날 올려다봤고, 그 순간 그녀의 얼굴만 보이더구나. 기독교인들은 슬픔을 경배한다는 말을 들은 적이 있지. 그건 사실이 아니란다. 하지만 우리는 슬픔 속에 신성한 신비가 있다고 믿지. 그녀의 얼굴에는 마치 진실이라도 깃든 것처럼 느껴지는 뭔가가 있지. 내가 충만해야 될 것 같고, 내 말의 의미를 시험하는 듯한 뭔가가 있어. 고운 얼굴이고 대단히 똑똑하지만, 그 속의 슬픔에는 지성이 접목되어 그 둘이 하나로 보이지. 슬픔 속에 위엄이 깃든 것은, 그것이 신의 뜻이기 때문이겠지. 하나님은 낮추어진 이들을 영원토록 높이시지. 그렇다고 고난을 일으키거나 피할 수 있는데 일부러 추구할 권리가 있다는 뜻은 아니란다. 그런 것은 무모한 짓이야. 고난 자체를 높이 평가하는 것은 위험하고 이상한 일이니, 분명히 해 두고 싶구나. 하나님은 고난을 안기는 사람보다는 고난받는 이들의 편을 드신다는 것이다. (네가 선지자들, 특히 이사야를 잘 알게 되면 좋겠다.)

네 어머니는 자기 이야기를 하지 않고, 삶에서 어떤 종류의 슬픔을 느꼈다고 인정하지 않지. 그것은 그 사람의 용기요 자존심이고, 너도 그것을 존중하리란 걸 안다. 동시에 대단한 다정함이, 큰 친절이 요구된다는 것을 기억하려무나. 용기가 필요치 않았던 사람은 용기를 갖고 있지 않거든. 하지만 네가 어려서 그걸 깨닫지 못할지 모르겠구나. 교회에서 사람들이 네 어머니를 대하는 태도가 걱정스러운 적이 많았지. 그녀는 멀찍이 있지만, 그녀도 어쩔 수가 없지. 사람들도 멀찍이 있어. 한편으로 그녀와 내가 겉모습과는 관계없이 잘 맞는다는 생각을 자주 했단다. 내가 오래 살아서 그녀를 이해할 수 있기 때문이지. 사람들은 불친절하지 않고, 네 어머니가 기꺼이 받는다면 어떤 도움이든 줄 게다. 하지만 대부분은 나처럼 그녀에게서 젊음을 보지는 못하지. 그녀가 사람들에게 좀 어려워 보이기도 한단다.

그녀에게도 몇 가지 가르침을 포함한 편지를 쓰고 있다. 이 내용도 덧붙여야겠구나. 나는 오랜 세월 사람들에게 돈을 주었단다. 큰돈은 아니지만, 목사 사례비 중 꽤 많은 부분을 떼어서 기부했지. 보통은 잊고 있던 기금과 익명의 헌금이라고 둘러댔지. 사람들이 내 말을 믿었던 것 같지는 않아. 당시에 나는 아내나 자식이 생길 줄은 몰랐기 때문에, 돈을 모으는 것은 별로 생각을 안 했지. 기록하지도 않았고, 어떤 사람에게 어떤 상황에서 돈을 주었는지 특별한 기억도 없단다. 또 페인트칠이나 창틀 같은 교회 보수비도 지불해 왔지. 성도들에게 부탁할 수 없는 힘겨운 시기가 있었거든. 어떤 도움이라도 받게 되면, 제법 큰 액수라도 자선이 아니라 '빚 갚음'으로 생각하라고 이런 말을 하는 거란다. 난 성도들이 내게 빚이 있다는 식으로 생각해 본 적은 없지만, 상당한 '빵'을 쌓아 놓았으니 네가 어떤 '빵'을 돌려받더라도 내가 직접 주는 것처럼 받아들이거라. 그건 물론 하나님의 은총으로 주어진 것이지.

제5계명에 대해 이야기를 하고 싶었지. 그것이 신과 관계된 계명들에 속한다고 보는 이유도 말하고 싶구나. 간단히 말해서 신을 적절히 섬기는 것은 필수적이지. 그것은 신을 제대로 이해하게 해주니까. 신은 구별된 분이지. 하나님은 사물들 중 하나가 아니라 유일하신 분이야. (우상숭배, 이것은 포이어바흐가 터득하지 못한 점이지.) 그의 이름은 구분되지. 하나님은 신성해. (그 말의 신성함을 돌이켜보자면, 다른 언어로는 설명할 수 없구나.) 또 안식일은 다른 날과는 구별되지. 시간 속에 사는 피조물들 위에 시간의 즐거움이 있지. 시간의 씨앗이라고 할 '태초'는 그 뒤에 창조된 모든 피조물에게 조건이기 때문이야. 또 부모도 구별되지. 내가 보기에는 창조를 되풀이해서 이야기하는 것 같구나. 첫날에는 신이 있고, 말이 있고, 낮이 있고, 여자와 남자가 있지. 그 다음에 카인과 아벨의 이야기가 나오고. 너는 죽이지 않겠지. 법률에 범죄가 기록되듯이, 예언에 모든 죄가 기록되어 있지. 그러니 영원에 접근하느냐, 순간에 접근하느냐에 따라 십계명의 분류도 달라지겠지.

  부모의 개념을 '우주의 부모', 신이 사랑하는 아담과 그의 사랑인 이브로 읽어야겠지. 즉 인류가 그분의 손에서 나왔지. 계명들은 신성함이 인지되도록 계명을 패턴에 따라 분별하지. 매일이 성스럽지만, 신성한 시간을 경험할 수 있도록 안식일을 따로 분별하는 거란다. 모든 인간이 공경받을 가치가 있지만, 부모를 따로 분별함으로써 공경하는 정신을 익힐 수 있지. 보통 부모는 수고하고 무거운 짐 진 자들이고, 괴팍하거나 고집스럽거나 무지하거나 강압적인 사람들이기도 하지. 그러니 '부모를 공경하라'는 계명은 지키기가 어렵다는 걸 안다. 하지만 순종의 보상이 크다고 믿는다. 진정한 공경의 뿌리에는 대상이 되는 이의 신성함에 대한 인식이 있기 때문이지. 특히 네 어머니의 경우, 네가 이런 식으로 관심을 가지면 그녀에게서 지대한 사랑스러움을 발견하게 될 게다. 네가 어머니를 사랑하는 정도로 누군가를 사랑하면, 신이 그녀를 보는 것처럼 그녀를 보게 되지. 그게 신과 인간과 존재 자체의 본성에 깃든 가르침이란다. 제5계명이 신에 대한 계명에 속하는 것도 그 때문이지. 나 스스로 그렇다고 설득해 왔단다.

잘 잤다. 월요일은 쉬는 날이라서 가능하면 집에 머물기 때문에, 오늘은 아침에 생각하고 기도하고 서가 정리도 했지. 그런 것들을 하면서 나는 내가 카운슬링을 하러 왔다면 스스로 무슨 말을 하고 싶다고 생각하는지가 머릿속에 떠올랐어. 이성적인 사람들은 그렇겠지만 나도 늘 그런단다. 그런데 나는 생각하는 방식에 있어서 질문의 반대되는 면을 떠올려서 해답을 얻으려는 경향이 있지. 그러면 흥미는 있지만 문제 해결에는 도움이 되지 않는 생각이 떠오르기도 하지. 종이에 생각을 정리하면 더 정확히 생각할 수가 있겠지. 해답이 필요하다면 그렇게 하면 가능할 거야. 결정하지 않는 것도 두 가지 선택 사안 중 하나이므로, 결정에는 시간이 주어져야겠지. 어떻게 행동하겠다고 결정하지 않는 것은, 행동하지 않겠다고 결정하는 것과는 다르다는 뜻이지. 가능성이라는 연속체의 한쪽 끝에 행동하지 않겠다는 결정을 놓고 다른 끝에 행동하겠다는 결정을 놓는다면, 그 가운데 공간은 결정하지 않은 것이 되지. 그건 행동하지 않는다는 의미일 테고. 말이 되는 것 같구나.

어쨌든 두려운 이 일을 할 가능성을 특별히 올바르게 강조해야 한다는 게 내 요지란다. 네 어머니에게 해 줘야 될 것 같은 이야기를 하는 게 바로 그 두려운 일이야.

　질문: 그대가 가장 두려워하는 것은 무엇인가, 모리터러스? (모
　　　리터러스(Moriturus)는 '죽음에 종속된 존재'를 말하며 인간을 뜻함–옮긴이)
　답 : 나 모리터러스는 아내와 아들이 지극히 의심스런 인격을
　　　지닌 인간의 영향 속에 빠지는 것입니다.
　질문: 그가 그들과 접촉하거나 그의 영향력이 그들에게 피해를
　　　입힐 만큼 지대할 것으로 생각하는 이유는?

　그것은 뛰어난 질문이고, 나 같으면 생각하지 못했을 점이지.
존 보턴이 몇 차례 집에 들렀고 교회에 한 번 왔다는 게 답이 되
겠지. 인상적인 답은 아니구나. 사실 강단에 서서 너희 셋을 보니
멋진 젊은 가족으로 보였고, 내 안에서 사악한 마음이 솟구치더
구나. 다른 데서 말한 늙은 탐심이 밀려들었고, 다른 아름다운 삶
을 볼 때 비참함과 분노를 느끼던 과거와 같은 느낌이었지. 마치
무덤에서 돌아다보는 기분이었어.
　그런 생각을 쭉 했으니 감사한 일이지.
　기왕에 정직하게 말하고 있으니 한 가지 덧붙여야겠다. 두 달쯤
전부터 사람들이 나를 대하는 태도가 달라졌다고 느끼고 있어.
그들을 대하는 내 태도가 달라진 것의 반영일 수 있겠지. 내가 잘
모르는 게 많은 것 같다. 납득하지 못하는 게 많은가 보다.

사실 나는 늙고 싶지 않다. 죽고 싶지도 않다. 네가 잘 기억 못하는 겁쟁이 얼간이가 되는 것도 원치 않는다. 네가 젊은 나를 알 수 있다면 얼마나 좋을까. 아주 젊을 필요까지도 없지. 말쑥하고 멀끔했던 60대의 나라도 네게 보일 수 있었더라면. 그런 면에서는 난 아버지와 할아버지를 닮았지. 그들처럼 잘 돌아다니지는 못해도, 난 아주 튼튼하고 건장했지. 지금도 내 심장 상태를 믿는다면, 할 수 있는 일이 제법 있을 텐데.

이런 식으로 느끼는 걸 탓할 수는 없겠지. 주님도 배신당하기 전날 밤에 정원에서 우셨지. 내 처지에 있던 사람들에게 그 이야기를 여러 번 해 줬지. 그러니 내가 환영해야 될 것을 두려워한다고 해서, 속죄받지 못할 이교도는 아닌 게지. 물론 내 슬픔에는 부끄러운 다른 감정이 섞여 있지만. 지당해, 지당한 일이지. '이 사망의 몸에서 누가 나를 건져내랴?'(로마서 7 : 24) 나는 그 질문의 답을 안다. '우리가 다 잠잘 것이 아니요, 마지막 나팔에 순식간에 홀연히 다 변화되리니.'(고린도전서 15 : 51). 나는 황홀경에 빠져서 빙그르르 도는 것을 상상한다. 젊었을 때 몸에 힘이 들어가는 줄도 모르고 몸을 솟구치는 그런 기분 말이야. 바울이 그것과 완전히 다른 것을 말했을 리 없어. 그러니 기대할 게 있구나.

이 말을 하는 것은, 내가 실패하는 기분이 들어서란다. 의학적으로만 그런 건 아니고. 꼭 버려지는 기분이야. 난 낙오자가 되고, 사람들이 날 데리러 오는 걸 잊어버린 기분. 어젯밤 그런 꿈을 꾸었단다. 꿈에서 난 보턴이었지. 가여운 보턴, 그 사람.

오늘 아침, 넌 그림을 그려서 칭찬받으려고 내게 왔지. 그때 난 잡지 기사의 마지막 문단을 읽는 중이라 얼른 고개를 들지 못했지. 네 어머니가 친절하고 슬픈 목소리로 "아버지가 듣지 못하시네"라고 말하더구나. '못 들으셨다'가 아니라 '듣지 못하시네'라고.

그 기사는 흥미로웠다. 「레이디스 홈 저널」에 실린 글인데, 글로리가 제 아버지의 서재에서 찾아서 보라며 가져왔지. 거기에 메모가 있었어. "에임스에게 보여줄 것." 하지만 잡지는 책 더미의 밑바닥에 있었어. 1948년의 잡지여서 그랬겠지. 기사의 제목은 '신과 미국인들'로, 미국인의 95퍼센트가 신이 있다고 믿는다는 내용이란다. 하지만 우리의 신앙심은 필자의 기준을 충족시키지 못하지. 그가 보기에 교회에 가는 사람들 모두 율법학자와 바리새파(형식주의자. 위선자를 뜻하기도 함─옮긴이)지. 비난하고 조소하는 품새로 봐서 필자가 율법학자처럼 느껴지더라. 율법학자와 선지자를 어떻게 구분할까? 선지자들은 비난하는 사람들을 사랑하지. 이 필자는 그래 보이지 않더라만.

'신이 있다고 믿는다'라는 묘한 어구가 포이어바흐의 첫 장을 연상시킨다. 종교가 아닌 언어의 어색함에 대한 내용이지. 포이어바흐는 이것을 넘어선 존재의 가능성을 상상하지 못하지. 즉 이것을 끌어안으면서 그것을 넘어서는 현실을 말하는 거야. 예컨대

이 세상은 고양이 소피가 이해하는 세상을 끌어안지만 그걸 넘어서는 식으로 말이야. 소피는 감당할 수 없는 상황이 되면, 나머지 우리와 함께 이데올로기 갈등의 희생자가 될지 모르겠구나. 소피는 고양이답게 상황을 가늠할 거고, 그것은 프롤레타리아의 독재나 '맨해튼 프로젝트'(제2차 세계대전 당시 미국의 원자탄 제조 계획—옮긴이)와는 관계가 없겠지. 소피의 개념 부족이 상황의 현실과는 무관할 거야.

그런 식으로 말하니 끔찍하고, 정확한 표현도 아닌 듯싶다. 이 현실을 확대하거나 추정해서 제시하고 싶지는 않다. 우리가 돌이라고 부르는 사물이 꿈이라고 부르는 것과 어떻게 다른지 생각하면, 우리가 아는 현실 안에서 다름의 정도는 몹시 크지. 내가 말하고 싶은 것은 훨씬 절대적인 다름이야. 우리 안에 있는 인간의 조건이 극단적인 한계가 있고, 존재가 무엇이냐에 대해 독특한 개념을 갖고 있지만 말이지. 이것에 관해서 설교를 한 적이 있는데, "당신들의 생각이 우리의 생각은 아니다"라는 내용이었지. 두 달도 넘은 일이야. 아마 작년이었을 게다. 몇 사람은 당황했을 테지만 난 흐뭇했지. 에드워드 형이 그 설교를 들을 수 있었으면 하는 마음까지 생겼지. 몇 가지 분명히 할 사항이 있었지. 어떤 부인이 교회 문을 나서면서 "포이어바흐가 누구지요?"라고 물은 기억이 나는구나. 그 한마디로, 나는 내 생각에만 너무 빠져서 사는 경향이 있다는 것을 깨달았지. 네 어머니는 고양이의 이름을 '포이어바흐'라고 짓고 싶어했지만 네가 '소피'를 고집했지.

내가 추상적인 개념에 관심이 있다는 게 사실일 수도 있어. 처음에는 내가 젊다고, 그 후에는 별나다고 양해받았겠지만, 지금은 '노망'이라고 양해받는 거지. 사람들이 내 설교에 담긴 뜻을 예전처럼 받아들이지 않는다는 뜻이기도 하지. 양해치고는 최악의 양해일 것 같다. 어딘가 유머러스한 설교 일화들이 담긴 책이 있을 텐데. 이름을 적지 않고 누군가 선물해 준 책이었지. 몇 년이나 그 책을 갖고 있었을까? 내가 오래 전부터 사람들을 따분하게 한 모양이야. 그런 생각에서 위안을 느끼니 이상도 하지. 늘 사람들에게 꼭 얘기해야 한다고 느끼던 것들이 있단다. 한 가지는 지난 한두 세기 동안 종교를 공격하는 것을 특권으로 여겨왔지만 사실 그것은 무의미하다는 점이다. 네게 이것은 분명히 말해야겠다. 이걸 분명히 하지 않으면, 지금까지 말한 모든 게 의미가 없어질 테니까.

예전의 설교문들을 뒤적이면 이 주제를 다룬 글이 몇 편 나올 것 같구나. 시간도 힘도 다 없어진 끝에 다다르고 보니, 설교문을 보는 게 네게 최선일 것 같구나. 오래 전에 그런 생각을 못한 게 아쉽구나.

오늘 오후 우린 보턴의 집에 잡지를 돌려주러 갔지. 너는 상당히 먼 거리를 내 손을 잡고 갔어. 넌 나비풀을 보러 갔다가, 돌아와서 다시 손을 잡았지. 요즘은 내가 천천히 걸으니까 나랑 같이 걷는 게 참기 힘들겠지. 하지만 나는 심장에 무리를 주지 않으려고 애쓴단다. 올여름에는 화창한 날이 워낙 많아서 가뭄 이야기가 들리기 시작하는구나. 먼지와 메뚜기 떼도 극성을 부리겠지. 무슨 일이 닥치든지, 내가 그걸 놓친다는 것이 아쉽구나.

보턴은 산들바람 소리를 들으며 현관에 있었지. 산들바람을 느낀다는 거겠지. 글로리가 레모네이드를 내와서 같이 앉았고, 우린 TV에 대해 이야기를 나누었어. 네 어머니도 TV를 시청하고 있지. 난 별로 즐기지 않는다만. 이 세상의 마지막 인상을 그런 모습으로 갖고 가기 싫어서 말이다.

글로리는 그 기사를 찾아서 아버지에게 내게 보일까 물었다더구나. 그러자 보턴은 딸에게 읽게 했고, 듣고는 웃음을 터뜨리며 "아, 그래. 에임스 목사가 보고 싶어하겠구나"라고 말했다지. 보턴은 무엇이 날 화나게 하는지 잘 아는 터라, 내가 기사 이야기를 꺼내자마자 기대감에 웃음을 터뜨렸지.

우리는 양쪽 교회의 성도들이 그 글을 많이 읽었을 거라고 입을 모았지. 한쪽 페이지에는 올리브와 양배추와 안초비를 넣은 오렌지 젤라틴 샐러드의 조리법이 있었거든. 요 몇 년 사이 내가 계속 먹어야 했던 음식이고, 보턴도 감기에 걸릴 때마다 성도들이 해오는 음식인 걸 보면 말이야. 종교 관련 기사의 20페이지 전후에는 조리법을 싣지 말아야 된다는 법이라도 있어야 될 것 같아. 결국은 설교에 쓰고 싶을지 몰라서 잡지를 집에 가져왔다.

　현대 세계에서는 기독교의 관점에서 두 가지 교활한 개념이 있지. (두 가지 이상인 것은 의문의 여지가 없지만 다른 것들은 나중에 다루기로 하자.) 하나는 종교와 종교 경험이 일종의 환상이란 것이고(포이어바흐, 프로이트 등등), 다른 하나는 종교 자체는 사실이지만 본인이 거기 참여한다는 믿음은 환상이란 개념이지. 후자가 더욱 교활하다는 생각이 든다. 개인적인 신앙인에게 종교가 진짜임을 증명해 주는 것은 무엇보다도 종교적인 체험이거든.

　하지만 종교적 감수성을 가진 사람들은, 인식이나 이해가 신앙의 높은 기준에 도달하지 못한다는 비판에 시달리지. 누구나 그런데도 말이야. 바울은 이 주제에 대해 웅변을 토하지. 성경의 증인들은 이런 견해를 인정하지 않지만 신앙의 어색함과 허위, 실패를 그 안에 참된 핵심이 없다고 해석한다면, 사람들은 자기의 믿음에 대한 생각과 표현과 이해를 불신하게 되지. 또 자신과 이웃들의 흠결 많은 신앙 경험의 기본적인 존엄성도 믿지 않게 된단다. 내 보기엔 무신론보다도 나쁜 개념이야. 이 기사는 종교의 독선을 비난하지만, 정작 그런 독선으로 기사를 쓴 것 같구나. 물론 필자가 옳게 말한 것도 많지. 종교의 독선에 파괴적인 잠재성이 있다는 것도 맞는 말이고.

보턴과 내가 웃음보를 터뜨린 문장은 이것이란다. '몇이나 되는 기독교도가 기독교 신앙을 정의내릴 수 있는지 물을 수 있을 것이다.' 나는 그 수가 책으로 25권 분량 정도는 될 거라고 말했지.

보턴은 "그보다 적지"라면서 글로리에게 눈을 찡긋했지. 글로리는 "꼼꼼하고 완고한 사람이나 하겠죠"라고 대꾸했어. 맞는 말이지.

(물론 난 요즘 말투로 이야기했고 보턴도 그걸 알았지. 다만 그는 그런 어법을 달가워하지 않지. 나도 자주 쓰지 않고. 하지만 가끔은 가벼운 농담을 하는 것도 괜찮지.)

그 기사에서 생각해 본 대목은 이런 문단이란다. '다수의 사람들이 천국에 대한 생각을 표현하는 자신감에는 사악한 자만심이 있다. 성경에는 최후의 심판에 대한 이야기가 많긴 하지만, 사후의 삶에 대한 분명한 그림은 제시하지 않는다. 그러나 미국인의 3분의 1 이하(29퍼센트)가 성경에 나오는 가장 모호한 주제인 사후 세계에 대해 잘 모르겠다고 인정한다.'

이런 종류의 해석은 사기라고 부르고 싶구나. 주제가 모호하다는 말은, 그것에 대해 생각을 하지 못하거나 해서는 안 된다는 뜻은 아니지. 또 그것에 대한 생각이 형성되는 것을 피할 수 있다는 말도 아니고. 그 마음에 존재하는 어떤 개념이든 연관되는 것들 속에서 어떤 형태로든 존재하지. 나는 잘 모르겠다는 29퍼센트의 인구에게 어떻게 그러는지 살펴보라고 얘기해주고 싶다. 그들은 단지 그 질문을 좋아하지 않아서 그렇게 답했을 거야.

보턴은 매일 천국에 대한 생각이 많아진다고 한다. 그는 이렇게 말했지. "세상의 멋진 점에 대해 생각하고 그걸 두 배로 곱하는 거야. 기운이 있으면 열이나 열둘을 곱하고 싶네. 하지만 내 기운으로는 두 배로도 충분하지." 그러니까 보턴은 거기 앉아서 바람결을 두 배로 곱하고, 풀 냄새를 두 배로 곱하지. 그는 말했어. "우리가 법원 지붕에 낡은 마차를 올렸던 일이 기억나네. 그 시절에는 별이 더 환하게 빛났던 것 같아. 두 배로 밝았지."

"우리도 두 배로 똑똑했지."

"아, 그 이상이었어. 그보다 훨씬 똑똑했지"라고 말하더구나.

존이 나와서 같이 앉았어. 그가 기사를 볼 수 있겠냐고 물어서 내가 건네주었지. 존은 "필자가 어디선가, 미국인들이 흑인을 다루는 것이 종교적인 진지함의 부족을 보여주었다고 지적한 것 같은데요"라고 말하더구나.

보턴이 대꾸했어. "심판을 하기는 아주 쉽지."

존은 빙그레 웃더니 내게 잡지를 돌려주었지. "맞아요"라면서.

주일에 예배에서 본 이후 처음으로 그를 만났지. 교회에서 존은 성가대석 옆문을 통해서 빠져나갔어. 나랑 악수하는 걸 피하려고 그랬겠지. 설교 때문에 마음이 불편하더구나. 솔직히 말해 그와 눈이 마주치는 게 당황스러웠지. 잡지를 돌려준다는 구실로 보턴과 글로리가 내게 화가 났는지 알아보러 간 거였지. 기사를 다 읽지 못했거든. 잡지를 다시 가져올 생각이었어. 가끔 내 마음을 잘 숨기지 못하는 게 문제지. 난 주일 밤에 뜬눈으로, 내가 교회에서 옛날 일을 꺼내서 존이 다시 떠날 거라고 상상했지. 그는 내가 의도를 갖고 그 말을 했다고 믿을 거라고 상상했지. 사과할까 고민했지만, 그러면 내가 의도를 갖고 그런 말을 했다는 것을 확인시켜주는 꼴이 될 터였지. 사실 난 그렇게 믿지 않는데, 공연히 사과하면 그가 다르게 해석해서 상처를 덜 받게 될 기회를 뺏게 될 것 같더구나. 아무튼 불필요한 화제를 꺼내게 될 터였지. 결국 그 집에 가는 게 머뭇거려졌어. 내가 나타나는 것만으로도 짜증이나 분노를 일으킬까 걱정스러웠지. 또 내가 안 가도 문제가 생길 것 같았어. 그때 글로리가 인사를 하러 왔지. 그녀는 기분이 좋아 보였어. 마음이 놓이더구나. 남은 시간 동안 하고 싶지 않은 게 있다면, 보턴을 화나게 하는 거란다. 그에게는 존이 온 게 얼마나 큰 기쁨일까 하는 생각이 들더구나. 늙은 아버지에게, 또 고생하는 글로리에게 돌아온 것이 존의 입장에서는 선심 쓴 거라는 생각이 들었지. 그가 얼른 가 주기를 바라며 안달했던 일을 기억하니 부끄러웠어. 오직 내 삶만 생각했다는 걸 인정한다. 보턴의 자식들이 집을 물려받을 거고, 그가 아버지를 눈감게 하려고 왔다고까지 생각한 나였으니. 보턴의 집은 손을 많이 봐야 했고, 글로리 혼자서는 감당 못할 만큼 일이 많았지. 현관에 존과 앉아 있으려니, 그도 나이가 많이 들었다는 생각이 들더구나. 물론 나이가 들 만큼 들어서 40대에 접어들었지. 앤절린이 살았다면 쉰한 살이니, 존이 마흔셋이겠지. 흰머리가 나고, 눈가가 피곤해 보이더구나. 존은 늘 그렇듯 긴장한 표정이었고, 내 보기에는 슬픈 표정이기도 했어.

네 어머니가 와서 저녁 식사가 준비되었다고 말했지. 찬 음식이니 서두르지 않아도 된다고 했어. 그녀는 몇 분간 같이 앉아 있었지. 네 어머니는 늘 달래야 잠시라도 같이 앉아 있을 수 있단다. 입에서 말이 나오게 하려면 부추겨야 하고. 그녀는 말투를 걱정하는 것 같아. 나는 그녀의 말투가 좋은데. 처음 알았을 때 말하는 투가 좋았어. 그 낮고 부드러운 목소리로 "괜찮아요"라고 말하곤 했지. 누군가 용서할 때도 그렇게 말했지만, 창조된 질서 전체를 용서하기라도 하는 것처럼 더 깊고 슬픈 소리로 말했어. 하나님을 용서하기라도 하는 것처럼. 다시는 그녀가 그렇게 말하는 소리를 못 듣는다는 게 서럽구나. 사람들의 잘못을 바로잡아주는 보턴의 습성 때문에, 네 어머니가 부끄러워하는 것 같아. 보턴이 그녀의 말투를 지적한 적은 없지만.

"괜찮아요" 그녀는 아무도 시비를 못 걸도록 세상을 버리려는 것 같았지. 대범한 절연. 빈손의 절연. 당신에게 줄 것이 없으니, 받아먹으라는 것 같았어. 재 묻은 비스킷, 여름비. 젖은 얼굴 위로 흘러내린 그녀의 머리칼. 세상의 광휘(내가 느끼는 광휘)를 두 배로 늘린다면 옛날 그림에서 보는 것과는 전혀 다른 천국 장면에 도달하겠지.

그래 존 보턴은 마흔세 살이야. 그가 이곳을 떠난 후 어떤 삶을 살았는지 아는 바 없다. 결혼이나 아이, 특별한 직업에 대한 얘기가 전혀 없었지. 난 항상 묻지 않는 게 최선이라고 느꼈고.

거기 앉아서, 보턴이 전에 부인과 미니애폴리스에 여행 간 일을 (그의 표현으로) 떠들어대는 소리를 듣는데, 존이 끼어들어 내게 말했지. "목사님, 운명예정설에 대한 견해를 듣고 싶은데요."

세상에서 내가 가장 싫어하는 화제가 그거란다. 평생 살면서 그 얘기를 많이 들었고, 누구 할 것 없이 아는 게 거기서 거기였지. 어른들이, 신을 두려워하는 사람들이 그 교리를 두고 허풍을 떠는 것도 봤지. 처음 떠오른 생각은 '그래, 예정설 따위를 꺼낼 줄 알았지!'였단다.

그래서 내가 말했지. "그건 복잡한 이슈야."

그가 대꾸했어. "제가 간단히 얘기해 보죠. 어떤 사람들은 구제할 길 없이 지옥에 가게 되어 있다고 생각하십니까?"

나는 "글쎄, 간단히 얘기했는데 더 복잡한 질문이 되는구먼그래" 말했지.

존은 소리 내어 웃더구나. "사람들이 늘 그런 질문을 할 텐데요."

"그렇네."

"그렇다면 어떤 식의 대답이든 갖고 계실 것 아닙니까?"

"우리가 믿는 하나님에게는 전지, 전능, 정의, 은총이라는 특성이 있다고 말하지. 우리 인간은 능력과 지식을 모르고, 정의에 대한 개념이 없고, 은총을 내릴 능력도 없어서 이런 훌륭한 특성들이 한데 뭉쳐서 이루는 일은 우리로서는 꿰뚫을 수 없는 신비라고 말하네."

그는 웃음을 터뜨리고 말하더구나. "바로 그렇게 말하시네요."

"그렇다네. 바로 그렇게 말하지. 이건 난처한 질문이니 조심하지."

그는 고개를 끄덕였어. "예정설을 믿으신다는 뜻으로 받아들이겠습니다."

"난 그 단어가 싫네. 잘못 쓰이곤 하니까."

"더 나은 어휘가 있습니까?"

"당장은 생각나지 않는군." 난 그가 나를 골리고 있다고 느꼈단다.

"이 문제를 도와주시면 좋겠습니다, 목사님." 그가 어찌나 진지하게 말하던지, 진심이라는 생각이 들기 시작했지. 그가 덧붙이더구나.

"이건 우울한 이슈지요. 안 그렇습니까? 단순한 어휘, 단순한 추상 개념으로 다룰 수는 없지요."

"그렇지, 맞는 말이야"라고 내가 대꾸했지.

"예정설이 착한 사람이 처음부터 지옥에 가도록 정해졌다는 이유만으로 지옥에 간다는 뜻은 아니겠지요."

글로리가 말했어. "실례해요. 난 이런 입씨름을 천 번도 넘게 들었고, 이런 논쟁은 싫어요."

보턴이 말했지. "나도 이런 대화가 싫고, 이야기해도 결론이 나는 걸 본 적이 없지. 하지만 이걸 입씨름이라고 부르고 싶지는 않구나. 글로리."

그녀는 "5분만 드릴게요"라고 말하더니, 일어나서 집으로 들어갔어. 하지만 네 어머니는 가만히 앉아서 듣기만 했지.

존이 말했어. "여기서 저는 아마추어지요. 이 주제에 관련된 목사님의 내력을 안다면 저도 신물 나겠지요. 사실 저도 관련된 사연이 있다고 믿습니다. 자주 궁금증을 느낄 만한 이유가 있지요. 목사님이 가르침을 주시길 바랐습니다."

"난 선량한 사람이 지옥에 갈 운명이라고 믿지 않네. 또한 사악한 사람이 꼭 지옥에 갈 예정을 타고났다고 믿지도 않네. 두 경우 모두 성경은 다르게 이야기하고 있지."

"그렇겠지요. 하지만 사악하게 태어나서 사악한 삶을 살고, 지옥에 가는 사람들이 있습니까?"

"그 점에 대해서라면 성경에 분명히 나타나 있지 않네."

"목사님의 경험으로는 어떻습니까?"

"일반적으로 사람의 행위는 본성과 일관성이 있지. 행동이 일관된다는 말이지. 일관성이란 본성을 말할 때를 의미하네." 나는 의미 없는 동어반복을 했음을 깨달았지. 그가 웃더구나.

"그래도 사람들은 변하지 않아요." 그가 말했지.

"다른 요소가 관계되면 변하네. 술이나 개인적인 영향 같은 요소가 관계되면 그들의 행동이 변한다네. 그것이 본성의 변화를 뜻하는지, 다른 요소가 드러나게 된 것인지는 말하기 어렵지."

그가 말했어. "목사님치고는 상당히 조심스러우시네요."

그 말에 아버지 보턴이 웃음을 터뜨렸지. "네가 30년 전의 이 친구를 봤어야 했는데."

"봤습니다."

그의 아버지가 말했어. "네가 주시해서 봤어야 했어."

존은 어깨를 으쓱하며 "그랬지요"라고 대답하더구나.

난 좀 멈칫했지. 보턴이 왜 그런 식으로 대화를 몰고 갔는지 모르겠다.

나는 말했지. "내가 이해하지 못하는 것들이 있다고 말하는 것은 유용한 방법을 추구하려는 의도일 뿐이지. 신비로운 것에 이론을 들이대서 엉뚱한 얘기로 만들지 않으려는 걸세. 그런 이야기를 하는 사람들이 흔히 그런다고 해서 내가 그렇게 대응할 수는 없지."

네 어머니가 나를 쳐다보기에, 내가 성난 말투로 이야기했다는 걸 알아차렸지. 난 성이 났어. 잘난 체하는 멍청이들이 신학적인 질문을 시작할 때면 십중팔구는 날 가식적인 입장에 처하게 할 목적이지. 또 난 너무 늙어서 그런 짓을 웃음으로 돌리지도 못하고. 그때 글로리가 밖으로 나와서 "5분이 아직 안 끝났네요"라고 말했지. 꼭 쓸데없는 짓임을 강조하려는 듯한 말투더구나.

하지만 네 어머니가 소리를 높여서 다들 놀랐단다. 그녀는 "구원받는 것은 어떤가요? 사람이 변할 수 없다면, 구원에는 큰 목적이 있을 것 같지 않네요"라고 말했지. 그러고는 얼굴을 붉히더니 "그런 뜻은 아니고요"라고 덧붙였어.

보턴이 대답했지. "뛰어난 지적을 해주었소. 난 오래 전부터 예정설이라는 신비가 구원의 신비와 어떻게 화합될 수 있을지 고민했소. 그 문제에 대해 많이 생각했던 게 기억나요."

"결론은 없나요?"라고 존이 물었어.

"내가 기억하는 한은 없다. 결론을 짓는 것은 이쪽 분야의 특징이 아니거든"이라고 그의 아버지가 대꾸했지.

존은 동지라도 구하는 듯이 네 어머니에게 씩 웃었지. 그는 답답함을 나눌 사람을 구하는 표정을 지었지만, 그녀는 가만히 앉아서 손만 바라봤어.

존이 말했어. "에임스 부인의 질문은 두 분이 진지하게 접근할 만한 사안을 끌어냈다는 생각이 듭니다. 두 분이 관심 많은 구경꾼으로 천막 집회에 참석한 적이 있다는 걸 압니다만…… 양해하세요. 다른 분들은 이런 이야기를 계속하고 싶지 않으신 듯하니,

그만하지요.”

네 어머니가 “저는 관심 있어요”라고 말하더구나.

좀 성이 난 보턴 목사가 말했지. “장로교회도 그 어느 곳보다 죄의 구속과 구원을 포함한 신앙의 진실을 배울 만한 곳이다. 내가 그렇게 만들기 위해 노력해 왔음을 주님도 아시지.”

존이 말했어. “양해하세요, 아버지. 가서 글로리를 찾아봐야겠네요. 제가 어떻게 하면 도움이 될지 글로리가 말해 줄 겁니다. 아버지는 그게 문제에서 비켜나는 최선의 방식이라고 늘 말씀하셨지요.”

“아뇨, 그냥 계세요”라고 네 어머니가 말했어. 그러자 존은 그대로 있었지.

어색한 침묵이 흐르자, 나는 어색한 분위기를 만회할 요량으로 카를 바르트를 읽으면 도움이 될 거라고 말했지.

존은 “한밤중에 고뇌하는 영혼이 집에 찾아오면 그렇게 하시나요? 카를 바르트를 읽으라고 추천하세요?”라고 묻더구나.

“상황에 따라서는 그렇다네”라고 말했지. 사실이야. 나는 바르트의 글에서 큰 위로를 얻은 경험이 있지. 전에도 그런 말을 한 적이 있을 게다. 하지만 사실 나를 제외한 다른 고뇌하는 영혼에게 그의 책을 권한 기억은 나지 않는다. ‘가식적인 입장’에 처하게 한다는 게 바로 이런 거지.

네 어머니가 말했어. “사람은 변할 수 있어요. 모든 게 변할 수 있다구요." 그녀는 여전히 그를 쳐다보지 않았지.

존이 말했어. "감사합니다. 제가 알고 싶은 것은 그게 전부입니다."

그래서 대화는 끝이 났지. 우린 저녁 식사를 하러 집으로 돌아왔고.

그가 무슨 의도로 천막 집회를 언급했는지 의아했지. 그 '조심성이 많다'는 말에 대해서도 많이 생각해 봤단다. 신학에 공감하지 않는 사람들과 신학에 대해 이야기하는 건 항상 끔찍하지. 내가 가끔은 그런 상황을 피하는 것도 사실이야. 어떤 사람이 신실한 믿음으로 대화하지 않는다고 '추측'하는 것은 잘못이지. 존경받을 일이 아니라는 것도 알고, 내가 자주 피하는 것도 아니란다. 이 부근에서는 그런 경우가 많지도 않고. 길에서 만나는 사람의 절반은 내가 세례를 주고, 신학 이론을 가르친 이들인걸.

하지만 존 에임스 보턴에게서 신실한 신앙을 보기란 어렵고, 그게 끔찍한 문제지. 집으로 걸어오면서 네 어머니는 "그 사람은 질문을 한 것뿐이에요"라고 말하더구나. 거의 힐난조였지. 조금 더 걸었을 때, 그녀는 "자신이 편치 않은 사람들도 있다고요"라고 말했지. 그건 힐난이었어. 그녀가 옳았지. 나 같은 늙은 병사가 조롱을 받고 방어할 필요가 있겠니? 존이 의도한 게 그런 거라고 해도 말이다. 필요의 문제가 아니라 습관의 문제가 있을 따름이었

지.

　난 에드워드가 애송이라거나 미숙하다고 생각할 만한 얘기는 하지 않으려고 애쓰며 살아왔지. 내 견해로는 그런 자제심이 효과가 있었어. 일종의 자기방어일지 모르지만, 적어도 균형을 잡는 데는 효과가 있었기를 바라는 마음이다. 종교계에는 조롱을 불러들여서 스스로 지성적인 경멸을 초래하는 이들이 있지. 어떤 경우에는 정당해 보이기도 하더라만. 그렇긴 하지만 원칙에 대해서는 방어하지 말라고 충고하고 싶구나. 앞에서 말했듯이, 최악의 결말은 경험으로서 큰 가치를 지닐 수도 있단다. 또 자기 방어를 한다고 생각할 때 우리는 구원자에게 대항해서 버둥대는 경우도 많단다. 내 눈으로 그것을 보았기에 그걸 알아. 비록 나 자신이 항상 그렇게 살지는 못하지만. 내가 단 하루, 아니 한 시간이라도 그렇게 사는 법을 알지 의심스럽구나.

　여기서 뭐가 문제인지 단도직입적으로 말해주는 게 마음 편할 것 같다. 잠이 큰 문제였지. 잠이 오면 종잡을 수 없다가 아주 힘이 들게 된단다. 기도로도 마음의 동요가 가라앉지 않는구나. 네게 진실이 아닌 이야기를 한다고 느끼거나 말해서는 안 될 것 같으면, 쓴 글을 없애버리면 그만이겠지. 글을 없애는 게 처음도 아니고. 장작을 때는 난로가 있던 시절에는 쉽게 글을 없앨 수 있었지. 헛소리와 실망이 불꽃에 휘감기는 걸 보는 것도 괜찮았지. 지금은 누구한테 불을 피워 달래야 할 것 같구나. 뮤엘러 일가가 그 랬듯이.

먼저 어떤 죄에도 하나님의 은총은 충분하다는 것과 심판하는 것은 잘못이며 큰 실수요 잔인함이라는 점을 말해 두고 싶다. 난 이런 것들을 알고 있고, 너도 그러기를 바란다.

또 존 에임스 보턴에 대해 나는 특별한 인내심과 친절함을 베풀 어야 되는 굴레를 안고 있다는 것도 말해 둬야겠다. 그는 내 오랜 친구가 사랑하는 아들이고, 자식이 없는 나를 위로하고자 내게 주었던 아이였지. 보턴 내외와 아이들이 앉아서, 내가 기뻐서 놀 라는 광경을 지켜보던 순간이 선명히 떠오른다. 당시 내 감정은 바람과는 달리 복잡했지. 그 이야기를 미리 듣지 못했거든.

이렇다 보니, 존의 안 좋은 일을 목격한 것이 양심에 거슬리기 도 하지. 그렇긴 해도, 사람들은 내력을 정당하고 적절하게 연결 해서 생각한단다. 도둑을 형제요 신의 사랑하는 자라고 말하는 것은 맞는 말이지만, 도둑을 도둑이 아니라고 말하는 것은 잘못 이란다. 존이 문자 그대로 중요한 것을 '훔쳤다'라는 뜻으로 받아 들이지는 말아라. 그저 그의 과거를 네게 말해야 되는 이유를 설 명하려고 그렇게 말한 거니까. 적어도 내가 아는 바와 핵심을 밝 혀야 될 것 같구나.

전에도 말했듯이 기본적인 상황 자체는, 몇 마디 말로 다룰 수 있을 만큼 평범하지. 20년 전, 존이 대학에 다니던 때 어린 여자애와 관계를 맺게 되었는데, 그로 인해 아이가 생겼단다. 이런 일은 흔히 일어나는 사건이고, 이런저런 식으로 정리가 되는 일이지.

하지만 이 경우, 상황이 나빴단다. 한 가지는 여자가 아주 어렸다는 점이었지. 또 여자애의 가족이 사는 상황은 황량하고 황폐하기까지 했어. 달리 말하면, 아무리 좋게 봐도 여자애는 어린 여자에게 필요한 보호를 전혀 받지 못했지. 존 보턴이 어떻게 그 아이를 찾아냈는지도 난 확실히 모른단다. 여자애와 가족은 외딴집에 살았고, 집 앞에는 사나운 개들이 많았어. 처량한 곳이었고 여자애도 처량했지. 그런데 존은 대학생의 분위기를 풍기며 대학 로고가 박힌 스웨터 차림으로 지붕이 열리는 차를 몰고 나타났지. 플리머스 승용차를 어떻게 구했냐고 묻자, 그는 어디서 노래 한 곡을 해 주고 얻었다더구나. (보턴은 가르칠 자녀가 워낙 많아서, 아이들 모두 일을 했고 존 역시 돈을 벌어야 했지. 아버지 보턴에게도 차는 언감생심이었어. 1946년 그가 보행이 힘들게 되자, 교회 성도들이 중고 뷰익 승용차를 선물해 주었단다.)

존 보턴이 그 여자애랑 연결될 만한 계기는 눈을 씻고 봐도 없었지. 그것은 명예로운 사내라면 할 짓이 아니었어. 마음속으로 아무리 돌려 생각해봐도 그 사실만은 분명해. 물론 오랜 세월 지켜보면서 확신하게 된 나의 편견이 있지. 죄인들이 전부 불명예스런 사람들은 아니야. 그건 확실하다. 하지만 불명예스런 자들은 회개하지 않고, 개심하지도 않지. 이건 내 오해일 수도 있어. 성경에 그런 내용은 나오지 않으니까. 또 회개와 개심은 신만이 심판할 수 있는 영혼의 문제이기도 하고. 하지만 내 경험상 불명예는 완강하게 거부하지. 그걸 보면 가슴이 덜컥 내려앉는단다. 불명예스러운 사람에게 도움의 손길을 내밀 수 없다고 느끼니까 말이야. 그 결함이 나 자신의 결함일지 모른다는 것도 알아.

아무튼 존 보턴은 여자아이를 인정하지 않았고, 아무 준비도 해 주지 않았지. 하지만 자기 아버지에게 그 일에 대해 말했어. 보턴 목사는 죄를 고백하는 걸로 받아들였지만, 내게는 순전히 비열한 짓으로 보이더구나. 존은 손주가 아버지의 마음에 끔찍한 짐을 지우리란 걸 알았을 테니까 말이야. 사실 그랬단다. 그는 아버지에게 여자애가 사는 곳을 가르쳐 주기까지 했고, 결국 글로리가 그 우스꽝스런 컨버터블을 타고 아버지를 거기까지 모셔갔지. 보턴은 아이(여자애였어)에게 세례를 주고 싶었거나, 적어도 아이가 세례를 받을 거라고 자위하고 싶었겠지. 그러나 그쪽 사람들은 보턴이 잘못한 본인이라도 되는 듯이 적대적으로 대했어. 그래서 보턴은 돈을 내놓고 와야 했지. 거부당하고 굴욕당한 기분이었어. 어찌나 처참한 표정이었던지, 보턴 부인이 글로리를 윽박질러서 문제를 알아냈어. 그녀가 너무 속상해하자, 글로리는 부모를 태우고 그 시골로 갔어. 보턴 부인은 아기를 봐야 했고 손녀를 안아 봐야 했지. 그녀에게는 현명한 일이 아니었던 것 같아. 하긴 나도 그 아기를 안아 봤단다. 그런 상황에서 현명함이 끼어들 구석이 어디 있을까? 보턴 부부는 기저귀와 아기 옷을 가져갔고, 돈을 쥐여 주었지. 오랫동안 그런 식이었어. 실은 몇 년 동안 그런 일이 계속되었단다. 사정이 좋아지지 않자, 글로리가 내게 와서 울면서 하소연했지. 찾아갈 때마다 아기는 너무 더럽고 너무 작았어.

글로리는 상황을 직접 보라며 날 거기로 데려갔고, 아주 안 좋은 상태더구나. 누구나 각자 적절하다고 여기는 방식으로 살 권리가 있지만, 아기가 있을 만한 환경이 아니더구나. 마당에는 깡통과 부서진 유리 조각이 나뒹굴었고, 바닥에는 더럽고 낡은 매트리스가 깔려 있었어. 다른 것은 어떤지 알 만하지. 사방에 개들이 있었어. 존 보턴은 어떻게 그 여자애를 유혹할 수 있었을까? 그런 다음 어떻게 버릴 수 있었을까? 글로리가 애 엄마와 결혼할 계획이 있는지 묻자, 존은 "가족들이 그녀를 만나잖아"라고만 대답했다더구나. 그 집에 가는 길에 글로리는 모녀가 시내로 나와 좋은 기독교도 가족과 살도록 설득해 달라고 내게 청했어. 난 설득하려고 노력했지만, 여자의 부친은 바닥에 침을 뱉더니 "저 아이에겐 이미 좋은 기독교도 가족이 있수다"라고 대꾸했지.

집으로 오는 길 내내 글로리는 아이를 납치하려는 계획을 상세히 이야기했어. 아기 말이야. 글로리는 옛날 도망자들을 미주리 주에서 빼돌리던 일화를 알았고, 어린 아기를 숨기는 일은 훨씬 쉬울 거라고 생각했지. 시내의 몇 집에 사람이 하루이틀 숨을 만한 비밀 지하실이나 캐비닛이 있었지. 교회에는 다락에 그런 곳이 있단다. 기억했다가 너한테도 보여줘야겠다. 사다리를 타고 올라가야 되는데. 그래, 보게 될 거야.

나는 우리 마을 길리아드 같은 곳들에서는 예전에 일종의 공동모의가 진행되고 있었다고 그녀에게 말했지. 사람들이 거기 있는 것은 무슨 수단이든 강구해서 노예제도에 반대하기 위해서였다고. 아기를 어머니에게서 빼앗자고, 아기를 훔치자고 설득하는 것은 아주 다른 일이라고 지적했지. 글로리에게 아기에 대한 권리가 있다는 증거가 없으니 특히 그랬지. 그녀는 존에게 거듭 편지를 써서, 부모님을 위해서라도 아기를 인정하라고 요청했다더구나. 아기를 씻기고 옷을 입혀서 찍은 웃는 사진들을 존에게 보내기도 했단다. 존은 아기 생일에 글로리에게 카드와 초콜릿을 보냈을 뿐, 아기나 집안에 일으킨 곤란에 대해 아무 언급도 없었다고 했어. 그녀가 어찌나 심하게 울던지, 차를 길 한쪽에 세워야 했지. "그들은 너무 슬퍼요! 너무 창피해요!"라고 말하더구나. (존 보턴이 정신을 차려서 차를 남겨두고 기차 편으로 학교로 되돌아가서, 글로리는 격주로 부모를 태우고 가엾은 아기를 보러 갔어. 후두염을 앓는 아이는 몸에 발진이 있었지.)

여기가 이야기의 끝이란다. 아기는 3년가량 살았지. 깡마른 아이로 자라, 엄마와 '좋은 기독교도 가족'에게 침울한 자랑이었지.

보턴 일가가 마지막에 아기를 보러 갔을 때는 상황이 나빴어. 그래서 글로리가 가서 의사를 찾았지만, 이미 손을 쓸 도리가 없었지. 아이의 할아버지가 "지지리도 복이 없는 아이"라고 말하자, 글로리가 그의 뺨을 때렸어. 그는 고소하겠다고 윽박질렀지만 그런 엄두는 못 냈겠지. 그는 보턴 집안에서 아기를 가족 묘지에 묻도록 허락했어. 비용을 이쪽에서 지불하고, 가외로 돈을 쥐어 줬거든. 그래서 아기는 지금 가족 묘지에 있지. 비석에는 "아기, 3세 (애 엄마가 이름을 지어주지 않았어)"라고 되어 있고, 옆에 "하늘의 천사가 하늘에 계신 아버지의 얼굴을 늘 본다네"라고 새겨져 있단다.

씁쓸한 이야기고, 우리에게 큰 후회를 남겼지. 아기를 훔칠 걸 그랬다는 생각도 든단다. 하지만 글로리의 계획대로 했어도 결국 우리는 감옥에 가고, 아기는 엄마에게 돌아갔을 거야. 존 보턴은 어딘가에서 나무 밑에 앉아 헉슬리나 칼라일의 작품을 읽었을 테고. 마침내 컨버터블은 그에게 다시 돌아갔지. 돈을 마련했다면 우리가 돈을 주고 아기를 샀을 수도 있었을 텐데. 하지만 그 역시 범죄 행위지. 또 그 사람들은 아기를 볼모로 해서 착취하는 분위기였거든. 주님이 아기를 천국에 데려가지 않았다면, 수십 년 동안 계속 그랬을 수도 있었지. 글로리는 "딱 1주일이라도 우리가 아기를 키울 수 있었다면 좋았을 텐데요"라고 말했어. 그 다음은 어땠을까? 그녀의 말이 무슨 뜻인지 알지만, 그게 무슨 의미가 있을지는 의아스럽구나. 나도 잃은 아이에 대해 똑같은 생각

215

을 자주 하거든.

　지금이야 페니실린이 있고 사정이 많이 다르지, 그 시절에는 작은 일에도, 아무 것도 아닌 일에도 죽을 수 있었단다. 보턴 부인은 "우리가 아이 구두를 갖다 줬잖아. 그런데 왜 맨발이지?"라고 물었지. 그러자 애 엄마는 "아껴 두었어요"라고 대답했어. 불쌍한 어린 것, 그 엄마도 그렇고. 그녀는 파리했고, 슬퍼서 죽을 듯이 시무룩한 표정이었지. 인생에 쌓인 욕구불만과 후회는 다 어쩔까? 그녀는 학교를 그만두었고, 들리는 바로는 시카고로 떠났다더구나.

　네게 존 보턴에 대해 들려줘야겠다고 생각한 얘기는 이게 전부란다. 말한 것처럼 그는 모친이 죽었을 때도 집에 안 왔지. 우리가 그를 대해야 하는 곤욕을 면하게 하려 그랬을까?

　보턴 일가는 존을 워낙 사랑했기에 아기도 그렇게 사랑했지. 아기가 존을 꼭 닮았거든. 그런데 이제 그가 집에 와 있고, 글로리는 그간 서로 떨어져 있던 적이 없었다는 듯이 같이 있게 된 걸 반기지. 존이 집에 왜 머무는지는 모르겠다. 또 가족끼리 어떤 화해를 했는지도 모르겠어. 내 설교가 화해에 방해가 되었다 해도 난 그리 후회하지 않을 거야.

　20년은 긴 시간이지. 난 그 세월에 대해 아는 바 없고, 그의 신용에 영향을 미칠 일이 벌어졌다면 나도 알았으리라고 믿는단다.

판단해 보건대 존은 자신의 삶을 잘 개척해 산 것 같지는 않아.

침대 옆 테이블에 있는 성경책 밑에 설교문 두어 편이 있더구나. 네 어머니가 내 주의를 끌려고 갖다 놓은 걸 거야. 그녀는 설교문을 세탁용 바구니에 담아서 내려와서 읽고 있단다. 내가 몇 편을 이용해야 된다는구나. 설교문을 쓰는 힘을 아껴서 네게 글을 쓰는 데 쓰라고. 힘을 덜 들이기 위해 이전의 설교문을 이용하라는 말보다 그 말이 훨씬 설득력이 있지. 설교문을 제대로 쓰지 않겠다는 생각이 든다면 난 강단에서 내려올 거야. 하지만 너와의 시간을 늘린다는 것은 또 다른 일이지.

용서에 관한 설교문이 있구나. 1947년 6월로 되어 있구나. 어떤 상황이었는지 몰라. 나는 마셜 플랜(제2차 세계대전 후 서구 여러 나라에 대한 미국의 원조 계획-옮긴이)을 생각했을지도 모르겠다. 별다른 아쉬운 점은 없어. '우리가 우리에게 죄지은 자를 사하여 준 것같이 우리 죄를 사하여주옵시고'를 모세의 법의 측면에서 해석한 것이지. 즉, 7년마다 문자 그대로 빚을 탕감해주는 것과 노예를 해방시키고, 50년에 한 번씩 사람들은 그들의 땅으로 돌아가지. 속박당한 사람은 자유를 되찾고. 설교문에는, 성서에서 빚을 탕감해주는 이유는 단지 빚이 있기 때문임을 지적하는구나. 이것은 신의 은총에 비유된다는 내용이 나오는구나. 또 돌아온 탕자의 이야기 즉, 그가 아들의 자리를 회복하지 않아도 또 아버지에게 안겨준 슬픔에 대해 회개하지 않아도, 아버지의 집에서 지위를 회복하는 것에 비유되지.

그때의 설교는 제법 효과적으로 결론을 지은 것 같다. 예수님이 그의 말을 듣는 자들에게 탕자의 아버지의 역할, 죄를 사해주는 이의 자리에 놓아 준다고 말했지. 우리가 빚진 자라고 한다면(물론 우린 그렇지), 그것은 우리 안에 자비심이 없다는 뜻이니까. 자비란 대단한 선물이지. 그러니 탕감받는다는 것은 그 선물의 절반일 뿐이지. 나머지 반은 우리 역시 빚을 탕감해 주고, 회복시키고 해방시켜 주는 것이고, 그럼으로써 우리를 통해 우리를 본래대로 되살리려는 신의 뜻을 느낄 수 있다는 것이지.

지금 봐도 옳은 이야기 같구나. 본문을 잘 파악했다는 생각이 든다. 1947년, 난 일흔 살이 다 되었으니 생각도 성숙했겠지. 또 생각해보니 네 어머니도 그 설교를 들었을 것 같구나. 그녀는 그해 성령강림절에 처음 교회에 왔고, 그게 5월이었지. 그녀는 그후 한 번을 제외하고 교회에 빠진 적이 없었어.

말했듯이 비가 왔지만, 우리는 촛불을 많이 밝혀두었지. 형편이 허락하면 성령강림절에는 그러는 게 관습이었어. 예배당에서 낯선 이를 보자, 성소가 쾌활해 보여서 다행이라고 느꼈던 게 생생하구나. 궂은 날씨를 피해서 들어올 만큼 쾌적한 곳이어서 다행이었지. 그날의 설교는 빛이나 영광에 관한 말씀이었을 거야. 그녀는 몰랐거나 기억 못하거나, 설교를 특히 좋다고 생각하지 않을 거야. 그래도 난 설교문을 보고 싶구나.

그날 아침을 기억하는 게 참 좋아. 난 정확히 예순일곱 살이었고, 그다지 늙었다고 느껴지지 않았지. 그날 네 어머니에 대해 가진 내 기억을 네게도 줄 수 있다면 좋으련만. 내 마음에 담긴 이미지들을 네게 남겨 줄 수 있다면 좋을 텐데. 왜냐하면 그 이미지들이 어찌나 아름다운지, 그것들이 없어진다는 생각을 하기 싫거든. 하지만 이 인생에는 사라지는 아름다움이 있지. 기억도 딱히 없어지는 것은 아니지. 현실감이 있다고 말할 수 없고 흘러가는 것이긴 해도, 한순간으로 되돌아갈 수 있다는 게 이상하긴 해. 한순간은 그런 여린 것이니 그것이 오래 지속되는 것은 더할 수 없이 은혜로운 유예겠지.

한번은 글로리와 함께 아기에게 식품을 갖다 주러 갔단다. 그 가족은 웨스트 니시나보트나의 건너편에 살았고, 다리를 건너니 두 아이, 그러니까 엄마와 아기가 강에서 노는 광경이 보였어. 우리는 차를 몰고 집으로 가서, 가져간 식품을 담장 옆에 놓았지. 개들이 대문에서 으르렁거리는데 아무도 쫓아주지 않아서, 집에는 접근하지 못했어. 우린 항상 햄 통조림, 깡통 우유같이 개들이 물어 가지 못하는 것들을 가져갔지. 월요일이었으니, 소녀는 차 소리와 개 짖는 소리를 듣고, 우리가 왔다는 것을 알았을 거야. 알았더라도 우릴 모르는 체했을 거야. 그녀는 우리에 대한 자기 아버지의 생각을 그대로 갖고 있었거든. 우리가 걱정하고 도와주는 데 화를 냈고, 우리가 기회를 자주 만들어도 우릴 무시하는 뜻을 비치곤 했어. 하긴 이해 못할 일도 아니라고 말할 수밖에 없구나. 소녀의 아버지는 우리가 존이 곤란에 처하지 않도록 마음과 비용을 쓸 거라고 예상했지. 아무도 그런 말을 하거나 의향을 비치지 않았지만, 그의 판단이 전혀 틀렸던 건 아니지. 존이 아버지에게 털어놓은 것도, 알아서 해주리란 걸 알았기 때문이라고 해야겠지. 차를 두고 간 이유도 그 때문일 거고.

아무튼 글로리와 나는 다리에서 100미터쯤 떨어진 길에 차를 세우고, 다리로 걸어가 서서 두 아이를 지켜보았지. 막 걸음마를 시작한 아기는 옷을 걸치지 않았고, 소녀는 원피스를 입었는데 허리께까지 젖었더구나. 늦여름이었어. 매년 그맘때면 수심이 얕고, 강바닥이 반은 드러나 물이 조금만 있지. 맞은편에는 모래톱들이 있어 야생화가 피고 나비와 잠자리가 요정처럼 맴돌았어. 소녀는 애들이 소꿉장난을 할 때 엄마 역할을 맡은 애가 명령하는 태도를 보이는 것처럼 가끔 그런 태도를 취하더구나. 다른 사람이 듣는 걸 알았을 거야. 그녀는 막대기와 흙으로 댐을 만들어 물줄기를 막으려 했고, 아기는 엄마를 도와주려고 애썼지. 아기가 흙과 물을 손에 담아 가져오면, 엄마는 "밟지 마. 내가 만들어 놓은 걸 다 망치잖아!"라고 말하곤 했어.

한참 후 아기가 손에 담아온 물을 엄마의 팔에 쏟고 웃자, 아기

엄마도 손에 물을 담아서 아기의 배에 쏟았지. 아기가 웃으면서 양손으로 엄마에게 물을 뿌리자, 소녀도 아기에게 물을 많이 뿌렸어. 아기가 칭얼대자, 소녀는 "울지 마! 네가 이러니 그런 꼴을 당해 싸지!"라고 말하더구나. 그러더니 앉아서 아기를 무릎에 앉히고는, 물속에 무릎을 꿇고 앉아서 한 손으로 댐을 고치기 시작했어. 아기가 뭐라고 옹알대자 엄마는 "그건 나뭇잎이야. 나무에서 떨어진 나뭇잎. 나뭇잎"이라고 말하더니, 나뭇잎을 아기 손에 쥐여 주었지. 강에 그림자가 드리웠지만 햇살이 쏟아져 나무들을 휘감았지. 매미들이 울었고 버드나무 가지는 물속에서 흔들렸어. 미루나무와 물푸레나무가 늦여름의 속삭임을 쏟아냈지.

한참 후 우린 차에 올라 집으로 돌아왔지. 글로리는 "이 세상의 일은 하나도 이해되지 않아요. 하나도"라고 말했지.

그 일을 떠올린 것은 기억과 용서가 반대되는 개념일 수도 있어서란다. 보통은 그렇지. 내가 존 보턴을 용서할 일은 아니지. 그가 내게 미친 해는 간접적이었고 진짜 사소했으니까. 또는 그가 내게 해를 미칠 목적으로 그런 일을 한 것은 아니라고 해야겠지. 한 사람은 자식을 잃고 또 한 사람은 아무 일도 아닌 듯이 아비 노릇을 외면했다 해서, 후자가 전자에게 죄를 지은 것은 아니지.

하지만 난 그가 용서되지 않는다. 어디서부터 말을 시작해야 할지 모르겠구나.

너와 토비어스가 마당에 나와 있다. 너희는 다저스 야구팀 모자를 담장 말뚝에 걸어 놓고, 거기다 자갈을 던지고 있다. 정확히 맞추려는 거겠지. 토비어스가 "어, 이런!"이라고 말하면서 얼굴을 찌푸리고, 아슬아슬하게 빗맞기라도 한 듯이 실망감에 주먹을 쥔다. 이제 둘은 자갈을 더 주우러 가고, 소피는 마침 같은 방향에서 볼 일이 있기라도 한 듯이 바싹 쫓아간다.

나는 전화선이 없을 때는 새들이 뭘 했는지 기억해 보려 했다. 앉아서 볕을 쬐기가 훨씬 힘들었겠지. 지금 새들은 햇볕을 즐기고 있다.

존 보턴이 야구방망이와 글러브를 들고 이리 온다. 너와 토비어스가 그를 맞으러 길가로 달려간다. 그가 네 머리 위에 글러브를 놓는 것을, 너는 아주 멋지게 생각한다. 너는 양손으로 글러브를 잡고 뻣뻣한 걸음으로 존의 옆에서 걷는다. 맨발에 배를 드러내고 걷는 품이 원시시대의 왕자 같다. 배에 아이스크림 얼룩이 보이지는 않지만, 난 거기 얼룩이 있다는 걸 안다. 토비어스는 방망이를 들고 간다. 존이 늘 편해 보이지 않기 때문에, 그의 긴장한 표정이 내게는 놀랍지 않다. 하지만 그는 대문을 지나 들어온다. 그가 현관 앞에서 네 어머니와 이야기를 나누는 소리가 난다. 유쾌하게 들린다. 난 그대로 의자에 앉아 있고 싶다. 적어도 한동안은.

너희 세 사람은 옆 마당으로 나가 있다. 존은 공을 쳐서 너희에게 수비 연습을 시킨다. 너와 토비어스가 공을 잡으려고 달려간다. 공 근처에 가서는 공에 안 맞으려고 글러브를 올리고, 공은 부근 바닥에 떨어진다. 하지만 너희는 공을 머리 위로 던질 생각을 한다. 너희 세 사람을 지켜보니 예쁘구나. 밖에 나가서 그가 무슨 생각을 하는지 알아봐야 되겠지. 뭔가 있을 테니까.

그는 내일 내가 교회의 내 서재에 있을지 알고 싶어 했다. 난 아침에는 거기 있겠다고 말했다. 그는 내일 이야기하러 오겠지.

내 젊은 시절 사진이 더 많으면 좋을 텐데. 네가 이 글을 읽을 때 천국에 있는 나는 늙은 모습이 아닐 테고, 네가 오래도록 잘산 후에 거기서 만날 때 우리는 늙은 모습이 아닐 테니 말이다. 우린 형제 같겠지. 내가 상상하는 천국은 그렇다. 가끔 네가 내 무릎에 올라와서 몸을 기대면, 가벼운 몸에 얼른 힘이 들어가는 것과 머리의 무게감이 느껴지지. 네가 스프링클러 속에서 놀아 몸이 차거나 밤에 목욕해서 몸이 따스할 때, 네가 품에 안겨서 내 수염을 만지작대면서 무슨 생각을 하는지 말할 때, 더할 나위 없이 흐뭇하단다. 그럼 난 네 아이가 천국에서 날 발견하고 품에 뛰어드는 상상을 하고, 그 생각 속에서 큰 기쁨을 맛보지. 하지만 처음 것이 더 낫겠지. 더 현실에 가까우니까 말이야. 우린 천국에 대해 아는 바가 없거나 아주 조금만 아는 마당이니, 주님이 우리에게 보여주지 않으신 것들에 대해 호기심을 갖지 말라던 칼뱅이 옳다 싶구나.

성인기는 근사하고 짧지. 누릴 수 있을 때 만끽해야 한다.

천국의 영혼은 틀림없이 다른 시기보다 활발한 성인기와 비슷한 것을 즐길 것 같아. 적어도 그게 내 소망이란다. 천국이 실망스러울 수 있어서는 아니고, 이 세상에서 가장 좋은 것이 천국일 거라 상상하는 보턴이 옳다고 믿기 때문이야. 그런 식의 접근이 완전히 틀렸다고는 볼 수 없을 것 같구나. 네 어머니가 강인한 청년인 나를 발견한다는 상상도 싫지 않다. 남성도 여성도 없고, 결혼도 하지 않을 테지만, 조금 바꿔서 생각해도 괜찮겠지. 바꾼다는 말! 무거운 짐이 지워진 한 마디!

제가 죽어서 천국이 나머지를 드러낼 때까지는

세상에서 제게 당신 보시기에 최고인 것만 주소서.

-아이작 와츠

존 에임스도 거기에 '아멘'이라고 덧붙이는 바이다.

오늘 아침 일찍 깼다. 지난 밤 잘 자지 못했다는 말을 그렇게 하는 거지. 평소보다는 신경 써서 옷을 입어야 한다는 생각이 들더구나. 머리가 고르게 나지는 않았지만 숱이 제법 있는 편이고 많이 희어졌지. 눈썹도 희고 숱이 많아. 털이 사방으로 곱슬곱슬

하게 자라고 있지. 눈동자의 홍채는 가장자리가 약간 변하기 시
작했고. 원래 특별한 색은 없었는데, 지금은 색이 옅지. 코와 귀
는 한창때보다 커졌고. 외모로 보면 평범한 노인이라는 걸 알아.
그런데 나이란 이상하단다. 어제 넌 의자에 서서, 내 눈썹을 만지
작대다 털을 당긴 다음 다시 곱슬곱슬해지는 걸 보았지. 넌 그걸
재미있게 여겼고, 사실 그렇지.

그래도 신경 써서 면도를 하고 흰 셔츠를 걸치고 구두도 닦는
등 신경을 썼지. 그런 준비가 노신사와 영감태기의 차이가 될 수
있을 것 같구나. 전자가 네 사랑스런 어머니의 배우자감으로 어
울린다는 걸 알면서도, 성가셔도 해야 할 일을 깜빡하거든. 그런
잘못을 고쳐 볼 작정이란다.

결국 교회에 가서 해가 뜨기를 기다리다가, 신자석에 앉은 채로
잠들었지. 그건 다행이었어. 존이 찾으러 왔을 때 난 서재에 없었
으니까, 늙은 사무엘이 무당에게 끌려 지옥에서 나올 때 느꼈을
기분이 느껴졌지. (성경에 선지자 사무엘이 죽은 후 사울 왕이 엔돌의 신접한 여인
을 찾아 죽은 사무엘을 불러내는 장면이 나옴-옮긴이) "왜 나를 귀찮게 하는가?"
사실 난 어두운 새벽 내내, 존 에임스 보턴을 마주할 지혜를 달라
고 기도했는데, 그가 깨웠을 때 몇 분만 더 잘 수 있다면 늙고 비
열한 내 자신이 블레셋인(오랫동안 이스라엘인과 싸운 종족-옮긴이)에게 그
를 내주었으리란 걸 알았지. 묘한 곳에서 묘한 때 잠든 모습을 들
키는 비애는 정말이지 못마땅해. 네 어머니는 사람들에게 내가

밤새 책을 읽고 글을 썼다고 둘러대고, 가끔 그런 때도 있지. 가끔은 그러지 않기를 바라며 밤을 새는 때도 있고.

(그런 때는 기도를 권하고 싶구나. 왜냐하면 보통 그것은 뭔가 해결되어야 되는 경우가 있다는 걸 의미하니까. 나는 어둠 속에서 꽤 마음이 평안했나 봐. 그러니 잠이 들었겠지. 문제는 잠이 너무 깊이 들었다는 거였지. 몸뚱이는 동물같이 탐욕스럽게 잠을 탐할 수도 있지. 그러다 방해받으면 퉁명스러워지지. 평온을 기도했다는 게 기억나지 않았다면 나도 짜증을 냈을 게다. 그 순간, 난 아주 평온했다고는 주장하지 못하겠구나.)

그래서 존 보턴이 처음 내뱉은 말은 "죄송해서 어쩌지요"였지. 그는 자리에 앉았고, 덕분에 그 사이 난 마음을 다잡았지. 그 역시 유독 신경 써서 옷을 입고 왔음을 알겠더구나. 넥타이와 재킷 차림이었고, 구두도 반짝반짝 빛났어. 그는 예배당을 둘러보더니 그 소박함에 빠졌지. 고풍스런 멋진 교회에서 보는 기품 있는 단순함이 아니라 텅 빈 단출함이라는 건 나도 알아. 이 교회는 항상 '당분간' 사용될 거였으니까.

"목사님의 아버지도 여기서 목회하셨지요"라고 그가 말했어.

"아주 오랫동안 그랬지. 그 후로 변한 게 별로 없다네."

"제가 자라난 교회랑 비슷해요."

장로교회도 비슷한 건물이었지만, 몇 해 전에 벽돌과 돌로 상당히 웅장한 예배당을 지었단다. 벌써 담쟁이덩굴이 풍성하게 덮여 있지. 보턴은 종탑을 조금 허물 수만 있다면, 진짜로 고풍스러워질 거라고 말하지. 우리 교회가 새 건물을 제대로 지어서 장로교회보다 유서 깊게 보이라고 권하지. 나도 그렇게 제안할 거야.

존은 "부친에게 직업을 물려받을 수 있는 것은 부러운 일이지요"라고 말했어.

나는 대화 초반에 즐거움이나 이득을 얻을지, 대화를 통해 이루는 게 있을지 예단하는 나쁜 습관이 있지. 그런데 존과 대화를 시작하자 희망이 별로 생기지 않았어. 나는 "나는 아버지와 같은 직업을 가졌지. 내가 다른 아버지에게서 태어났더라도 주님의 부름을 받았을 거라고 확신하네"라고 대답했지. 그 부분에 좀 민감하다는 것은 나도 인정해.

존은 한동안 조용하더니 입을 열었어. "제가 늘 화를 돋우는 것 같네요. 늘 그럴 의도는 없는데요." 그러더니 "제가 목사님을 화나게 하고 싶지 않다는 점을 이해해 주셨으면 해요"라고 덧붙였지.

나는 "명심하겠네"라고 말했어.

그는 "감사합니다"라고 대답했지. 그러더니 1분쯤 후에 "저도 아버지랑 비슷할 수 있었으면 좋았을 텐데요"라고 말하더니, 내가 웃을 거라 생각했는지 고개를 들어 날 보더구나.

"네 아버지는 우리 모두에게 모범을 보여주었지"라고 대답했어.

그는 나를 힐끗 쳐다보더니 손으로 눈을 덮었어. 슬픔과 절망이 배인 몸짓이었고, 약함도 묻어났어. 나는 그게 무엇을 의미하는지 알았지. 내가 말했어. "내가 자네를 화나게 했나 보네."

그가 말했어. "아닙니다. 아니요. 하지만 우리가 더…… 직설적으로 대화할 수 있으면 좋겠어요."

침묵이 흘렀지. 그러다가 존은 "하지만 시간을 내주셔서 감사해요"라고 인사하고, 자리에서 일어났지.

내가 말했어. "앉게, 앉아 봐. 다시 이야기해 보자고."

그래서 우린 한동안 조용히 앉아 있었지. 그는 넥타이를 풀어서 손에 감더니 내게 보여주었어. 마치 그게 재미있는 짓이라는 듯이. 그러더니 넥타이를 주머니에 넣더구나. 마침내 그가 입을 열었어. "제가 어릴 때는, 주님이 다락방에 살면서 식료품 값을 내주는 분이라고 생각했어요. 그게 제가 가질 수 있는 유일한 종교적 신념이었지요." 그러더니 "무례하게 굴 뜻은 없습니다"라고 덧붙였어.

"이해하네."

"왜 이런 일이 일어난다고 생각하세요? 제가 늙은 아버지가 한 말을 한 마디도 믿을 수 없는 것 말이에요. 어려서도 그랬지요. 내가 아는 사람은 모두 그게 다라고 생각했고, 그게 복음이라고 생각했다는 걸 알았는데도요."

"지금은 복음의 어떤 부분을 믿나?"

그는 고개를 저었지. "그렇다고 말할 수 없어요." 그는 날 흘끗 쳐다보더니 "정직하게 말씀드리는 겁니다"라고 덧붙이더구나.

"그건 나도 알겠네."

그가 말했어. "또 이상한 걸 말씀드릴게요. 저는 거짓말을 많이 해요. 사람들이 믿어주기 때문이죠. 진실을 말하려 하면, 그것들이 제게는 엉뚱하게 작용하죠." 그는 웃음을 터뜨리더니 어깨를 들썩했지. 그러더니 말을 이었어. "그래서 지금도 제가 모험을 무릅쓰고 있다는 걸 알아요. 사실 제가 거짓말을 해도 상황이 엉뚱해져요."

내게 말하고 싶은 게 정확히 뭐냐고 물었지.

"글쎄요, 제가 여쭤 본 것 같은데요."

그에게는 그렇게 말할 권리가 있었지. 그는 내게 질문을 던졌고, 난 답을 회피하고 있었으니까. 그건 사실이야. 그가 정중하게 대화를 이어가고 싶어하긴 해도, 말투에 배인 짜증스런 기미가 드러나더구나.

내가 말했어. "그 질문에는 어떻게 대답할지 몰라서 그러네. 나도 알면 좋겠구먼."

그는 가슴에 팔짱을 끼고 등을 기대더니, 잠시 발을 이리저리 움직였지. 존이 말했어. "우리 사이에 공통의 언어가 없다는 것이 옳다고 여겨지세요? 불길 속에서 괴로워했거나 앞으로 그럴 저희에게 물 한 방울 갖다 줄 길이 없는데도요? 목사님의 말을 인정하라고요? 우리와 목사님 사이에 거대한 간격이 있는데도요? 진실이란 게 어떻게 전달할 수 없을 수가 있죠? 제게는 그게 납득이 안 됩니다."

내가 말했지. "그게 내 말이라는 자신이 없네. 그런 맥락에서 은혜에 대해 말하고 싶군."

"은혜가 없는 것에 대해서도요. 사실 여기서 핵심은 그거 같으니까요. 목사님의 말씀을 인정한다면 그래요. 대들 의도는 없습니다."

"그건 이해하네."

"그래서……" 그가 한참 침묵이 흐른 후 말을 이었지. "목사님은 이 주제에 관련해서 제게 나눠 줄 지혜가 없으시다는 거군요."

내가 대답했지. "이 경우 어떻게 접근해야 좋을지 모르겠어. 기독교의 진실에 대해 설득되고 싶은가?"

그가 웃음을 터뜨렸지. "제가 설득된다면, 되돌아보면서 감사하겠죠. 보통 사람들은 그렇다고 알고 있는데요."

"글쎄, 나로서는 할 바가 별로 없는 것 같은데?"

그는 한참 가만히 앉아 있다가 말했지. "제 친구가, 아니 친구는 아니고, 테네시 주에서 만난 사람이에요. 이 고장에 대해 들었는데, 목사님의 할아버지에 대해서도 들었다더군요. 그가 아버지에게 들은 옛 캔자스 시절의 이야기 몇 가지를 해 줬어요. 남북전쟁 중에 아이오와에 흑인 연대가 있었다더군요."

"그랬지, 그랬어. 노인 연대도 있었고, 감리교 연대라고 부르는 연대도 있었지. 그들은 절대 금주자들이었다네."

"흑인 연대가 있었다는 걸 알게 되니 흥미롭더군요. 아이오와에 흑인 연대가 있을 줄은 짐작도 못했거든요."

"그래, 있었지. 전쟁 전에 미주리에서 흑인들이 꽤 많이 올라왔거든. 미시시피 밸리에서 올라온 사람도 제법 있었을 거야."

그가 말했지. "제가 자랄 때, 이 고장에도 흑인 가족이 몇 가정 있었어요."

내가 대답했어. "그래, 있었지만 몇 해 전에 다들 떠났다네."

"흑인 교회에 화재가 났다고 들은 기억이 납니다."

"아, 그랬지. 하지만 그건 아주 오래 전, 내가 소년 시절의 일이었지. 또 작은 불이었고. 손실이 거의 없었어."

"이제는 흑인들이 다 떠났군요."

"그렇다네. 유감스런 일이지. 새로 리투아니아 사람들이 몇 가정 왔지. 물론 그들은 루터파 신자고."

존이 웃더구나. 그가 말했지. "그들이 가버려서 안됐네요." 그러더니 잠시 그 문제에 대해 생각하는 것 같았어.

그러더니 입을 열었지. "목사님은 카를 바르트를 존경하시지요." 여기서 그가 분노에 찬 말을 시작한 거야. 그 교묘하고, 내가 감당 못하는 약해 빠진 분노에 차서. 그는 늘 악마처럼 영리하면서 악마처럼 진지하기도 했지. 그가 카를 바르트를 읽었을 거라는 걸 알아야 했던 것을.

내가 말했어. "그렇네. 그를 존경하네. 아주 많이."

"하지만 그는 미국의 신앙을 존중하는 것 같지 않아요. 동의하지 않으시나요? 그는 미국의 신앙에 대해 거리낌이 없던데요."

"그는 유럽의 신앙에 대해서도 대단히 비판적이지." 내가 말했지. 그건 사실이야. 하지만 내 대답이 좀 회피적이라는 걸 감지했지. 표정으로 볼 때 보턴도 느꼈을 거야. 딱히 미소는 아니었지.

그가 대꾸했어. "그래도 유럽의 신앙은 진지하게 받아들이지요. 입씨름을 벌일 가치가 있다고 생각하고요."

"그래." 그것도 사실이지.

그러자 그가 묻더구나. "왜 미국 기독교는 언제나 다른 데서 진정한 사상이 일어나기를 기다리는지 궁금한 적이 없나요?"

"아니." 내가 대답했지만 그 대답에 나도 놀랐지. 사실, 같은 의문을 가진 적이 많았거든.

그 시점에서 존 보턴이 대화에서 우위를 점했다는 걸 알아차렸지. 한데 그런 사실에 그도 나처럼 언짢고 좀 못마땅해 하기도 했어. 나도 모르게 또 거짓된 입장을 취했지. 늙은 탓을 하고 싶었어. 하지만 나는 창문으로 화사한 햇빛이 쏟아지는 내 교회에 앉아 있었지. 가끔 느끼는 바지만, 내가 진리를 전하지 못하는 것이 진리 자체와 관계가 있을 리 없다고 느꼈지. 진리 자체는 나나 어떤 사람에 따라서 있고 없는 게 아니니까. 가슴이 솟구쳐서 (정확히 그런 느낌이었어) 내가 말했지. "평생 훌륭한 설교를 많이 들었고, 깊은 영혼을 가진 이들을 많이 알았지. 사람들이 흠을 찾는다는 걸 잘 알지만, 자신을 모르고 남의 신앙의 진정성을 판단하는 것은 주제 넘는다는 게 내 생각이야. 하긴 본인의 신앙을 심판하는 것 또한 주제 넘는 짓이지."

그러고 나서 다시 말했어. "이 낡은 성소에 침묵과 기도가 채워지면, 카를 바르트가 쓸 책들은 심오함의 관점으로 보면 깃털만도 못하게 될 게야. 그가 그런 진리를 알고 깨닫고 존중한다고 믿지 않는다면, 나는 바르트의 진정성도 믿지 않을 거야."

고단했고 내 나이의 누구보다도 위압감을 느끼고 있었나 보다. 그게 아니면 눈물이 난 것을 어떻게 설명하겠니? 존 보턴도 나만큼이나 놀랐지.

그가 말했어. "얼마나 죄송한지 말로 다 못하겠어요." 확신에 찬 말투였지.

나는 너처럼 소매로 얼굴을 훔쳤지. 어찌나 난감하던지. 그는 '용서하세요' 비슷한 말을 하고 가 버렸지.

그래서 어떻게 됐냐고? 지금 생각으로는 그에게 편지를 써야될 것 같구나. 무슨 말을 할지는 모르겠다만.

지금까지 이곳에는 영웅과 성자와 순교자가 있었고, 너도 그걸알면 좋겠다. 아무도 기억 못한다 해도 그게 사실이니까. 이곳을보렴. 지금은 도로 몇 곳에 주택들이 줄지어 있고, 상점들이 있는벽돌 건물들이 있지. 곡물 창고와, 옆면에 '길리아드'라고 적힌 급

수탑이 있고, 우체국과 학교들, 놀이터들, 부랑배들이 꾀는 낡은 기차역이 있지. 하지만 갈릴리의 모습은 어땠을까? 겉모습으로 어떤 곳을 판가름할 수는 없는 법이지.

그 성자들은 늙었고 시대가 변해서 괴짜요, 이상한 사람들로 보였지. 아무도 그들의 무시무시한 설교를 듣거나 파란만장한 얘기를 듣고 싶어 하지 않았어. 부끄러움을 느끼며 이런 말을 한다. 나도 할아버지랑 있는 게 좋지 않았거든. 사실이야. 초라해서만도 아니었고, 쓸모 있는 물건이 없어질 때마다 물건 임자가 우리집에 와서 그 사실을 알려서도 아니었어. 외눈이 늘 기대와 실망을 동시에 담고 있는 것 같았고, 나는 그 눈길을 받는 순간이 겁나기 시작했지. 노인들은 훌륭한 신조를 포용하지 못한 사람들을 '찐빵'이라고 불렀지. 그 말에는 큰 경멸이 배어 있어. 그들은 신랄하게 심판했지. 이유가 있긴 했지.

할아버지가 독립기념일 행사에 몇 마디 해달라는 요청을 받았을 때가 특히 기억나는구나. 그 일 때문에 다들 초조해했는데, 아니나 다를까 난감한 일이 벌어졌기에 지금도 기억하지. 할아버지가 어찌 보면 지역의 설립자이자 참전 용사라는 사실 때문에, 연설을 맡길 만하다고 생각했겠지. 당시의 시장은 길리아드에 산 지 20년밖에 안 된 데다가 스웨덴인이고 루터파 신도여서 옛날 이야기를 듣지 못했겠지. 또 할아버지는 시장네 집에서는 물건을 훔치지 않았거든. 예외는 우리 성도들과 장로교 신자들, 감리교 신자들한테 국한되었지. 할아버지의 연세와 순수한 의도를 존중해서 입을 다물 만한 사람들의 물건만 훔쳤지. 어머니는 헛간 문에 달린 지물쇠로 회중교회(칼뱅의 회중주의를 정책으로 삼는 교회—옮긴이) 신자들의 집인 걸 알 수 있다고 말했고, 어느 정도는 사실이었지. 어쨌든 시장은 할아버지의 괴벽의 정도를 모르고 초청했던 게지.

　할아버지는 그 편지를 읽는 순간부터 눈이 빛났지. 내 부모님은 기회를 최대한 이용해 보려고 했지. 어머니는 집을 뒤져서 할아버지의 군복을 찾았지만, 모자만 남아 있었지. 모자는 쓸모가 없어서 그나마 남아 있던 거지. 어머니는 어찌어찌해서 할아버지의 수중에 들어온 것도 "등뼈, 말발굽, 주둥이만 남는다"고 중얼대곤 했지. 어머니가 옷장에서 모자를 찾아 손질해서 모양을 잡았지. 하지만 할아버지는 "설교를 할 건데 뭘"이라면서 모자를 다시 옷장에 집어넣었어. 그 설교문은 내 수중에 있단다. 아버지가 그날 정원에 묻었다 파낸 것 중에 그 원고도 끼어 있었거든. 짧으니까 여기 원고를 옮겨 적어놓으마. 아버지는 할아버지에게 원고를 글로 쓰라고 채근했지. 주절대는 걸 막고, 아버지나 어머니가 원고를 살펴서 필요한 부분은 그와 토론하려고 그랬겠지. 하지만 할아버지는 단속을 잘 해서, 일부는 부엌 난로에 넣고 나사렛 예수에 관련된 부분만 보관했어.

　그가 쓰고 연설한 내용은 이랬지…….

자녀들이여

내가 청년이었을 때 주님이 내게 오셔서 바로 여기 오른쪽 어깨에 손을 놓으셨습니다. 지금도 그 손길이 느껴집니다. 그리고 그분은 내게 아주 분명하게 말씀하셨습니다. 말씀이 내 몸으로 들어왔습니다. 주님은 '포로된 자에게 자유를, 가난한 자에게 아름다운 소식을 전하며, 이 땅에 자유를 선포하라'(이사야서 61:1)라고 말씀하셨습니다. 물론 모두 성경에 있는 말이라서, 내겐 아주 친숙한 구절들이었습니다. 하지만 그분이 특별히 강조해야 된다고 느낄 이유는 분명합니다. 주님이 붙들지 않으면 아무도 그 말씀에 따라 살지 않기 때문입니다. 그분이 곁에 서서 그 말씀을 하실 때까지는 나도 그랬습니다.

그 경험을 '환상'이라 부르고 싶습니다. 그 시절, 많은 사람들이 환상을 가졌습니다. 젊은이들은 환상을 가졌고, 노인들은 꿈을 꾸었습니다. 그 젊은이들은 살아 있다면 노인이 되었고, 그들의 환상은 꿈에 지나지 않으며, 또 옛 시절은 잊혀졌습니다. 우리는 찬송가에 나오는 것처럼 꿈처럼 잊혀져 날아가며, 우리의 꿈은 오래 전에 잊혀졌습니다.

대통령인 그랜트 장군(남북전쟁 말기에 북군 총사령관을 지낸 장군으로 미국 18대 대통령―옮긴이)은 아이오와를 진보주의의 빛나는 별로 칭했습니다. 하지만 이곳 아이오와에 무엇이 남아 있습니까? 이곳 길리아드에 무엇이 남았습니까? 먼지. 먼지와 재뿐입니다. 성경에는 사람들이 죽는다고 나와 있고, 사실 그렇습니다. 그것은 분명합니다. 그럼에도 그분의 분노는 가라앉지 않고 그분은 여전히 손을 뻗고 계십니다.

주님께서 여러분을 축복하시고 지키시기를.

몇 사람만 경청하는 것 같았지. 여러 가족, 심지어 지역 전체가 파산하고 흩어질 만한 가뭄이 시작되었는데도 '모두 죽을 것'이라는 말에 분개하는 사람들도 있었지. 이상한 말에 일반적으로 동의할 때 내는 웃음소리도 났지. 하지만 그게 최악이었지. 할아버지는 검은 제의 차림으로 무대에 서서, 죽음 같은 강렬한 눈빛으로 청중을 응시했지. 주변에서는 깃발이 휘날렸어. 그때 고적대가 소리를 높였고, 아버지가 그에게 다가가서 왼쪽 어깨를 잡아 우리에게 데려왔지. 어머니가 "감사합니다. 목사님"이라고 말하자, 그는 고개를 저으며 "별로 효과가 없었던 것 같구나"라고 말했어.

시대가 많이 변했으며, 한 세대에서 많은 사람을 격정 속에 몰아넣었던 말이 다음 세대에서는 괴상하고 무의미하게 들리는 것에 대해 자주 생각한단다. 나는 존 보턴을 '구제'하려고 노력할 의무를 진 것 같아. 그가 내게 의무감을 씌운 것들을 고민해 봐야겠지. 회의론과 거기서 비롯된 대화의 경험은 나도 제법 있고, 거기에는 쓸모없는 면이 있게 마련이지. 심지어 파괴적이기도 해. 불신앙의 가능성에 어리둥절한 우리 청년 신자들이 사르트르의『구토』나 앙드레 지드의 『배덕자』 같은 책을 집에 가져왔지. 나는 불신앙도 가능하다는 말을 천 번도 더 했을 거야. 그들은 내가 종교를 옹호하기를 바라고, '증거'를 가르쳐 주기를 원하지. 난 그러지 못해. 그래 본들 그들의 회의만 강화시킬 뿐이야. 방어하는 태도로 신에 대해 말하는 것은 진실일 수가 없으니까.

아버지는 독일에서 장문의 편지들을 받기 시작할 때부터 나를 전보다 유심히 지켜보기 시작했어. 내 평생 처음으로 아버지와 서로 편하지 않았지. 난 말조심을 해야 했어. 이단의 기미가 있는 말을 하면 아버지가 알아차리고 그런 사고방식이 가져올 오류에 대해 일장연설을 하곤 했으니까. 시간이 흐른 후에도 내가 하지도 않은 일들을 새로이 반박하곤 했지. 에드워드랑 이야기를 하지는 않았을 텐데. 내가 '다음번 에드워드'가 될 거라고 짐작했을 테지. 아버지는 본인의 신앙을 옹호하는 연습을 했던 것이기도 해. 그 순간에야 아버지 자신도, 본인의 신앙도 허약하다는 의심이 들었지.

그러고 나서 아버지가 내가 집에 가져온 책들을 읽기 시작했을 때는, 그 논리들에 설득당하고 싶기라도 한 것 같았단다. 그 책들에 대한 나의 비평이 반항에 불과하기라도 한 것 같았지. 아버지는 '진취적인' 같은 말을 쓰곤 했지. 그저 새롭다는 것만으로 형편없는 논쟁을 할 수 있다는 건 너라도 생각할 수 있을 거다. 이 새로운 사상들은 루크레티우스(기원전 1세기 로마의 시인—옮긴이)만큼이나 고루했고, 아버지도 나처럼 그걸 알았지. 내가 태운 편지에서 아버지는 '진리를 포용할 것을 요하는 용기'에 대해 말하셨지. 짜증스런 얘기가 적혀 있어서 잊지 않았어. 아버지는 당신이 '진리'이며, 내가 겁 때문에 그만큼 인정하지 못한다고 가정했지. 하지만 그때 아버지는 에드워드에게 가는 길을 모색했다는 생각이 드는구나. 그런 아버지를 비난할 수는 없지. 아버지는 나를 데리고 가려고 애썼지.

믿음의 문제에 있어 옹호는 비평과 똑같이 부적절하다고 여겨왔단다. 믿음을 옹호하려다가 자칫 뒤흔들 수가 있다는 생각이 드는구나. 궁극적인 것들에 대한 논쟁에는 항상 불충분함이 있게 마련이니까. 우리는 실존에 참여하지. 숨결, 생각, 사마귀나 수염 할 것 없이 실존에 녹아 있단다. 하지만 실존이 무엇인지 아무도 말할 수 없지. 생각과 수염, 태풍과 주가 상승이, '실재한다는 것'(이런 것들은 우리에게 알려져서 이름 붙일 수 있는 사물들의 목록 한 귀퉁이를 차지한다는 사실을 재확인하는 것에 불과하다는 것) 외에 어떤 공통점이 있는지 설명 한다면 놀라운 일을 해 내는 셈이겠지만, 그렇다 한들 의미의 무한한 정도에는 턱없이 미치지 못하는 것이지.

핵심이 흐려졌구나. 설령 그것이 무엇인지 전혀 모르더라도 어떤 것의 존재(실존)는 주장할 수 있다는 취지였단다. 그리고 신은 더 멀리 떨어져 있지. 신이 존재의 창조자라면, 신이 존재한다고 말하는 것은 어떤 의미일 수 있을까? 언어에 문제가 있구나. 신은 이해가 부족한 우리가 겨우 '존재'라고 부를 수 있는 존재 이전의 특징을 가지고 있을 거야. 그게 혼란의 원천이지. 우리가 경험할 수 없는 것의 상태나 특징을 묘사하려면 다른 어휘가 필요하겠지. 경험 못하는 것의 존재에 대해서는 고작 약간의 유사성 정도로 설명할 수밖에 없으니. 그러니 그런 경험에서 증거를 구하는 것은 달에 사다리를 놓는 것과 흡사하지. 가능할 것 같지만, 결국은 문제의 본질을 궁리하기 위해 멈추게 된단다.

그러니 내 충고는 이렇다. 증거를 찾지 마라. 그런 걸로 마음 쓰지 마라. 그 문제에는 충분함이란 없고 늘 부적절함만 있게 마련이란다. 증거들은 개념적으로 이해할 수 있는 범위 안에서 신의 위치를 파악하기 때문이지. 다른 사람들에게 그 증거들을 믿게 하더라도 네게는 엉뚱하게 들릴 거야. 오랫동안 아주 혼란스럽지. '그대의 작품이 인간들 앞에서 빛나게 하라'라든가. '기독성은 교의가 아니라 생명'이라고 말한 사람은 영국 시인 콜리지였지. 내가 의심이나 의문이 없다는 얘기가 아니야. 신은 네게 정직하게 쓰라고 정신을 주셨단다. 의심과 의문이 너 자신의 것이어야 한다는 말을 하는 거란다. 의심과 의문이, 한때 유행하는 콧수염과 지팡이 같아서는 안 된다는 말이란다.

오늘 밤에는 잠을 못 자겠구나. 마음이 마구 동요되는구나. 병과 슬픔을 똑같이 심장에서 느끼다니 이상하지. 둘을 구분할 수가 없구나. 난 늘 슬픔을 곱씹지. 즉 슬픔이 심실과 대동맥을 지나서 숨을 곳을 찾는 거야. 오랫동안 가슴을 짓누른 부담감이 그걸 안고 살라고 하는구나. 내가 많은 걸 알고 있고, 자신에게서 그것을 배워야 하니까. 요즘은 똑같은 부담감에 걱정이 든다.

하지만 사실 이런 참담함을 안겨 주는 일들과 이 비난하는 이들에 대해 터놓고 상의하는 것이 가장 정직한 방법이겠지. 신께서 그들을 축복하시길. 그들을 떠올리다가 생명을 잃을 정도만 아니라면 이야기해도 괜찮겠지. 난 고요한 마음으로 죽고 싶다. 그게 현실적이지 않다는 걸 알고 있다만.

눈을 감으면 존 보턴이 보이고, 그는 제 나이보다 지쳐 보인다. '왜 난 항상 이 슬픈 애어른에 맞서 자기 변명을 늘어놓아야 하나?'라는 생각이 든다. 나는 그가 저지를 어떤 해코지를 겁내고 있나?

사실 겁나는 대목이 있기도 하단다. 오늘 아침 네 어머니가 그의 메모를 가져다 주더구나. 메모에는 '어제 화나게 해 드려서 정말 죄송합니다. 다시는 성가시게 해 드리지 않겠습니다'라고 적혀 있었지. 필체가 좋구나. 아무튼 네 어머니의 태도로 봐서 쪽지의 내용을 안다는 느낌을 받았다. 종이가 접혀 있으니, 존이 보여주지 않았다면 네 어머니가 펴서 봤을 리는 없지. 존이 그녀에게 쪽지의 내용을 말한 게지. 아니면 단순히 사과하는 내용이라고 했겠지. 현관에서 둘의 말소리가 나더니, 네 어머니가 그걸 가져왔지. 그녀는 유감스럽고 걱정하는 표정이었어. 나 아니면 존, 혹은 둘 다에게. 그들이 대화를 한다는 걸 알아. 많이 얘기하지 않고, 자주 얘기하는 것도 아니지. 하지만 둘 사이에 이해가 있다는 건 알아.

'이해'는 틀린 말일지 모르겠다. 난 그녀에게 존에 대해 말한 적이 없고, 그녀가 그에 대해 아는 게 거의 없다는 점이 나로서는 걱정이거든. 아니면 그녀가 뭘 알든 모르든 '이해'란 말이 정확한 단어인지도 모르겠구나. 어느 쪽이 더 걱정스러운지 가늠할 수도 없어. 어느 쪽이든 말할 수 없이 걱정스럽다.

난 존에게 메모를 보냈다. 사과할 사람은 나고, 최근에 몸이 별로 좋지 않고, 다시 대화할 기회가 있기를 바란다고 적었지. 네 어머니가 메모를 존에게 전했지.

존이 열 살이나 열두 살이던 때, 내 집 우편함에 톱밥을 채워서 불을 내던 일을 생각했어. 나뭇가지를 파라핀에 담가 도화선으로 삼았지. 당시 우편함은 대문 옆 기둥에 걸려 있었어. 시골 사람들이 쓰는 빵 모양의 함이었지. 어두컴컴한 겨울 저녁, 교회에서 회의를 하고 집에 오는 길이었어. 팟! 소리에 고개를 드니, 우편함 입구에서 불길이 터져 나왔지. 정말 놀랐어. 하지만 누구의 장난인지 파악하는 데는 1분도 안 걸렸지.

그 아이는 늘 혼자였고, 늘 싱긋 웃었고, 늘 못된 짓을 하려 했지. 열 살도 안 된 아이가 시내의 거리에 세워놓은 '포드 모델 T'를 타고 달아났으니. 그 시절에는 자동차가 귀했으니까, 흥미를 가질 만도 했지. 존은 서쪽으로 몇 마일쯤 달리다가 연료가 바닥나자, 걸어서 집에 돌아왔지. 청년 두엇이 말 몇 필을 몰고 가다 차를 보자, 견인해서 월 킨스버그로 가져가서 사냥용 라이플총이랑 맞바꿨어. 차가 없어진 두어 달 동안, 그 지역민 절반이 하루 정도씩 차를 소유했다가 남에게 넘겼어. 그러다 어느 대가족이 암소랑 차를 바꿔서, 독립기념일을 보내려고 길리아드에 왔다가 붙잡혔어. 경찰이 차를 물물교환한 사람들, 빚으로 넘겨받은 사람들, 도박판에서 따낸 사람들을 추적했지만, 원래 도둑은 찾지 못했지. 결국 워낙 많은 사람들이 그 차를 사고판 경범죄에 연루되었고, 수사할 인력이 충분치 않아서 그 사건은 공식적으로 마무리되었지. 오랫동안 재미난 이야깃거리로 남긴 했지. 사람들은 도난 차량이란 걸 알았고, 영원히 소유하지 못하는 걸 알면서도 잠시 갖고 싶었던 거지. 그래서 가격이 아주 괜찮았고, 유혹은 그보다 더 컸고.

자신이 저지른 짓이라고 내게 털어 놓은 사람이 바로 존 자신이었어. 그는 글러브 박스의 손잡이를 기념품으로 보관하다 내게 보여주었지만, 안 그랬어도 그의 말을 믿었을 거야. 어린아이치고 빈틈없었기에, 내가 그 일을 함구하리란 걸 알았고 실제로 그랬어. 물론 그의 부모가 알아야 된다고 생각했지만, 말할 용기가 나지 않더구나. 열 살 난 아이가 한 지역 주민의 절반을 범죄자로 몰고갔다는 사실이 알려지면 엄청난 사건이 되었을 텐데, 그 비밀을 지키는 그 애가 겁나더구나.

이 모든 것 속에는 슬픔이 깃들어 있다는 점을 분명히 해두고 싶다. 그 아이에게 깃든 슬픔 말이야. 어느 날 아침 집을 나서다가, 현관 앞 계단에 잔뜩 엿물이 발라진 걸 발견했지. 개미떼가 어찌나 많이 몰렸던지, 다 단단하게 굳어 버렸더구나. 이런 의문이 생기겠지. '아이가 얼마나 외로우면 그런 못된 짓을 하며 시간을 보낼까?' 존은 내 서재의 창틀 전부가 쏟아져 내리도록 유리를 깰 방법을 연구했지. 확실히 그랬어. 우리의 영혼이 평온해져서 그 일을 두고 웃을 수 있는 날이 온다면, 그에게 어떻게 그랬는지 물을 작정이다.

그는 어릴 때 해코지에 가까운 온갖 못된 짓을 저질렀지. 난 그렇게 믿는다. 어떤 고약한 짓들의 경우 그의 탓으로 돌리고 싶지는 않지만 그의 짓이라는 게 솔직한 내 믿음이란다. 예를 들면 헛간에 불이 나서 가축 일부를 잃은 일이 있었지. 그의 탓으로 돌리는 게 오해일지도 모르겠다만.

그가 저지르는 짓들은 교묘하고 외로웠고, 성장하면서 더욱 그렇게 되었지. 먼저도 말했다시피 그는 일상적인 의미에서 도둑질을 한 것은 아니지만, 주인 외에 딴 사람들에게는 귀하지 않은 것들을 훔쳤지. 물건 주인의 당혹스러움은 극대화시키고 비난은 극소화시키는 게 목적이었던 게지. 열대여섯 살 무렵, 그는 내가 교회에 있을 때 집에 들어와서 이런저런 물건을 감추곤 했어. 정말 짜증나는 짓이었지. 한번은 내 책상에서 낡은 그리스어 성경을 치웠지. 세상에서 훔칠 가치가 가장 없는 물건이 그 성경이었을 텐데. 내 돋보기를 훔치기도 했어. 한번은 그가 응접실에 서 있을 때 내가 들어간 적도 있었지. 그는 웃음을 터뜨리면서 쾌활하게 "안녕하세요, 파파"라고 말하더구나. 조숙하게 가벼운 대화를 이끌더니, 둘 사이에 농담이라도 오간 듯이 씩 웃더구나. 뭐가 없어졌는지 파악하는 데 한참 걸렸지. 그러다가 루이자의 어릴 적 사진이 든 벨벳 사진틀이 없어졌음을 알았어. 평생 그렇게 화가 난 적은 없었을 게다. 어찌나 못됐던지, 그런데 보턴에게 그런 일을 어떻게 얘기할 수 있겠니? 그런 소식을 어떻게 전해?

없어진 물건들은 조만간 되돌아오곤 했어. 그리스어 성경은 현관 앞 발판에 놓여 있었지. 사진은 묘하게도 보턴네 현관 복도 테이블에서 발견되어 전해받았지. 조개 손잡이에 '차트리스'라고 새겨진 펜나이프는 사과에 꽂힌 채 식탁에 있더구나. 그때는 무척 당황했지.

그러다가 그가 술을 훔치고 남의 차로 폭주했다는 소식이 신문에 오르내리기 시작했어. 그보다 못한 죄로도 감옥에 갇히거나 해군에 강제 입대하는 청년들을 많이 봤지. 하지만 보턴 집안이 워낙 존경받았기에 존은 벌을 받지 않고 넘어갔지. 결국 계속 집안의 명예에 먹칠을 하게 된 거야.

그가 외로워 보였다는 말을 했지. 보턴네 가족들이 그를 애지중지 했다는 말도 했으니 앞뒤가 안 맞는 말 같기도 하지. 사실 가족 모두 그를 사랑했어. 형제자매들은 무슨 일이든 존의 편을 들곤 했지. 존이 어릴 때 집을 빠져나가 달아나면, 그들이 찾으러 왔지. 다들 나이에 안 맞게 안달하면서 그를 찾으려 했고, 그가 다른 사고를 치지 않도록 감화시키고 싶어 했지. 어느 여름, 내가 울타리에 해바라기를 한 줄 심었던 일이 기억나는구나. 스무 송이쯤 되었을 거야. 어느 오후 보턴네 아이 하나가 와서 조니가 왔냐고 물었지. 당시에는 '조니'란 이름으로 불렸거든. 아이들과 같이 찾아보려고 나갔는데, 해바라기가 뽑히거나 울타리 너머로 해바라기 머리가 걸려 있지 뭐야. 글로리는 "바람이 불어서 저렇게 됐나 봐요"라고 말했지. 나는 "그래, 바람 때문이겠지"라고 대답했고.

지금의 그를 묘사하는 한 단어를 선택해야 한다면 '쓸쓸한'이란 말이 될지도 모르겠다. '지친'과 '분노한'이란 어휘도 떠오르긴 한다만. 루이자의 사진이 없어진 동안, 책을 빌리러 보턴의 집에 간 적이 있었지. 우리가 현관 앞에 앉아서 한동안 이야기를 했는데, 존은 계단에 앉아서 새총을 만지작거리며 우리의 대화를 모조리 들었지. 가끔 날 올려다보고는, 내가 공범자라도 되는 듯이 씩 웃던 기억이 나는구나. 몹시 짜증스러웠지. 내가 사진 이야기를 꺼내게 자꾸만 자극하는 것이었어. 입을 열지 않으려고 자리에서 일어나야 했지. 존은 "안녕히 가세요, 파파!"라고 말했어. 치를 떨면서 돌아왔지. 어린 소녀와 사고가 생겼을 때 내가 그 못된 태도에 경악한 이유를 이제 너도 알겠지.

이런 일들을 떠올리는 게 심장에 좋을 것 같지 않구나. 요지는 존이 늘 미스터리였으며 그래서 걱정스럽다는 거란다. 다른 이들과는 달리 그를 평가할 수 없는 것도 그 때문이고. 말하자면 그의 행동에 도덕적인 가치를 매길 수가 없어. 그는 그냥 못됐지. 지금도 그런지 모르겠다. 하지만 그가 무엇에 상처를 입힐지는 알아. 그게 내게는 확연하구나. 거기 설교단에 서 있는 동안 무덤에서 바라보고 있다는 생각이 스치더구나. 거기 그가 너와 네 어머니 곁에서 씩 웃으며 날 올려다보는 모습이……

정말 이런 생각은 건강에 좋을 리가 없지. 기도나 해야겠다.

오늘 아침에는 팬케이크 냄새를 맡으면서 깼단다. 내가 좋아하는 음식이지. 심장은 식도 중간에 찰흙 덩어리가 걸린 것 같았지. 집중해서 기도한 후에는 그랬단다. 네 어머니는 내가 의자에서 잠들자 신발을 벗기고 이불을 덮어 주었지. 요즘은 앉아서 자는 게 더 편할 때도 있거든. 숨쉬기가 수월해서. 어젯밤에 불을 끄기 전에 이 일기장을 치워 놓았지. 아직 존 보턴에 대해 생각할 게 있는 듯하다.

내 생일이어서 식탁에는 금잔화가 있고, 팬케이크를 쌓은 케이크에 초도 꽂혀 있었지. 맛좋은 작은 소시지도 있고. 너는 거침없이 성서에 나오는 '행복'을 연거푸 외웠어. 소피는 네 어머니에게 소시지를 받자 냉큼 사라졌지. 그걸 어디 숨겼는지 누가 알겠니? 녀석이 집짐승이 되긴 했지만, 대대로 쥐를 잡아먹고 산 동물인 것만은 분명하지.

이런 아침을 천 번 맞는다면 무엇이든 주겠다고 생각하기는 싫다. 두세 번이라도 맞이할 수 있다면……. 너는 빨간 셔츠를, 네 어머니는 파란 원피스를 입고 있었지.

네 어머니는 내가 궁금해 하던 설교문을 찾아냈구나. 그녀를 처음 본 성령강림절에 설교한 원고 말이야. 습자지에 싸서 리본으로 묶은 원고가 접시 옆에 있었지. 그녀는 "그건 고치지 말아요. 수정할 필요가 없어요"라고 말했지. 그리고 내 머리에 입 맞췄어. 그녀로서는 용기를 낸 표현이었지.

그러니까 이제 일흔일곱 살이 되었구나.

어제는 아주 좋았지. 글로리가 차를 가져와서 강가로 소풍을 나갔어. 토비어스도 동행했지. 착한 토비어스. 풍선이랑 폭죽까지 있었고, 초콜릿 케이크도 있었어. 강은 얕았지만, 첫 낙엽이 떠다니는 게 예쁘장했지. 전날 밤에 잘 자지 못해서 심장이 편치 않은 게 유감스럽더구나. 그래도 파티는 흥겨웠지. 글로리와 네 어머니는 이제 좋은 친구가 되었지. 너와 토비어스는 강에 낙엽을 띄워 보내고, 강물을 휘저어댔지.

어젯밤에는 꽤 잘 잤단다.

내가 죽음에 마음 쓴다는 생각을 하니 거슬리는구나. 내 말뜻을 알겠니? 존 보턴이 집에 돌아왔고, 그 부친은 기뻐하지. 내가 아는 한 존은 해를 입히지 않았고, 내가 아는 한 해를 입힐 의도가 없지. 그런데도 그가 있다는 사실이 마음을 흔드는구나.

너는 그가 생일 파티 소풍에 같이 안 가느냐고 물었지. 넌 실망했어. 글로리는 핑계를 댔고 네 어머니는 잠자코 있었지. 그들이 무엇을 알고, 무슨 이야기를 했는지 궁금하지 않을 수 없다. 어떻게 그들이 존을 애처로워하지 않을 수 있을까? 난 그가 애처롭다. 편안하지 않은 영혼임을 아는 마당에 목사다운 태도로 그와 대화할 수 없는 게 몹시 유감스럽다. 수치스런 일이지.

가여운 대상에 사랑을 쏟는 것이 선량한 사람들의 장점이지. 남자들보다 여자들이 더 그런 것 같아. 그래서 여자들은 자신에게 해로운 상황에 빠져드는 일이 많지. 나도 이런 경우를 많이 봤지.

그러지 않으려고 조심하는 길을 찾지만 늘 어려움이 따르지. 그것은 한마디로 예수님 같은 것이니까.

그는 내가 보낸 메모에 답장을 보내지 않고 있다.

메모를 다시 썼다. 잘못을 깊이 느끼고 있다는 등의 내용을 써서 직접 보턴의 집으로 가져갔지. 우편함에 넣을 작정이었는데, 존이 정원에 있다가 나를 봤기에 그냥 건넸지. 그는 메모를 받고 좀 수줍어하는 것 같더구나. 처음 것보다 더욱 생각해서 사과 편지를 다시 썼다고 말했더니, 존은 감사하다고 했어. 그의 표정을 보자 진심으로 마음이 놓이더구나. 그는 앞의 메모를 보지 않은 것 같았어. 비난하는 내용이리라 짐작하고 그랬겠지. 그는 내가 준 메모를 뜯어서 거듭 읽더니, 다시 감사하다고 인사했어.
나는 "대화하고 싶으면 언제든 좋네"라고 말했어.
그러자 존은 "네, 목사님이 정말 괜찮으시다면 저는 대화하고 싶습니다"라고 대답했지. 그러니 어떻게 될지 두고 봐야겠지.
모든 게 잘 되어서 기뻤어. 마음의 부담을 덜었지. 메모를 다시 쓴 데는, 내가 존의 마음을 상하게 했다며 네 어머니가 그를 동정하는 게 싫어서라는 이유도 있었지. 그래서 기분은 좋았어. 그의 표정이 변하는 걸 보는 게 즐겁더구나. 존은 잠시 젊어 보이더구나.

또 잠을 못 자고 있다. 존 보턴에게 세례를 주던 아침이 생각나는구나. 우리 교회의 예배는 집사 한 사람에게 맡기고, 나는 보턴의 교회로 갔지. 우리는 이미 세례식에 대해 많이 대화했지. 아이의 이름은 '시어도어 드와이트 웰드'로 지을 작정이었지. 훌륭한 이름이란 생각이 들었어. 내 할아버지는 3주간 매일 웰드의 설교를 들은 끝에, 줏대 없는 주민들을 노예폐지론자로 바꾸었지. 할아버지는 그 일을 일생 최고의 경험으로 꼽았지. 하지만 내가 보턴에게 "이 아이에게 어떤 이름을 지어주겠습니까?"라고 묻자 그는 "존 에임스입니다"라고 대답하더구나. 내가 어찌나 놀랐는지 그는 눈물을 흘리며 이름을 재차 말했지.

나를 그런 상황에 밀어 넣는 것은 보턴답지 않았지. 일단 장로교도 답지 않은 일이었고. 신도석에서 흐느끼는 소리가 들리더구나. 한참 후에야 그를 용서할 수 있었지. 네게 사실을 그대로 말하는 거란다.

한 시간이라도 곰곰이 따져봤다면, 내 감정이 전혀 다르게 흘렀을 텐데. 사실 심장이 얼어붙는 것 같았고 '이 아이는 내 아들이 아닌데'라는 생각이 들었지. 사실 자녀에 대해 생각해 본 적이 없었거든. 탐욕이 뭔지 정확히 모르지만, 내 경험으로는 남의 미덕이나 행복을 갈망하는 것이 아니라 그것을 거부하는 것, 그 아름다움을 무시하는 것 같아.

흥미로운 점이지. 그런 설교도 있지. '내게 화내지 않는 자에게

축복 있을진저.' 그게 중요하겠지. 생각해볼 짬이 있으면 좋겠구
나.

진짜 어처구니없는 이야기를 하려 한다. 내가 그 세례에 대해
얼마나 냉담했는지, 내 마음이 축복과는 얼마나 멀었는지, 존이
느낀 것 같다는 생각이 가끔 든단다. 그건 이상한 생각이지. 미신
같은 생각이야. 이런 말을 한 게 부끄럽구나. 하지만 난 정직하게
이야기하고 싶구나. 또 그 아이, 내 이름을 물려받은 그에게 죄책
감이 느껴진다. 그에게 따뜻하게 대할 수가 없었어. 한 번도.

그 말을 한 게 다행스럽다. 내 손으로 내 말로 쓴 걸 확인할 수
있어서 다행스러워. 이제야 그게 사실이 아님을 깨달으니까. 그
것이 내게는 큰 안도란다.

나를 위해서 존에게 다시 세례를 줄 수 있으면 좋으련만. 고통
스런 생각에 심란해져서, 내 손 아래 감도는 성스러움과, 아기가
내게 축복을 준다는 느낌을 맛보지 못했지. 그게 아쉽구나.

존 에임스 보턴은 내 아들이지. 내가 믿는 것에 진실이 있다면
그것은 사실이야. '내 아들'이라 함은 분신, 더 소중한 자신을 말
함이다. 그 언어로 충분치 않지만, 지금으로서는 최선의 표현이
구나.

'다른 사람에게 주님의 형상이 있다는 것으로도 그를 사랑할 이
유가 충분하며, 주님은 우리의 원수의 죄를 떠안으려고 기다리고

계신다'라는 대목에 대해 생각하게 되었다. 그러니 원수의 잘못을 탓하는 것은 은총을 거부하는 것이지. 그런 것들이 진실일 수가 있어. 원수를 사랑해야 되는 것이 도의 때문이 아니라, 신께서 그를 사랑하기 때문이라는 것을 사람들이 잊기 일쑤지. 그것에 대해 백 번도 넘게 설교했는데.

그렇다고 존 보턴이 내 원수라는 뜻은 아니다. 그것은 분명하지. 내게 영향을 미쳤다 해도 짜증스런 정도를 넘지 않는 죄는 얼른 잊어야 된다고 칼뱅은 강조하지. 존은 자기 아버지를 몹시 슬프게 했고, 늘 즉시 용서받았지. 보턴은 내가 존을 얼른 용서하지 않는다고 느끼면 나 때문에 슬퍼했고. 그런 서글픔은 보턴이 존에게 쓸쓸함을 느낀 데서 비롯된 거지. 존은 아버지와 우리 모두에게 이방인이었으니까.

내가 말하고 싶은 핵심은 이렇단다. 주님 앞에 모든 것을 내려놓을 때 떠오른 생각이 이것이거든. 존재는 핵심적이고 성스러운 것이지. 주님이 우리의 죄를 개의치 않기로 하신다면, 그것은 아무것도 아니지. 혹은 그것이 어떤 것이든 기본적인 존재에 비하면 사소하고 조건적인 것일 따름이지. 물론 주님이 죄를 씻어 주실 것이고. 내가 네 눈물과 얼굴을 닦아주듯이. 왜 하나님은 자신이 창조하지 않은 이런 오점들에 마음을 쓰실까.

그 이유는 상당히 많지. 우리 인간이 해악을 끼치니까. 역사를 보면 알 수 있단다. 생각이 혼란스러워지기 시작하는구나. 고단하다. 그래 그것도 문제의 일부겠지. 건강했을 때도 용서라는 은 총보다 죄에 무게를 실었던 것이 기억나는구나. 존이 내 아들이라면, 그의 자식도 내 딸이고, 아기에게 끔찍한 일이 일어났고 그게 사실인 것을. 나야 기독교 신자니 달리 말할 수가 없지.

어젯밤에 했던 생각들을 되돌아보니, 핵심이 되는 질문은 회피했다는 걸 깨닫게 된다. '내가 가진 두려움은 어떻게 감당해야 하는가?' 존 보턴이 가진 교활하고 못된 구석 때문에 너와 네 어머니가 해를 입을 거라는 두려움 말이야. 그는 해를 끼칠 수 있으니까. 넌 오늘 아침에도 벌써 두 번이나 그가 오느냐고 물었다.

분명히 구분하자면, 네게 해를 미치는 것이 내게 해를 미치는 것은 아닌데, 그것이 문제의 핵심이란다. 그가 계단에서 나를 밀쳤다면, 나는 계단 끝에 닿기 전에 용서에 관한 신학을 동원해서 용서했을 거야. 하지만 그가 네게 조금이라도 해를 끼친다면, 나로선 신학이고 뭐고 생각하지 못할 거다.

따져보니 두려운 게 바로 그런 면일 듯싶기도 하다.

현관에서 존과 너와 네 어머니의 말소리가 들린다. 모두 웃고 있다. 사실 마음이 놓인다. 내게 그는 늘 불가에 붙어 서서 고통을 심화시키는 사람처럼 보인다. 더 나쁜 일에서 겨우 반 발자국 떨어져 있다는 걸 스스로 아는 사람 같아. 그가 웃을 때도 그렇게 보이지. 적어도 나를 대면할 때는 그렇지. 난 그의 마음을 거스르지 않으려고 항상 노력한다만. 그래, 난 생이 얼마 안 남은 사람이고 늙었고, 내가 재가 되어 있을 때도 그는 여전히 젊겠지.

내 이해력의 한계를 벗어나 호렙(구약성서에서 모세가 하나님을 만난 산— 옮긴이)과 캔자스 같은 황량한 곳을 여러 차례 헤맸고, 익숙한 곳을 두고 떠나는 것이 무척 두려웠던 적도 많다. 또 그것이 삶의 진정한 기쁨이기도 했지. 밤과 빛, 침묵과 난관…… 모든 것이 항상 힘차고 좋아 보였다. 에드워드가 권한 것이리라 믿는다. 또 마지막으로 황야로 달아났을 때 할아버지가 권한 것이기도 하지. 내가 땅속에 뛰어들어 심판의 날까지 시간을 태워 버릴 굳센 노인이 되는 상상을 한 적도 있을 거야. 지금은 그런 데서 마음이 돌려졌다만. 지금 느끼는 당황스러움은 새로운 영역이어서, 전에 헤맨 적이 있나 하는 의심이 드는구나.
이 모든 것으로 인해 세상의 흐름을 새로이 흘끗 보게 되었다고 말해야겠지. 우리는 꿈으로 잊혀진 채 날아가지. 잘 잊는 세상을 뒤로 하고, 우리가 신경 썼던 모든 것을 밟고 망치고, 엉뚱한 곳에 두고서. 그게 이치란다. 분명한 일이야.

존이 조롱박을 한 자루 가져왔다. 네 어머니는 토마토를 들려 보냈고. 요즘은 이상하게 늦여름의 풍요로움이 흐르지. 길쭉한 늙은 호박이며 이상하게 생긴 애호박이며. 바람이 불 때마다 지붕에 도토리가 우수수 떨어지지. 아직 날씨는 온화하구나. 한동안 거미들이 사방에 집을 짓더니, 이제 거미집이 조각조각 떨어져 나갔다. 배부른 거미들은 나뭇잎 더미에 처박혀, 거미집을 생각하며 졸고 있지.

아버지와 할아버지가 현관 앞에 나란히 앉아 검은 호두를 깨던 일이 기억나는구나. 그들은 서로의 목을 조르지 않을 때면, 즉 입을 다물고 있을 때면, 같이 있기를 좋아했지. 그날이 그랬어.

할아버지가 말했지. "여름이 끝났는데도 우린 여전히 구원받지 못하는구나."

아버지는 "그게 주님의 진리지요"라고 말했다.

다시 침묵이 흘렀지. 그들은 고개도 들지 않고 호두만 깨더구나. 가뭄에 대한 이야기였어. 가뭄이 몇 년 동안 계속되어 정말 큰 재난이 될 터였지. 오늘같이 부드러운 바람이 불었던 기억이 나는구나. 호두 껍데기를 까는 일처럼 지루한 일은 또 없지만, 두 사람은 가을마다 그 일을 했지. 어머니는 호두가 나무를 씹는 맛이 난다고 했고, 누구나 그렇게 생각할 거야. 하지만 어머니는 늘 호두를 수확해서 이용했지.

너와 토비어스는 현관 계단에 앉아서 조롱박을 크기와 색깔, 모양별로 고른다. 좋아하는 것을 찾아내서 이름도 지어 주고. 잠수

함, 탱크, 폭탄처럼 생긴 박들도 있다. 곧 토비어스의 아버지가 찾아올 것 같다. 요즘은 어느 아이나 전쟁놀이를 하지. 다들 비행기와 폭탄이 떨어져서 터지는 소리를 내지. 우리도 그랬단다. 대포를 쏘고 총검으로 찌르는 놀이를 했지.

그런 사실에는 위안 거리가 없지.

이 세상은 급히 흐르니 거기 뭐가 있는지 알기 어렵지.

에드워드와 틈이 생기고, 그 사실이 알려진 후 심사숙고한 아버지는 설교를 했지. 그 설교에 대해 생각해 봤다. 사적인 일을 언급하는 것은 아버지답지 않았고, 언급하더라도 에둘러서 했지. 하지만 그날 아침, 아버지는 마침내 결점이 무엇인지 조금이나마 알게 해 주신 하나님께 감사했지. 전쟁이 끝난 후 퀘이커 교도들과 어울리며 부친 홀로 짐을 지게 했던 시절, 그가 부친에게 저지른 짓이 무엇인지 깨닫게 해 주셔서 감사하다고 했어. 아버지는 내가 처음 듣는 말을 했지. 할머니가 병환이 중해서 몇 달간 교회에 올 수 없었지만, 아들이 헤매는 것을 알고 교회에 나왔던 일을 이야기했어. 당시 늘 할머니 곁을 지키던 고모들이 번갈아 할머니를 안고 교회까지 걸어왔지. 그들에게는 얼마나 먼 길이었을까. 그날 아침에야 할머니가 딸들에게 교회에 데려가 달라고 부탁했기 때문에 예배 시간에 늦었지. 서두르느라 몸이 달아오르고 몸단장도 못했지. 손이 닿기만 해도 할머니가 몹시 고통스러

위해서 채비가 더욱 지연되었지. 할머니는 백발에 머리가 짧았고, 왜소해서 옷이 헐렁했지. 아주 조심스럽게 옷을 입혀야 했어. 고모들은 모자도 쓰지 않고 땀을 뻘뻘 흘리며 설교 중간에 들어갔지. 큰고모 에이미가 할머니를 안고 들어섰어. 아버지는 할아버지가 설교를 멈추고 가족들을 바라보다가 다시 말을 이었다고 했지. 타인 때문에 당하는 고통의 심오한 신비로움에 관해 설교하던 중이었지. 당시의 설교 주제는 그것이었거든. 할아버지는 몇 분간 설교하고 몇 분간 기도하고 축도한 다음, 아내에게 가서 안고 이마에 키스했지. 할아버지가 할머니를 집으로 데려갔기 때문에 감리교 신도들은 그 안식일이 유난히 길게 느껴졌겠지.

아버지는 성도들에게 말했어. "내가 느낀 부끄러움은 이루 표현할 수가 없습니다. 누이들이 어머니가 어떻게 하셨는지 말해주었지요. 누이들은 제가 다시 떠돌아 어머니가 또 교회에 가겠다고 고집하실까 봐 겁났던 겁니다. 에이미가 '한 번만 더 그런 짓을 해서 우리를 힘들게 하면, 죽을 때까지 증오할 거야!'라고 말하더군요. 물론 다시는 그러지 않았지요."

아버지는 에드워드의 죄는 당신 죄에 비하면 사소하다고 말하셨지. 자신과 나머지 우리에게 한 말이었어. 또 현재의 당혹과 실망 속에는 가치 있고 가르침을 주는 요소가 있다고 말하셨어. 역시 자신과 우리에게 한 말이었지. 그 일에는 주님의 의도가 있고,

그것은 신의 은총일 것이며, 이해를 깊게 해 주려는 일종의 비유일 거라고 하셨어. 에드워드를 비난하고 싶은 충동은 금해야 하며, 최소한 부추겨서는 안 됐겠지. 개인의 무분별함이 주님의 의도를 보이는 데 쓰인다면 그것을 비난하는 것은 옳지 않지.

나 자신도 남을 비난하고 싶을 때 이런 식으로 합리화한 경우가 많아. 사실 어떤 사람이 겪는 부당함은 그가 저지른 죄 때문만은 아니지. 그렇게 말하고 보니, 어렵사리 화를 눌러야 할 때 이런 깨달음이 얼마나 도움이 될지 잘 몰랐구나. 아직 노력을 포기하지는 않았지만, 현재 상황에 그걸 적용해 볼 방도는 찾지 못하고 있다.

오늘 오후 교회에서 맥 빠지는 회의를 하고 돌아왔다. 겨우 몇 명 모였고, 성과가 전혀 없었지. 이런 일이 날 지치게 한다. 그래서 낮잠이 들었는데, 저녁 식사 시간이 지나도록 잤지. 깨어보니 어두웠고 집이 텅 비었기에 현관으로 나갔어. 너와 네 어머니가 이불을 덮고 그네에 앉아 있더구나. 그녀는 "따뜻한 밤은 마지막일 거예요"라고 말했지. 그녀는 앉을 자리를 내주고 무릎에 이불을 덮어 주었지. 그리고 내 어깨에 머리를 기댔어. 더할 나위 없이 상쾌했지. 올여름 그녀는 '올빼미 정원'이란 것을 만들 계획이었어. 내가 문제의 올빼미지. 그녀는 어디서 흰 꽃이 밤에 향기롭다는 대목을 읽고는, 집 앞길에 생각나는 흰 꽃을 죄다 심었지.

흰 꽃 빼고는 이제 장미 몇 그루와 알리 섬, 페추니아만 남아 있
단다.

우리는 한참 동안 어둠 속에 나란히 앉아 있었지. 잠든 너의 머
리를 네 어머니가 쓸어 넘겼어. 그때 길에서 발소리가 났지. 당연
히 존 보턴이었어. 그는 저녁 인사를 건네고 지나가려 했겠지만
네 어머니가 쉬어 가라고 붙들자 걸음을 멈추었지. 그가 대문으
로 들어와 계단에 앉았어. 그는 네 어머니의 말은 늘 잘 듣지.

"우린 적막함을 즐기던 참이에요"라고 그녀가 말했지.

그는 "그러기에 세상에서 이곳만한 곳이 없죠"라고 대답했어.
그러더니 오해받을까 걱정스러운지, 아니면 나를 화나게 했다고
여겼는지 "한동안 돌아와 있기에 좋은 곳이죠"라고 말하더구나.
그는 웃음을 터뜨리더니 덧붙였어. "이제 여기에는 제 옛 모습을
모르는 사람들도 있거든요. 다행이에요."

그는 얼굴을, 눈을 손으로 가렸어. 어두웠지만 나는 그 몸짓을
알아보았지. 존은 늘 그런 몸짓을 했거든.

내가 말했지. "자네가 곁에 와 있으니 자네 부친에게는 큰 행복
이야."

그는 "그분은 성인이세요"라고 대꾸했지.

"사실 그럴지 모르지만 그래도 자네가 와 주길 잘했어."

"아, 예." 그는 발꿈치가 상한 사람처럼 내뱉었지.

몇 분간 침묵이 흘렀고, 네 어머니가 일어나서 이불을 벗기고

너를 침대로 옮겼지.

"나도 자넬 만나게 되어 반갑네." 내가 말했어. 보턴을 위해서 정말 잘된 일이니까.

그 말에 존은 대꾸가 없었지.

"진심으로 하는 말일세."

그는 다리를 쭉 뻗고 현관 기둥에 등을 기댔지.

"그러시겠지요." 그가 말했어.

"성경 더미에 걸고 하는 말이야."

그는 웃음을 터뜨렸어. "얼마나 높은데요?"

"1큐빗쯤(1큐빗은 50센티미터 안팎)."

"그 정도면 됐습니다."

"2큐빗이라고 하면 마음이 더 달래지겠나?"

"완전히요." 그러더니 그는 예절 바르게 덧붙였지. "저도 목사님을 다시 뵙게 되어 좋습니다. 또 사모님도 만났고요. 목사님 가족을 만나서 좋아요."

우리는 한참 입을 다물고 있었지.

내가 말문을 열었어. "자네가 바르트를 안다니 감명받았네."

"아, 네, 아직도 가끔은 암호를 해독하려는 시도를 하거든요."

"그래, 자네의 끈기를 존경하네."

그가 말했어. "제 동기를 아시면 안 그러실 걸요."

존은 이 세상에서 대화하기에 가장 힘든 상대지.

그래서 나는 "괜찮네, 어쨌든 존경하네"라고 말했지.

그러자 그는 "고맙습니다"라고 대답했어.

우린 한참 동안 가만히 앉아 있었지. 네 어머니가 뜨거운 사과주와 컵을 가지고 나왔지. 그녀도 우리와 조용히 앉아 있었어. 존이 진짜 내 아들이고, 어떤 삶이든 살다가 힘없이 집에 돌아와서 거기 가만히 앉아 이 평화로운 밤에 평온해 보인다면 어떨까 생각해 봤지. 그 생각을 하니 제법 만족스럽더구나. 그 전부터 내 마음에는 은총에 대한 생각이 자리잡고 있었단다. 사물을 핵심만 남게 태우는 황홀한 불길 같은 은총. 어둠과 고요 속에서 따분한 일을 다 잊고 그의 존재만 느낄 수 있을 것 같더구나. 감정이 밀려들었지. 느긋한 두려움 같은 느낌. 천사를 두려워하는 보턴이 떠오르더구나.

그 즈음 난 깜빡 졸았을지 모르겠지만, 내 안에 잠겨 있던 생각이 떠올랐지. 그 영원한 영혼의 발치에 앉아서 배울 수 있다면 좋으련만. 그때 그는 삶의 신비와 심오한 인간의 조건을 고민하는 천사처럼 보였지. 물론 그게 그의 모습이겠지. '사람의 일을 사람의 속에 있는 영 외에 누가 알리요.'(고린도전서 2:11) 나는 저마다 서로에게 비밀이며, 저마다 다른 언어가 있다고 믿는다. 미적 가치관도, 법도도 각각 다르지. 각자는 앞서 있었던 무수한 문명의 폐허 위에 세워진 작은 문명이지만, 무엇이 아름다움이고 무엇을 받아들일지에 대해 각기 다른 관점이 있지. 일반적으로 만족스럽지는 않지만, 우리는 그것에 맞춰 살려고 발버둥친다는 점을 덧붙여야겠구나. 주위 사람들이 같은 관습과 풍습, 인식, 예의범절, 건전성을 이어받았기에 우린 뜻밖에 비슷함도 갖는단다. 하지만 우리 사이에 침범할 수 없고 뒤집을 수 없는, 넓은 공간이 있기에 공존할 수 있지.

　진작에 우리가 여러 행성 같다고 말할 걸 그랬구나. 그러나 그랬다면 우리가 여러 문명과 같다고 말할 시점을 놓쳤겠지. 행성은 같은 별에서 떨어져 나왔을지 모르지만, 그 비유에서는 역사적인 영역이 빠져 있지. 우리가 다른 세대가 남긴 삶의 폐허에서 산다는 것은 사실이야. 그러니 연속성이 있는 것처럼 보이고, 그것은 중요하지. 그런 속성이 우리를 속이니까. 예전에 여러 사람이 숲에 가서 둥그렇게 섰다가 원을 좁혀 들어가면서 앞에 있는 토끼 떼를 몰던 추억이 있지. 그런 다음 빗자루와 방망이로 토끼를 잡았단다. 공황기였고 사람들은 배를 곯아서 무슨 짓이든 했지. 토끼 사냥이 잘못됐다는 것은 아니야. (우린 산토끼는 안 잡고 솜꼬리토끼만 잡았지. 산토끼를 잡으면 안 된다는 것은 알았어. 그 이유가 뭔지 말한 사람은 없었지만.) 마르모트를 먹는 사람들도 있었단다. 아이들은 삶은 감자나 돼지기름만 바른 빵조각을 점심 도시락으로 싸서 학교에 가기 일쑤였지. 그 시절에는 교회 창에 먼지가 덕지덕지 끼어서, 내가 사다리를 타고 올라가서 빗자루로 먼지를 떨어 냈어. 그래야 빛이 들어서 찬송가를 볼 수 있었으니까.

끔찍한 시절이었지만 그때는 그랬고, 우리는 그런 것에 아주 익숙했단다. 그게 우리의 문명이었어. 음침한 골짜기였지. 지금 알고 보면, 사람들에게 갈대아 우르(아브라함의 고향. 그는 그곳을 버리고 가나안으로 간다—옮긴이)였을지도 모르겠다. 물론 그래도 하나님께 감사하지. 그런 일은 어차피 일어나야 했으니까. 나는 여기 있었던 것을 후회하지 않는다. 사물을 다르게 바라보게 되지. 사람들은 삶에 안정감과 물질적인 안락함을 넘어서는 것이 있음을 배웠다고 말하지. 하지만 이 부근의 노년층은 힘든 시절을 생각하며 동전 한 푼도 내놓지 못 하지. 그들을 탓할 수는 없지. 교회는 나름의 공황에서 이제 막 벗어나기 시작하긴 한다만. '흩어 구제하여도 더욱 부하게 되는 일이 있나니 과도히 아껴도 가난하게 될 뿐이라.' (잠언 11 : 24) 바로 이 고장에서도 이 성경 구절의 증거가 많지. 아직도 버티고 서 있다는 이유만으로도 교회는 초라하단다. 그러니 불평하면 안 되겠지. 가난이 무엇인지 아는 것은 좋은 일이고, 함께 그럴 수 있다면 더욱 좋겠지.

그들은 내가 졸았다고 생각한 모양이야. 사실 그런 경우도 많지. 그들은 대화를 시작했어. 네 어머니는 목소리를 낮춰서 "이곳에 언제까지 머물기로 하셨어요?"라고 물었지.

존은 "벌써 오래 있었던 것처럼 느끼던데요. 저는 별로 그렇지 않은데"라고 대답했지.

침묵이 흐르다가 네 어머니가 말했어. "세인트루이스로 돌아갈 건가요?"

"그럴 수도 있지요."

또 침묵. 그가 성냥을 그었지. 담배 연기 냄새가 풍기더구나.

"한 대 피우고 싶으세요?"

"아뇨, 됐어요." 그녀가 웃음을 터뜨리더니 덧붙였어. "물론 피우고 싶죠. 다만 목사의 아내랑 어울리지 않을 것 같아서요."

"어울리지 않을 것 같다니요! 사람들이 사모님을 의식하는가 보네요."

그녀가 대꾸했지. "상관없어요. 누군가 몇 가지는 일러줘야 되니까요. 지금은 오래되어서 이 생활을 좋아하기 시작한 것 같다니까요."

그가 웃었어.

그녀는 "이곳에 적응하는 데 한참 걸렸어요. 사실 그래요"라고 말했어.

"제게 그건 문제가 아닙니다. 익숙해서 괜찮아요. 다만 범죄 현장에 다시 온 기분이 들어서요."

잠시 후 그녀가 말했어. "모두 당신을 아주 좋게 말하는데요."

"정말입니까? 흥미롭네요. 사모님 말을 믿어야겠지요."

그녀가 웃었어. "거짓말을 끊은 지 몇 년 됐어요."

"흠. 지친 것같이 들리네요."

"무슨 일에든 익숙해질 수 있다고들 하죠."

존이 말했어. "에임스 목사님께서 저에 대해 아직도 경고하지 않으셨나 보군요?"

그녀는 내 손을 잡아 따뜻한 양손으로 감쌌지. "그이는 나쁜 말은 안 해요. 누굴 나쁘게 말한 적이 없어요."

침묵이 흘렀어. 상상이 되겠지만 난 몹시 불편했지. 몸을 뒤척여서 스파이 노릇을 하는 것 같은 상황에서 벗어나볼까 싶기도 했지.

하지만 네 어머니가 이런 말을 했어. "저도 세인트루이스에 가본 적이 있어요. 몇 사람이 일자리를 찾아 거기 갔죠." 그녀는 웃더니 "운이 닿지 않았지만요"라고 덧붙였지.

존은 "빈털터리로 지내기엔 힘든 곳이죠"라고 응답했지.

"빈털터리로 지내기에 좋은 곳이 있는지 모르지만, 저는 찾지 못했는걸요. 별별 시도를 다 해 봤지만."

둘은 웃음을 터뜨렸어.

존이 말했지. "젊었을 때는, 조심하지 않으면 단조로운 이곳의 삶에 붙잡힐 거라고 생각했지요."

"저는 늘 그렇지 않다는 걸 알았죠. 안정된 삶을 살고 싶었어요. 밤이면 남의 집 창문을 들여다보면서, 그 안은 어떨까 궁금해 하곤 했어요."

존이 웃더구나. "오늘 저녁, 바로 그럴 계획으로 어슬렁거리던 참이었어요."

침묵이 흘렀어.

그녀가 다시 상냥하게 말했지. "저기요, 존. 그 마음에 축복이 임하길 빌어요."

"감사합니다. 라일라." 그는 일어나면서 덧붙였어. "목사님께 평안히 쉬시라고 전해 주세요." 그러더니 그는 가버렸지.

책상에 앉아서 글을 쓰면서 생각에 잠긴 시간을 제외하면 밤새 누워서 뜬눈으로 시간을 보냈단다. 물론 네 어머니가 내가 험담을 안 한다고 으스대서 감동받았지. 사실 난 험담은 피하려 애쓰거든. 이 경우 내가 얼마나 고군분투하는지 네가 알 거다만.

하지만 존이 내가 아직 그에 대해 경고하지 않았다며 빈정거리는 데는 어안이 벙벙할 수밖에. 그는 날 부주의한 사람으로 여기는 것 같더구나. 하긴 그보다 더 판가름을 잘할 인물이 누가 있을까? 그는 내가 알지 못하는 것을 안다고 생각할지 모르지. 보턴이 내게 털어놓은 것 외에 더 이야기했을 거라고 짐작하는 게지. 혹은 그에 대한 얘기가 내 귀에 들렸을 거라고 짐작하지만, 사실 별로 들은 바 없거든. 늘 그가 관련된 일에는 사람들이 극도로 조심한다는 의심이 들지.

'범죄 현장.' 틀림없이 농담으로 한 말이겠지. 하지만 내가 존에게 느끼는 괴로움이 그가 여기 와 있다는 사실에서 비롯되었을까? 그가 고통과 치욕을 느낄 만한 곳이 여기니까.

그의 이마에 손을 얹고 모든 죄책감과 후회를 가라앉혀줄 수 있다면 좋으련만. 그러면 그를 제대로 알 수 있을 텐데.

신학적으로는 받아들일 수 없는 개념이지. 그냥 그런 생각이 스쳤단다. 이런 이야기를 해서 미안하구나.

진실을 이야기하려 애쓰는 마당이니 한 가지 더 말해야겠구나. 존이 네 어머니랑 대화할 때는 날카로운 말투가 없었지. 그가 긴장을 푸는 것처럼 보였다고도 할 수 있겠지. 마치 친구랑 대화하는 것 같더구나. 그녀도 마찬가지였고.

이 일에서 무엇이 은총인지 알 것도 같다. 난 꽤 많이 기도했고 그 사이 잠도 잤지. 이제 명확히 잡히기 시작하는 느낌이다.

내가 세인트루이스에 가 본 적이 없다는 사실이 유감스럽다.

일기장을 쭉 넘겨보는 중인데, 네게 이야기를 들려준다면서 정작 주로 나를 걱정했다는 걸 알겠구나. 네게 나 자신을 숨김없이 알려줄 의도였건만, 정작 무엇 때문에 발버둥치는지 파악하려고 버둥대는 노인네 꼴만 보였구나.

하지만 이 따분한 선입견의 동굴에서 빠져나갈 길을 발견한 것도 같은데. 시도할 가치가 있겠지. 그래서 말인데…….

어젯밤 현관에서 잠든 체하며 앉아 있을 때, 네 어머니가 손을 잡아준 것이 내게는 지대한 행복이었단다. 난 그것을 '따뜻한 양 손으로 감싸 주었다'고 표현했고, 그녀는 내 분수에 넘치도록 호의적으로 나에 대해 말했지. 돌이켜보니, 그녀가 늘 원했다는 안정된 삶을 영위하는 듯이 말했음을 깨닫게 된다. 현실적이고 물질적인 면에서 앞으로 안정되지 못할 것을 알면서도, 다시는 그런 삶을 놓칠 리 없다는 듯 말하더구나. 나는 그것도 좋았다. 그들이 창 안을 들여다보면서, 다른 사람들의 삶을 궁금히 여겼다고 말했을 때, 나는 동지애를 느꼈지. 우리 셋 다 그랬다고 말할 수도 있겠지. 왜냐하면 내가 오랫동안 똑같은 짓을 했다는 걸 하나님은 아시거든. 하지만 그 순간, 그녀의 말투로 볼 때 인생에 대한 의문은 응답을 얻는 것 같았지. 그게 사실이라면 멋진 일이지. 그런 생각이 내게는 평온의 원천이란다.

한번은 이런 꿈을 꾸었다. 보턴과 둘이서 강가에 앉아 수심이 얕은 곳에서 뭔가(어린 시절이니 아마도 올챙이였을 거야) 찾는데, 내 할아버지가 숲에서 살그머니 나와서 모자에 물을 담아서는 쭉 쏟았지. 물살이 우리 쪽으로 튀었어. 물결이 면사포 모양으로 공중에 솟구쳤다가 우리에게 쏟아졌지. 할아버지는 모자를 쓰더니 다시 나무수풀로 들어가셨고, 거기 반짝이는 강가에 서 있는 우리만 남았지. 그는 사도들처럼 빛나는 우리 모습에 놀라셨던 거야. 이 말

269

을 하는 것은, 삶에는 급작스레 일어나는 변화가 있는 것 같고, 그런 변화들은 추구하거나 기다리지 않아도 일어나는 것 같아서란다. 그런 변화들은 우리의 소망이나 자격을 초월하기도 하지. 그 축복받은 비 내리는 성령강림절, 네 어머니를 처음 본 날을 떠올리자 그런 생각이 나는구나.

그날 아침, 영혼이 육신에게 놀림을 받는 듯한 기분이 들기 시작했지. 그건 사실이야. 모든 일이 어떻게 일어났는지, 우리가 어떻게 결혼했는지 네게 말해 준 적이 없지. 그 경험에서 난 많은 걸 배웠단다. 그런 변화가 생길 수 있음을 아는 것만으로도, 그 경험에서 엄청나게 배웠지. 이상한 말이지만 그 경험은 내게 죽음을 아주 달콤하게 상상하게 해 주었단다.

첫날 아침에는 그녀를 알아보지 못했다고 했다만, 다음 주 내내 그녀가 다시 오기를 기대하며 보냈단다. 그녀가 교회 문을 나설 때 이름을 묻는 걸 잊어서 몹시 자책했지. '길 잃은 양'이니 '헤매는 영혼들'에 대한 목사의 의무라는 생각을 하면서 말이야. 사실 머리로도 그런 표현을 쓰지 않는 나이였으니, 그녀를 그런 식으로 여기지는 않았을 거야. 경험 전체에서 흥미로운 점은, 내가 정직할 수 없었다는 것이란다. 또 나 자신을 속일 수도 없었어. 끔찍했지. 어찌나 바보처럼 느껴지던지. 하지만 알다시피 그녀의 젊음과 내 나이가 마음에 걸리더구나. 또 결혼했는지 여부 등 그녀에 대해 아는 게 없었어. 그래서 그녀가 보고 싶고, 다시 목소리를 듣고 싶다는 사실을 스스로 인정할 수가 없었지. 그녀는 "안녕하세요, 목사님"이라고 말했고 그게 전부였지. 하지만 내가 그 소리를 붙들려고, 마음속으로 되살리려고 애쓰던 기억이 나는구나.

분명히 말하거니와, 할아버지가 내게 가업을 물려주었다면 내가 이 세상에 나오기 오래 전이었지. 할아버지의 성스러운 삶이 내 인생이나 직업에 옮겨졌고, 나는 성심을 다해 그것을 망치지 않으려 애써왔단다. 평판과 인품에 신경을 썼지. 늘 복음서를 내 삶과 설교의 기준으로 삼으려 애썼어. 그런데 설교문을 쓰는 순간에도 젊은 여인의 얼굴을 떠올리고 싶기만 했지.

더 일찍 이런 경험을 했더라면, 한결 현명하고 너그러운 사람이 될 수 있었으련만. 난 사람들이 찾아와서 엉뚱하게 판단하고 상식적이지 못한 태도를 보일 때면 왜들 그러는지 알지 못했지. 내가 합리적인 조언을 하면 "압니다, 알지요"라고 말하는 그들을 이해 못했어. 또 "상관없습니다, 신경 쓰지 않아요"라고 대꾸하면 난감했지. 그건 성자와 순교자들이나 하는 말이니까. 한데 사람들이 그러는 것은 열망 때문임을 이제는 알겠다. 위대하고 성스러운 것을 사소하고 진부한 일과 비교하는 것 같겠지. 신의 사랑과 인간의 사랑을 비교하니 말이야. 하지만 그 둘을 떼어서 볼 수가 없구나. 한 끼를 성스럽게 먹고 한 번 손길에 성스러운 축복을 받을 수 있다면, 어느 특별한 이의 얼굴에서 보는 대단한 쾌감이야말로 우리를 가장 위대한 사랑으로 이끌어줄 수 있겠지. 이것이 사실이리라 믿는다. 그 시절, 사랑을 존속시키려고 신을 사랑했고, 감사를 존속시키려고 신께 감사했지. 참담한 마음 깊숙이 그랬어. 표현 못하겠지만 많은 것을 깨닫는다. 물론 시간이 흐르면서 그런 감정들이 옅어졌으니 천만다행이지.

루이자와 나는 어릴 때부터 정혼한 사이였어. 그러니 아무런 마음의 준비 없이, 전혀 모르고 너무 젊고 기혼자일 여인을 밤낮없이 떠올린 셈이지. 내 성품과 소명, 평판과 다른 면을 보일 수 있겠다고 평생 처음 느꼈어. 그런 게 마른 껍질처럼 홀딱 벗겨질 수도 있을 것 같았어. 내가 걸친 옷가지, 서가에 꽂힌 장서, 할 일이 빽빽하게 적힌 달력을 모아놓은 물체에 불과하다고 느낀 것은 처음이었지. 말했다시피, 죽음을 미리 맛보는 것 같았어. 적어도 죽어 가는 것이 느껴졌지. 그게 왜 낯설게 보일까? '열정'이란 말이 알맞겠지.

상황은 안 좋아졌지. 그녀는 한 주만 빼고 주일마다 교회에 왔고, 고백건대 그녀를 기쁘게 하고 좋은 인상을 심어줄 요량으로 설교문을 작성했지. 그녀를 너무 자주 너무 오래 쳐다보지 않으려고 애썼지. 그럼에도 그녀가 실망스런 표정을 짓는다 싶으면, 다시 기회가 생기기를 무릎 꿇고 기도하며 한 주일을 보냈어. 몹시 이상한 기분이었지. 하지만 주님께 같은 말을 하고, 목사직을 수행하는 데 힘을 주시라고 청했어. 그러나 한마디도 사실이 아니었지. 난 전능한 신께 멍청함을 봐달라고 매달리는 어리석은 노인이었고, 당시 나도 그걸 알았으니까. 그런데 내 기도는 응답받았어. 그것도 내가 감히 청할 생각도 못하던 것까지 얻었지. 아내와 자식이라니. 믿을 수 없는 일이었지.

 그녀가 교회에 오지 않은 끔찍한 주일도 한 번 있었어. 그날 아침은 죽은 것처럼 어찌나 슬프고 답답하던지. 교회며 우리 모두며 얼마나 초라해 보이던지. 물론 그날의 설교는 '모르는 천사'를 환대해야 하므로 낯선 이도 환대해야 한다는 내용이었지. 설교문을 읽기 싫었어. 신도 모두 내가 거기 서서 어리석음을 자백하는 걸 아는 듯이 느껴지더구나. 그녀가 다시는 오지 않을 것 같은 생각만 들었어. 그래서 칙칙하고 사소한 일상을 맞으며 힘든 일주일을 보내면서, 완전히 바보 노릇을 하지 않은 것을 신께 감사드렸지. 교회 현관에서 그녀의 손을 잡고 말을 건 적은 없으니 말이지. 속으로야 그녀에게 무슨 말을 할지 생각해 보고 글로 적어 보기도 했지만. 또 그녀의 손을 잡지도 못하고 말도 걸지 못한 바보 같은 자신이 밉더구나. 일주일 내내 그녀에게 묘하게 끌리는 게 뭔지 낱낱이 짚어 보았지. 생각을 하면 그런 마음이 없어질 것 같았거든. 그러니 그 주 내내 그녀를 그리워하며 보낸 셈이지. 그녀가 이 세상에 단 하나뿐인 친구라도 되는 듯이 그리웠어. (목사로서의 관심이라고 변명하면서, 그녀의 이름과 사는 곳을 알아낼까 고민하기도 했단다. 정말 부끄러운 노릇이지.)

273

다음 주일, 그녀가 다시 왔어. 어찌나 마음이 놓이던지 비참할 정도였지. 이유 없이 웃음이 나올까 봐, 그녀를 너무 오래 쳐다볼까 봐 두려웠어. 몇 주 동안 내 마음에서 떠나지 않은 가장 소중한 사람이긴 해도 낯선 사람이라고 자꾸만 마음을 다잡았지. 공연히 친근한 체해서 그녀를 놀라게 해선 안 된다는 생각이 들더구나. 이미 이발소에 다녀왔고 새 셔츠를 입고 있었지. 무가치하지만 열렬했던 기도에 응답을 받으리라고 기대하는 것이 신중한 일일 것 같아서 준비를 한 거지. 또 머리에 향수를 바르는 실험도 했지. 보턴이 길에서 만나자 킥킥 웃었고, 나는 '진짜 내놓고 바보짓을 하는구나'라고 생각했지.

그날 그녀가 교회를 떠날 때, 나는 손을 잡고 몇 마디 이야기를 건넸어. "저희는 지난주에 자매님이 그리웠는데 다시 오시니 반갑습니다."

"아, 예." 그녀는 그렇게 대꾸하고는 얼굴을 붉히며 눈을 돌렸어. 친절한 말에 놀란 것 같더구나. 사실 목사가 기본적으로 베푸는 친절인데 말이야. 그게 그 상황에서 내가 할 수 있는 전부이기도 했고.

'내가 사랑하므로 병이 났다'라고 했지. 성경 말씀이지(아가 5 : 8). 이걸 떠올리면 나도 웃음이 난다만, 늘 그렇듯 난관에 봉착하자 성서에 의존했지. 다음 설교로 아가서를 택했거든! 내가 더 젊고,

그녀가 기혼자가 아님을 알았다면, 내가 겪는 종류의 고역이 하나님의 눈에는 아름다우리라는 걸 알아서 그랬을까? 사실 그 구절의 아름다움에 감정을 다쳤단다.

아, 그런데 그 다음 주에 나는 그녀의 손을 잡고, 주일 밤에 만나는 성경 공부 모임이 있는데 오면 환영하겠다고 말했단다. 집에 가서, 내 마음에 보상이 있기를 기도했지. 다시 면도한 다음 저녁까지 책을 읽으려고 애썼지. 일찌감치 교회로 갔더니, 계단에서 그녀가 날 기다리고 있더구나. 할 말이 있는 것 같았어. 가끔 생각하는 바지만, 은총 속에는 큰 웃음이 있을까 하는 의구심이 생겼지. 머리에 향수까지 바른 하릴없는 늙은이에게 그녀는 세례를 해달라고 했어.

"제가 어릴 때 아무도 그렇게 해 주지 않아서요. 세례가 빠졌다는 느낌이 듭니다." 그녀는 그렇게 말했어. 아, 그 슬프고 순수한 표정이라니.

나는 "그래요, 저희가 해드리겠습니다"라고 대답했지. 그런 다음 대화를 이어가기 위해서, 인근에 가족이 사냐고 물었어.

그녀는 머리를 젓더니 아주 부드러운 소리로 "제게는 가족이 없습니다"라고 대답했지. 이상하게 그녀가 안쓰러웠어. 아픈 가슴으로 주님께 감사했지.

그래서 난 네 어머니에게 교리를 가르쳤고, 때가 되자 세례를 주었지. 그 조용한 몸가짐을 보는 데 익숙해지면서, 내가 열정의 와중에서 평판을 해치지 않고 산 데 감사하기 시작했지. 또 거리에서 그녀를 쫓아가지 않은 것도 다행이었어. 식품점에서 나오는 그녀를 보고 쫓아갈 뻔한 일이 있었거든. 그때는 어찌나 겁나던지 땀을 줄줄 흘렸지. 충동이란 그렇게 강렬했단다. 난 예순일곱 살이었어. 하지만 항상 그녀의 젊음과 외로움을 존중해서 처신했지. 그것만은 장담할 수 있단다. 그 점에 신경을 많이 썼어. 심성좋은 나이 든 부인 몇 명을 골라서 그녀를 가르치게 하는 게 최선이겠다 싶더구나. 한데 그 일로 그녀가 말을 하는 걸 부끄러워하게 된 것 같아 몹시 후회스러웠지.

부인 두셋은 교리, 특히 죄와 지옥에 대한 자기들의 견해를 발설했지. 내가 가르친 적이 없는 내용이었어. 신학에 관련해서 혼란을 일으키는 라디오 때문이지. TV는 더 나쁘고. 40년간 사람들에게 신비로움에 대한 사실에 눈 뜨라고 가르쳤는데, 어떤 사람이 라디오에서 설교랍시고 헛소리를 지껄여대면 그 동안의 공이 허사가 되어 버리지. 그런 일이 어디서 끝날지 의심스럽다.

한데 그게 다가 아니었어. 베다 다이어 부인이 지옥불, 즉 영원한 죽음에 대해 지나치게 흥분했기에, 나는 칼뱅의 『기독교강요』를 꺼내서, 타락자의 운명에 관한 대목을 읽어줘야겠다고 느꼈단다. 그들이 받는 고역은 물리적인 것들로 비교해서 표현된 것으로, '꺼지지 않은 불' 등등은 하나님과의 유대를 끊는 것이 얼마나 비참한지를 나타낸 것임을 가르쳐줘야 했지. 지금 그 페이지가 내 앞에 펼쳐져 있다. 심상치 않은 내용이지만, 헛소리는 아니지. 나는 그들에게 "지옥의 본질을 알고 싶으면, 촛불에 손을 댈 것도 없이 각자 가장 심통 사납고 황량한 영혼의 한 구석을 떠올려라"고 말했지.

다들 한동안 생각에 잠겼고, 나도 저녁 바람 소리와 매미 울음을 들으면서 묵상했지. 내 앞에 펼쳐진 고독에 대한 생각과 새로이 느껴지는 상심에 빠져들 것 같더구나. 명예와 단정한 처신에 요구되는 은밀함과 자제가 싫다는 생각도 들었어. 또 내게 부과된 상식도 내던지고 싶었고. 하지만 고개를 드니, 네 어머니가 가볍게 웃으면서 날 지켜보더구나. 그녀는 내 손을 만지면서 "괜찮으실 거예요"라고 말했지.

어찌나 상냥한 목소리던지. 이 세상에 그런 음성이 있다는 것, 내가 그 음성을 듣는 사람이라는 것이 그때나 지금이나 헤아릴 길 없는 은총으로 여겨진단다.

그녀는 다른 부인들이 목사관에 올 때 같이 와서, 커튼을 뜯어 빨고 아이스박스의 성에를 닦아냈지. 그러다가 혼자 와서 정원을 손질하기 시작했어. 정원을 아주 멋지고 풍요롭게 꾸며놓았지. 어느 저녁, 정원의 장미꽃 옆에 선 그녀를 보자 나는 "이 신세를 다 어떻게 갚을까요?"라고 말했지.

그러자 그녀는 대답했어. "저랑 결혼하시면 돼요." 그래서 그렇게 했지.

　내 생각은 이렇다. 내가 신의 중재자라도 되는 듯 그녀의 이마에 손을 대고 순수하게 축복할 수 있다면, 그녀도 나 같은 경험을 하기를 소망할 것이다. 물론 그녀가 날 좋아하며 대단히 성실하다는 건 알아. 그러나 언젠가 아가서가 자신의 마음을 그대로 읊은 듯해서 깜짝 놀라게 되기를 소망한다. 그녀의 감정이 내 감정과 똑같을 수는 없었을 거야. 나는 존 보틴 때문에 왜 이리 걱정을 할까? 사랑은 은총과 비슷하기에 성스러운 것이지. 사랑하는 대상의 가치가 중요한 게 아니지. 그녀가 난관이 있더라도 내가 준 것보다 큰 행복을 누리도록 그냥 두는 게 좋을 테지. 가끔 그녀에게서 그 싹을 본 적이 있다는 생각이 드는구나. 하나님이 그녀에게 의도하는 은총을 내가 잠시라도 목격할 수 있다면, 나는 큰 친절을 입는 것이겠지.

　오늘 아침, 우리 집 위로 화사한 새벽이 밝아서 캔자스 쪽으로 넘어갔지. 오늘 아침 캔자스는 잠에서 벗어나 천상의 햇살 속에 들어갔지. 이 오래된 초원 지대가 캔자스나 아이오와로 불린 매우 유한한 날들에 거기 하루가 더해지는 셈이야. 그러나 하루하루는 늘 첫날인 거란다. 빛은 늘 거기 있지만, 우리가 몸을 돌릴 뿐인 게지. 그러니 매일이 저녁이요 아침인 셈이야. 내 할아버지의 무덤에 빛이 비추고, 잡초가 무성한 땅에 맺힌 이슬은 영롱했

지.

'네가 옛적에 하나님의 동산 에덴에 있어서 각종 보석 곧 홍보석과 황보석과 금강석과 황옥과 홍마노와 창옥과 청보석과 남보석과 홍옥과 황금으로 단장하였음이여.'(에스겔서 28:13)

너도 나처럼 늙으면 자신을 보여주는 글을 쓸 생각을 할까? 나처럼 말이지. 내 경험으로 볼 때, 나이는 자신에 대한 통찰을 유지하기 힘들게 하고, 어떤 면으로는 온전하지 못하게 하는 경향이 있어.

나는 왜 너의 늙은 모습을 떠올리며 즐거워할까? 네 무릎 관절염의 첫 번째 통증은 네가 이가 흔들린다고 보여 주었을 때 내가 느꼈던 한없는 사랑스러움과 비슷하겠지. 노인이 된 후에도 기도를 게을리 해서는 안 된다. 다 내 잘못이지만, 넌 나보다 세상의 많은 것을 보기 바란다. 또 내 책 중 일부를 읽으면 좋겠다. 하나님이 네 눈을 귀를 또 심장을 축복하시기를. 네가 세월의 짐을 지고 가는 것을 도울 수 있다면 얼마나 좋을까. 하지만 그런 아버지로서의 만족감은 주님의 몫이겠지.

오늘은 묘하게 거슬리는 날이다. 글로리가 전화해서 네 어머니에게 극장에 가자고 했지. 그녀는 너와 어머니를 데리러 오면서 늙은 보턴을 데려왔지. 그녀는 아버지가 차에서 내려 계단을 오르도록 부축했어. 요즘 보턴은 집에서 나오는 일이 없기에 그가 내 집에 오자 난 놀랐지. 우리는 그를 식탁에 앉히고 물을 주었어. 그리고 세 사람은 떠났지. 마음에 걸리는 게 있는 것 같더구나. 상냥한 표정으로 거기 앉아 있지만, 눈을 감고 이따금 말을 하려다가 다시 생각에 잠기는 듯 헛기침을 하는 품이 말이지. 라디오에서 뭐가 나오기에 우린 한동안 라디오를 들었지. 그는 흥미로운 내용이 나오면 킥킥댔지. 한 시간쯤 그렇게 보내다가 그가 말을 시작하더구나.

"자네도 알다시피 존은 아직 제대로가 아니야. 아직 제대로가 아니네." 그는 그렇게 말하고 고개를 저었어.

나는 "우린 이야기를 한 적이 있네"라고 대답했지.

"물론 그래. 말은 하네. 하지만 왜 여기 돌아왔는지 내게 말하지 않아. 글로리한테도 마찬가지고. 그는 세인트루이스에서 직장은 갖고 있었을 거야. 그것도 어찌 됐는지 모르겠네. 우린 그가 결혼했을 거라고 생각했지. 한동안은 결혼 생활을 했을 거야. 그것도 어찌 됐는지 모르겠네. 그는 돈을 좀 가진 것 같아. 그것에 대해서도 나는 아는 바 없네. 그가 자네 부부와는 대화하는 걸 아네. 그건 나도 알아."

그는 다시 눈을 감았지. 말을 하려고 애쓰는 기색이 역력했고, 하기 싫은 말을 하느라 힘들었겠지. 나는 보턴의 말을 경고로 받아들였단다. 다르게 보지는 못하겠다. 또 보턴이 찾아온 것은 그 말을 강조하기 위해서라고 받아들였지. 그랬을 거야. 그리고 보니 네 어머니에게 이야기를 해 줘야 될 것 같구나.

우리가 부엌에 있는데 존 보턴이 현관 계단을 올라왔지. 나는 "들어오게"라고 말하면서 의자를 꺼냈지만, 그는 한동안 문간에 서서 우리가 이야기를 마치기를 기다리더구나. 그의 표정으로 그런 기색을 읽을 수 있었어. 그는 사람들이 합심해서 그를 안 좋게 본다고 의심하는 것 같아. 사실 그런 때도 많지. 이때도 그랬던 것처럼. 그의 태도에는 절망스럽고 당황스런 요소가 있지. 그가 핑계를 대는 듯 보일 때면 나는 그런 상황에 끼어든 게 부끄럽고 미안한 마음도 들지. 분노도 있고. 그게 마음에 걸리는구나.

존이 말했어. "집에 가 보니 아무도 없어서요. 좀 놀랐습니다."

보턴은 진실처럼 들리게 하려고 애쓸 때 그러하듯, 있는 힘을 짜내서 활달하게 대꾸했어. "미안하구나, 존! 여자들이 극장에 간 동안 에임스와 나는 서로 보살펴 주는 중이란다! 우린 네가 더 있다가 올 줄 알았지!"

"그랬군요. 아무 일도 없으니 다행이네요." 존은 그렇게 말했고, 내가 다시 권하자 의자에 앉았어. 그는 진짜 무슨 일이 벌어지는지 안다고 내색할 때 짓는 희미한 미소를 지으며 날 쳐다봤지. 그를 속이려 해도 소용없다는 표정 말이야. 그러던 중 보턴이 졸기 시작했어. 대화가 힘들어질 때면 그는 꼭 그러지. 하긴 그를 탓할 수도 없어. 나도 심장 상태를 고려하니까. 존에게 무슨 말을 할지 궁리하는 일이 내게는 상당한 스트레스였지. 지금도 그렇고, 언제나 그랬던 것 같아. 그에게 미안하지만 사실이란다. 그가 사람들을 꿰뚫어 보는 게 저주 같거든. 물론 나는 그에게 정직할 수 없어서 부정직하게 대하고 있었지. 또 그는 나를 세상에서 가장 악한 거짓말쟁이 보듯 빤히 보고 있었고. 내가 그를 모욕하기라도 하는 듯한 눈초리더구나. 사실 내가 그랬을지 모르겠다.

"네 아버지가 집에서 벗어나야 될 필요를 느꼈나 보다"라고 운을 뗐지.

그는 "그럴 만도 하죠"라고 대답했어.

사실 난 어처구니없는 말을 한 게지. 보턴은 침대에서 현관 의자까지 걸어 나올 힘밖에 없었으니까.

나는 "날씨가 좋을 때 만끽하고 싶었던 모양이야"라고 말했지.

"그러셨을 겁니다."

"그래." 1분쯤 지났을까. 내가 말을 이었지. "올해는 도토리가 풍성한 해구나!" 정말이지 그런 창피한 말을 하다니. 존이 웃더구나.

"소 떼가 인상적인 모습을 보였지요. 조롱박들은 특히 모양이 좋고 풍성하구요"라고 그가 말했지. 그는 '5분간만 서로에게 정직하기로 하죠'라는 듯이 날 쳐다봤어.

무엇이 진실인지 모르니 나 자신을 용서해야겠지. 그의 아버지가 찾아온 것은 존에 대해 경고할 목적인 듯 싶지만 확신은 못하겠다. 어쨌든 신뢰를 저버릴 수는 없지. 이처럼 문제를 일으키고 해를 끼칠 수 있는 경우라면 특히 그렇지. 더구나 가여운 보턴이 세 발자국 떨어진 곳에 앉아서, 아마도 대화를 낱낱이 듣고 있을 텐데. 하지만 정직하지 않은 것은 정직하지 않은 것이고 수치라 할 수 있지. 그런 태도로 밀고 나갈 수밖에 없는 상황에서는 더욱 그렇지. 말하자면 분노하는 사람의 코앞에서는 최대한 속여야 하니 말이야.

그런데 난 그의 부친보다도 두어 살 많은 노인인데 이런 식으로 괴롭힘을 당할 이유가 없는 것 같아. 나를 화나게 하려는 게 목적이라면, 글을 쓰면서도 화가 나는 것을. 실은 심장이 심상치 않다고 경고를 보내는구나. 가서 기도해야겠다. 존이 내 심장에 대해 알고 있는지 궁금하다.

물론 그는 내 심장 상태를 잘 알고 있지. 네 어머니가 서재를 아래층으로 옮기면서 이야기했으니까.

이 모든 내용을 기도할 때면 그에게 밴 슬픔이 계속 떠오른다. 그는 이상한 고통을 받고 있으며, 많이 용서받아야 될 사람이니 말이야.

곧 너희가 돌아오자 분위기가 한결 좋아졌지. 처음에 글로리는 존을 보고 좀 놀란 눈치였지만, 네 어머니는 평소처럼 반가워했지.

너는 영화를 마음에 들어 했어. 토비어스는 부모가 영화 구경을 허락하지 않아서, 너는 토비어스에게 줄 과자를 남겨 왔지. 착하다는 생각이 들더구나. 나도 네가 영화관에 가도 되는지 의심스럽다. 하지만 집에 TV가 있으니, 극장에 못 가게 하는 게 무의미한 것 같구나. 물론 토비어스는 TV도 보지 못하지. 토비어스가 우리 집에 오면 TV를 못 보게 한다고 어머니들끼리 약속을 했지. 그 때문에 너는 「시스코 키드」를 자주 놓치지. 너는 대단히 붙임성 있는 아이가 아니니, 네가 TV를 보면 토비어스는 혼자 있게 될까 걱정이구나. 사실 토비어스는 현관에서 너무 오래 기다리지. 가끔 네가 외로워 보이는데, 토비어스가 있으니 얼마나 다행인지. 착한 아이니 우리의 기도가 응답받은 거야. 그런데 너는 만화가 끝날 때까지 친구를 현관에 앉아 기다리게 하는구나. 하지만 요즘 난 잔소리를 늘어놓고 싶지 않구나. 토비어스의 아버지는 젊지. 그에게는 아들과 살아갈 날이 아주 많지.

너희 셋이 만족스런 표정으로 팝콘 냄새를 풍기며 들어오자, 말할 수 없이 마음이 놓이더구나. 가벼운 대화가 오간 후, 네 어머니와 글로리는 보턴을 부축해서 차에 태워 집으로 데려갔지. 그에게 편한 곳은 집뿐이거든. 두 사람은 모두 그 집에서 식사하도록 음식을 준비했지. 너는 토비어스를 찾으러 갔지. 총을 든 악한과 보안관 같은 헛된 이야기로 루터교도인 그 애 마음을 뒤숭숭하게 만들겠지만 말이야. 나는 존 보턴과 식탁에 앉아 있었고 그는 한 마디도 안 했어. 시간을 끌면서 일어날 때를 엿봤지. 그는 저녁 식사를 하러 오지 않았고, 아무도 그 일을 언급하지 않았지만 다들 걱정했지. 네 어머니와 글로리는 상을 치우고, 저녁 바람을 쐰다며 산책에 나섰지. 하지만 돌아왔을 때 존을 봤다고 글로리가 말했지. 그가 나중에 집에 오겠다고 했다더구나. 그들이 술집에서 존을 찾아냈다는 걸 알겠더구나. 하지만 둘은 자세한 이야기를 안 했고 보턴도 묻지 않았지.

제2부

존 보턴에게는 아내와 자식이 있다는구나.

내게 가족 사진을 보여 주었어. 사진을 잠깐 보게 하더니 도로 넣어 버렸지. 난 어쩔 줄 몰랐고, 그도 예상했던 반응일 거야. 그런데도 날 거스르지 않으려고 노력한다는 걸 알 수 있었지. 그의 아내는 흑인이었어. 그래서 깜짝 놀랐지.

어제 아침 교회에 가서 서재에 들어 앉아 서류를 정리했지. 잡동사니와 섞여 버려지지 않도록, 쓸 만한 것들과 기록이 될 만한 것을 분류했지. 메모, 잡지 기사, 전단지, 청구서가 몇 상자나 된단다. 내가 아무것도 안 버리고 산 것 같구나. 신임 목사가 이걸 분류할 인내심이 있을까 싶다. 다 내 탓이겠지.

먼지와 거미줄을 뒤집어쓰고 앉아 있자니 시무룩해졌지. 언제

이 일을 중단해야 될지 모르기 때문에 방해받기 싫었어. 반 시간도 안 지났는데 벌써 고단하더구나.

그때 존 보턴이 들어왔어. 이번에도 양복에 넥타이 차림이더구나. 면도를 한 단정한 얼굴이었지만 눈가가 거뭇한 게 지쳐 보였어. 그를 만나다니 흥미로웠지. 솔직히 반갑기보다는 흥미로웠지. 얼굴과 손이 시꺼면 상태로는 대화를 잘할 수가 없어서, 양해를 구하고 씻으러 갔다 와 보니 그는 여전히 문간에 서 있었어. 내가 의자를 권하는 걸 잊어서 그대로 서 있었던 게지. 그의 안색이 아주 창백해서, 사려 깊지 못한 내가 창피하더구나. 하지만 그는 무의식적으로 내 마음을 거스르지 않으려고 예의를 지켰지. 보통 사람들이라면 그건 알면서도 잊는 예절이니 날 골탕 먹이려 그러는 것 같더구나. 내 기분은 그랬어. 편견이라는 건 알아.

그가 의자에 앉자, 나는 상자 몇 개를 책상에서 내리려 했지. 존은 일어나서 상자 하나를 받았지. 친절한 행동이었지만, 동시에 좀 질색하기도 했어. 난 무기력하게 움직여서 생명을 하루 연장하느니, 차라리 그 자리에서 죽고 싶었지. 하지만 그는 선의로 한 일이었지. 상자들을 바닥에 내려놓느라 그의 손과 재킷 앞자락이 지저분해졌지. 존은 손수건을 꺼내서 닦더구나. 내가 예배당으로 나가도 된다고 했지만 존은 사무실도 괜찮다고 대답했지. 그래서 우리는 한참 조용히 앉아 있게 되었어.

그가 입을 열었지. "오랫동안 이 고장에서 멀리 떨어져 살았지요. 아버지를 생각해서 그런 겁니다. 돌아오지 않았을지도 모르겠어요."

나는 무엇 때문에 마음이 변했는지 물었지. 그는 한참 있다가 대답하더구나.

"몇 가지 이유로 대화를 해야 될 것 같았습니다. 아버지랑요. 그런데 여기 왔을 때는 아버지가 그렇게 늙으셨을 줄 짐작하지 못했습니다."

"지난 몇 년 사이 몹시 힘들었거든."

존이 손으로 얼굴을 비볐어.

내가 말했지. "자네가 여기 돌아온 건 보턴에게는 잘된 일이지."

그는 고개를 저었어. "어제 아버지랑 이야기하셨지요."

"그랬지. 보턴은 자네 걱정을 좀 하는 것 같더군."

존이 희미하게 웃었어. "며칠 전 글로리가 제게 '아버지는 허약하셔. 우린 아버지가 돌아가시게 하고 싶진 않잖아'라고 말하더군요. 우리라더군요! 하지만 맞는 말이지요. 저는 아버지가 돌아가시게 하고 싶지 않아요. 그래서 목사님이랑 이야기할 수도 있겠다고 생각했지요. 장담컨대 이게 마지막 시도가 될 겁니다."

하마터면 내 건강도 온전치 못하다고 일러줄 뻔했단다. 그가 무슨 말을 털어놓든 그 때문에 내가 쓰러지지는 않으리란 생각을 하고 보니, 그런 말을 했다간 바보가 될 뻔했지.

존은 주머니에서 가죽 케이스를 꺼내 펼쳐서 내게 내밀었어. 그가 손을 약간 떨었고, 나는 돋보기를 써야 했지만 사진을 제대로 볼 수 있었지. 가족 사진이었어. 존, 젊은 여인, 대여섯 살쯤 된 사내 아이. 여인이 의자에 앉아 있고 아이는 옆에 서 있고, 존이 그들 뒤에 서 있었지. 존 보턴과 흑인 여성, 그보다는 빛깔이 옅은 피부를 가진 사내아이.

존은 사진을 좀더 들여다 보더니, 얼른 케이스를 닫고 주머니에 넣었지. 그는 "아시겠지요"라고 말했어. 너무 침착해서 매몰차게 들리기까지 하더구나. 그는 "제게는 아내와 아이가 있습니다"라고 덧붙였지. 그러더니 1~2분쯤 날 응시했지. 날 화나게 하지 않았기를 바랐겠지.

나는 "멋진 가족이군"이라고 말했지.

그는 고개를 끄덕였어. "좋은 여자입니다. 좋은 아이구요. 제가 복 많은 사내지요." 존이 싱긋 웃더구나.

"그런데 이 일로 자네 아버지가 돌아가실까 봐 걱정인가?"

존은 어깨를 으쓱했어. "아내의 아버지가 돌아가실 지경이었지요. 어머니도요. 그들은 제가 태어난 날을 저주하지요." 그는 웃으면서 얼굴을 쓰다듬더니 덧붙이더구나. "아시다시피 제가 사람들을 화나게 한 상당한 경험이 있지만, 이것은 차원이 전혀 다릅니다."

내가 생각에 잠겨 있었기에 존이 다시 말했지. "아닐지도 모르지요. 그냥 저만 그렇게 생각할지 모르겠습니다." 그러더니 그는 자기 손을 찬찬히 쳐다보더구나.

그래서 내가 말했지. "결혼한 지 얼마나 되었나?" 그렇게 묻고 후회했지.

그는 헛기침을 하더니 말했어. "저희는 신 앞에서 결혼했지요. 신은 혼인신고를 받아주지 않지만, 흑백혼인금지법을 강요하지도 않지요. 온화하신 숨겨진 하나님(바르트에게 하나님의 특성은 '은폐'임─옮긴이)이라고 할까요. 죄송합니다." 그는 씩 웃더니 말을 이었어. "하나님 앞에서 저희는 8년 전부터 남편과 아내였습니다. 17개월 2주 하루 동안 남편과 아내로 살고 있고요."

내가 아이오와에는 흑백혼인금지법이 없다고 말하자, 존은 "네, 아이오와는 진보주의의 빛나는 별이지요"라고 맞장구쳤지.

그래서 그에게 결혼식을 올리려고 여기 왔냐고 물어봤단다.

그는 머리를 저었어. "그녀의 아버지는 딸이 저와 결혼하는 걸 못마땅해 합니다. 그런데 그분도 목사예요. 피할 수가 없었던 것 같아요. 그쪽 집안의 친구고 착한 기독교인 남자가 테네시에 사는데, 그가 제 아내와 결혼해서 제 아들을 입양하겠다고 합니다. 그 집안에서는 이 남자를 아주 친절하게 생각하죠. 그렇기도 할 겁니다. 그들은 그게 모두를 위해 최선이라고 믿거든요. 사실 저는 가족을 돌보는 데 상당한 어려움을 겪고 있어요. 가끔 사정이 너무 어려울 때면 아내와 아이는 테네시로 가 버리죠. 지금 거기 있습니다. 상황이 이러하니 아내에게 가족과 절연하라고 요구할 수는 없지요." 그는 헛기침을 했어.

우린 조용했지. 그러다가 존이 다시 말했어. "그녀의 아버지가 가장 못마땅해 하는 점이 뭔지 아세요? 저를 무신론자로 보는 거예요! 델라의 아버지는 백인은 모두 무신론자이며, 일부만이 그점을 인식한다고 생각한다더군요. 델라는 제 아내입니다."

내가 대답했지. "하긴 자네가 어떤 말을 할 때는 나도 자네가 무신론자라고 생각되기도 하거든."

그는 고개를 끄덕이더구나. "제가 비신자의 영역에 속한다고 하는 것이 더 옳을 거예요. 저는 신이 존재하지 않는다고 믿는 것은 아니거든요. 무슨 뜻인지 아시겠지요. 물론 제 아내는 그것도 걱정하지요. 저 때문에 염려하고. 일부는 아들 때문에 걱정하고요. 저는 한동안 아내에게 그 점에 대해 거짓말을 했어요. 결국 사실을 밝혔고, 그녀는 저를 구원할 수 있다고 생각했나 봐요. 말씀드렸듯이 그녀는 처음 저를 알았을 때 성직자라고 짐작했거든요. 그런 오해를 하는 사람이 여럿 있어요." 존은 웃음을 터뜨리더니 덧붙였어. "보통은 제가 오해를 바로잡아주지요. 그녀에게도 그랬고요."

솔직히 보턴 목사가 이 모든 걸 어떻게 받아들일지 모르겠다. 그걸 깨닫고 놀랐지. 평생 온갖 주제를 놓고 토론했지만 그런 이야기는 한 적이 없거든. 화제로 떠오른 적도 없었어.

내가 말했지. "글로리랑은 이야기했겠지."

"아니요. 그럴 수가 없어요. 누나는 이 일을 알면 마음을 다칠 거예요. 제 머릿속에 뭔가 있다는 것은 누나도 짐작하죠. 제가 곤란에 처했다고 생각할 거예요. 아버지도 마찬가지일 거고요."

"그럴 거야."

존이 고개를 끄덕였어. 그는 날 보며 말했지. "어제 아버지가 우셨어요. 제가 또 그분을 실망시켰어요." 그러더니 그는 자제하는 목소리로 말을 이었지. "세인트루이스를 떠난 후로 아내에게 소식이 없어요. 그 사람에게 소식이 오기를 기다리는 중입니다. 여러 번 편지를 보냈는데……. 그럴 때 뭐라고 하지요? '애간장이 녹는다'라고 하나요." 존은 씩 웃더니 마저 말했지. "나도 모르게 술에서 위안을 찾게 되네요."

내가 "이해가 되네"라고 대답하자, 그는 소리 내서 웃더구나.

"'독주는 죽게 된 자에게, 포도주는 마음에 근심하는 자에게 줄지어다'(잠언 31:6)라고 했지요. 제대로 기억했나요?"

한 마디 한 마디 그대로지.

그가 말했어. "그녀가 처음으로 제게 한 말은 '감사합니다. 목사님'이었어요. 델라는 비바람 속에서 책과 서류를 한 아름 안고 집에 가는 길이었는데 종이 뭉치를 길에 떨어뜨렸지요. 델라는 교사입니다. 바람에 종이가 날렸고, 제가 도와주었지요. 그런 다음 집까지 데려다 주었어요. 저는 우산을 갖고 있었거든요. 내가 무슨 일을 하는지 생각해 보지 않았어요. 그냥 예의상 그런 것뿐인데."

"자네는 잘 자랐으니까."

"그랬지요. 델라의 부친은 제가 신사라면 그녀를 내버려둘 거라더군요. 그분이 왜 그렇게 생각하는지 이해는 되지요. 델라는 좋은 삶을 영위했지요. 그리고 저는 신사가 아니고요." 존은 내가 그 말을 부정하는 것을 용납하지 않으려 했지. 그가 얼른 말을 이었어. "무슨 뜻인지 압니다. 목사님. 지금은 제가 아내의 영향을 받아 변했다고 말할 수 있다는 건 압니다. 적어도 일시적으로는요."

그러더니 그가 다시 말했어. "이런 일로 목사님을 피곤하게 해드리고 싶지 않아요. 제가 방해하고 있다는 걸 압니다. 왜 이런 이야기를 하는지 말씀드릴게요."

나는 그에게 원하는 만큼 시간을 써도 환영한다고 말했지. 존은 "친절한 말씀이세요"라고 말했지. 그리고 한참 그대로 앉아 있었어. 마침내 그가 다시 말하더구나. "우리가 살 방법을 찾을 수 있다면 델라는 저와 결혼할 거예요. 그게 그쪽 가족의 심한 반대에 대한 대답이 될 테고요. 델라의 가족은 제가 아이와 아내를 잘 부양하지 못할 거라고 말하지요. 사실 지금까지는 그랬지요."

그는 목청을 가다듬었어. "제게 정말 시간을 내주실 수 있다면, 설명하겠습니다. 감사합니다. 저는 인생에서 밑바닥을 헤맬 때 델라를 만났어요. 그 이야기는 자세히 안 하겠습니다. 델라는 저를 아주 상냥하고 유쾌하게 대했지요. 그래서 저도 모르게 가끔 그녀가 사는 거리를 서성거렸어요. 델라를 만난 그 시간에요. 가끔 만났고 대화를 나누었지요. 맹세컨대 의도 같은 것은 없었어요. 그저 델라의 얼굴을 보는 게 유쾌해서 그런 거지요." 그는 웃음을 터뜨리고 덧붙였어. "델라는 언제나 '안녕하세요, 목사님'이라고 인사했지요. 그 무렵 저는 존경할 만한 남자의 대접을 받는 데 익숙지 않았어요. 그러니 그녀에게 그런 인사를 받는 게 좋았겠지요. 결국 델라를 만나겠다는 생각 없이도 그 길을 걷곤 했어요. 그녀를 떠올리는 것만으로도 위안을 얻을 수 있었으니까요. 그러던 어느 저녁, 델라를 만났고 가벼운 대화가 오갔는데, 그녀가 차를 마시자고 청하더군요. 델라는 흑인 학교에서 가르치는 다른 여성과 자취를 했지요. 유쾌했어요. 우리 셋은 같이 차를 마셨지요. 그때 제가 목사가 아니라고 말했어요. 그녀도 알고 있더군요. 대충 그런 인상을 갖고 저를 초대했는데, 제가 정직하게 말한 거지요. 그 일에 대해서, 그건 별로 중요하지 않은 것 같더군요." 그는 계속 이야기를 이어갔어.

"어떻게 그렇게 됐는지 모르겠어요. 델라에게 책을 빌려 주겠다며 그 집에 들렀지요. 그녀에게 빌려 주려고 산 책인데, 원래 갖고 있던 것처럼 몇 페이지의 귀퉁이를 접었지요. 델라가 추수 감사절 만찬에 오라고 초대하더군요. 제가 가족이랑 관계가 좋지 못한 걸 알고는, 명절을 혼자서 보내게 할 수는 없다더군요. 저는 낯선 사람들을 편히 대하지 못한다고 말했지만, 델라는 괜찮을 거라고 장담했어요. 그래도 가기 전에 술을 두어 잔 마시느라 의도했던 것보다 늦어버렸지요. 집에 들어가면 사람들이 모여 있을 줄 알았지만, 델라 혼자 있더군요. 몹시 불행한 표정이었어요." 얼굴을 잠시 문지르고 말을 이었어.

"저는 최선을 다해 사과하면서 가 보겠다고 했지만, 그녀는 그대로 앉아 있으라더군요. 우리는 그렇게 앉아서 식사를 했고, 둘 다 아무 말도 안 했지요. 제가 식사가 맛있었다고 말하자, 델라는 일찍 왔더라면 그랬을 것이라면서, '두 시간이나 늦게 술 냄새를 풍기면서 나타났다'고 하더군요. 제가 그런 인간이라고 말하는 것 같아서, 이제 다시 여기서 볼 일은 없겠다는 생각이 들더군요. 제가 델라의 존경을 받을 수 있는 인물이 못 된다 생각하니 어찌나 서글프던지, 그런 저 자신에게 놀랐어요. 일어나서 고맙다고 인사하고 양해를 구하고 밖으로 나왔지요.

몇 블록 걷다가 그녀가 쫓아온다는 걸 알았어요. 델라는 곁에 와서 '그렇게 언짢아하지 말라고 말하고 싶어서요'라고 말하더군요. 그래서 제가 '이제 당신을 집까지 모셔다드려야겠군요'라고 말했지요. 그랬더니 그녀는 웃으면서 '물론 그러셔야죠'라고 대답하더군요. 그래서 데려다 주었지요. 그때 같이 사는 여선생이 돌아왔어요. 둘이 다니는 교회에서 만찬이 있었지만, 델라는 몸이 안 좋다는 핑계로 집에 있었다더군요. 제가 일찍 나왔어야 되는데 호박 파이를 먹고 있었으니. 그보다 더한 화해는 없었겠지요?"

존은 웃었어. "모든 게 잘 풀렸어요. 그런데 테네시에 소문이 나서, 델라의 언니가 찾아온 거예요. 제게 으름장을 놓을 작정으로 왔지요. 저는 저녁이면 시집을 들고 델라에게 갔고, 서로에게 시를 읽어 주곤 했지요. 그녀의 언니가 저를 노려보는 가운데 말이죠. 이상했지요. 근사하기도 했고요. 하지만 학기가 끝나자 오빠들이 와서 델라를 테네시로 데려갔어요. 그녀는 같이 사는 로레인에게 메모를 남기고 갔더군요. 작별 인사가 적혀 있었어요. 하지만 그녀의 아버지가 목사였기에 찾는 게 어렵지 않았어요. 멤피스로 가서 그의 교회를 찾아냈지요. 대형 흑인 감리교 교회였어요. 다음 날이 주일이어서 설교를 들으러 갔죠. 물론 델라가 교회에 오리란 걸 알았어요. 또 그녀의 아버지와 이야기를 나눌 수 있기를 바랐죠. 단정하고 남자다운 태도를 보일 수 있으면, 그분도 저를 괜찮게 볼 거라고 생각했어요. 구두를 닦아 신고 머리도 단정히 빗었죠.

교회는 성도로 꽉 찼고, 저는 뒤쪽에 앉았지만 백인은 저뿐이어서 눈에 띄었죠. 델라의 언니는 성가대석에 있었는데 당연히 저를 봤지요. 또 아버지도 저를 보는 눈빛으로 봐서 제가 누구인지 알고 있는 것 같았어요. 그는 양의 탈을 썼지만 속은 늑대인 사람에 대해 설교했어요. 또 죽은 자들의 뼈가 가득 찬 더러운 흰 무덤에 대해서도 말했고요. 물론 저를 내내 쳐다보면서요.

그래도 교회 문에서 그에게 말을 했지요. '따님과 저의 우정은 온전히 명예로운 것이었다고 말씀드리고 싶어서 왔습니다'라고요. 그랬더니 그는 '당신이 명예로운 남자라면 그애를 그냥 내버려둘 것이오'라고 대꾸하더군요.

저는 '네, 그러겠습니다. 그 점을 안심시켜 드리려고 여기 온 겁니다'라고 대답했지요. 물론 그건 거짓말이었어요. 델라와 만나지 않으려고 마음먹었지만, 그건 바로 그날 아침에 정한 바였어요. 델라의 부친에게 괜찮은 남자라는 인상을 주면 그녀가 가족을 설득하는 데 도움이 될 거라는 생각이 들었지요. 그럴 방법은 그냥 돌아가는 것뿐이었지요. 또 그녀가 아주 좋은 삶을 영위하고 있음을 알 수 있었어요. 제가 무슨 의도로 거기 갔는지 잘 모르겠어요. 그녀에게 작별 인사도 없이 헤어질 줄은 몰랐지요. 그런데 그랬어요. 그날 저녁 세인트루이스로 돌아왔거든요. 그녀의 부친이 제 정중한 처신에 감동받았는지는 몰라도, 델라를 감동시켰다는 것은 알지요. 가을이 왔고, 그녀가 살던 거리를 지나다가 그녀와 마주쳤지요. 격주로 한 번씩 그곳을 지나갔거든요. 제가 인사를 하자 델라는 눈물을 쏟았고, 그때부터 우리는 서로 아내와 남편으로 받아들였지요.

테네시에 소식이 들어갔고 그녀는 가족과 소원해졌지요. 임신했고 학교에서 쫓겨났어요. 당시 저는 신발을 팔았습니다. 돈이 잘 안 벌리지만 그렇다고 잡혀가지는 않지요. 델라의 어머니가 출산 예정일 몇 주 전에 와서, 지저분한 동네의 싸구려 여인숙 방에서 궁핍하게 사는 저희를 발견했지요. 부끄러운 일이었어요. 하지만 저희는 괜찮은 방을 얻을 수가 없었고, 저희가 묵는 여인숙의 직원은 흑인과 백인이 동거하는 것을 눈감아 주는 대가로 돈을 제법 뜯어갔지요. 그는 저희가 '유해한 동거'라든가 '음란한 동거'라든가 그런 법을 어기는 거라더군요. '음탕한'이라던가? 왠지 정확한 용어는 늘 잊어버리네요. 그런 것이 사정을 얼마나 다르게 만드는지 상상도 못하실 겁니다.

델라의 아버지와 오빠들이 왔고, 우리 다섯 사람은 델라의 행복에 대해 진지한 대화를 했지요. 그녀의 아버지는 '자네는 내가 기독교도인 것을 대단히 다행스러워 해야 할 걸세'라고 말을 시작했지요. 그는 당당한 사람입니다. 보살핌을 받을 수 있는 집으로 갈 것을 델라에게 말하라고 저를 설득하더군요. 저는 그렇게 했고, 그녀는 가족을 따라 집으로 갔습니다. 아, 그 처량함이라니! 안도감 하며! 아기 생각을 하면 너무나 겁났거든요. 뭔가 잘못되리란 것을 알았고, 제 잘못이 되리라는 것도 알았습니다. 저는 델라에게 안심되는 마음을 숨기려 했지만, 그녀는 그걸 알았고 상처를 받았지요. 그렇다는 걸 저도 알았고요. 그녀에게 돈을 모으는 대로 멤피스로 가겠다고 말했어요. 몇 주일 걸렸습니다. 빚을 지고 있었는데, 채무자들이 저를 찾아냈거든요. 그럴 줄 예상했고, 그녀를 기꺼이 보낸 데는 그런 이유도 있었지요. 하지만 그것까지 델라에게 설명할 수는 없었어요. 결국 제 아버지에게 편지를 보내서, 돈이 필요하다고 말했고, 아버지는 요구한 액수를 세 번이나 부쳐주셨어요.(아버지는 일년 만에 제 소식을 들으셨지요.) 목사님이 결혼하신다는 내용의 메모도 같이 왔지요.

그 몇 주일 동안 부흥 집회가 열렸습니다. 강가에서 천막 집회가 있었지요. 저는 밤마다 거기로 가곤 했지요. 사람들이 모여 소란스러운 데다 술도 별로 없고 해서요. 어느 밤, 지금 목사님이 계신 거리만큼 가까이 있던 사내가 총이라도 맞은 듯이 쓰러졌어요. 그는 다시 정신을 차리자 저를 덥석 안으면서 말했어요. '내 짐이 다 사라졌습니다! 나는 아기처럼 되었어요!' 저는 내가 두 발자국만 왼쪽에 서 있었어도 저렇게 되었겠구나 하고 생각했지요. 물론 농담입니다. 하지만 제가 그와 입장이 바뀌었다면 삶이 달라졌을 것이란 점도 사실이지요. 제가 델라의 아버지를, 제 아버지까지도 똑바로 응시할 수 있었을 거란 의미에서 말입니다. 아기의 영혼에 큰 위협을 가하는 존재로 취급당하지 않았겠지요. 수염이 톱밥가루투성이인 사내는 거기 서서 '나는 죄인 중의 죄인이었어요!'라고 말했어요. 사실인 것 같은 표정이더군요. 그는 회개와 안도감에 흐느꼈고, 저는 주머니에 손을 찌르고 그를 지켜보면서, 근심과 수치심에 빠져들었지요. 용서해 주신다면 사실

재미있기도 하더군요. 하지만 다음 날 아버지의 편지가 도착했고, 저는 괜찮은 코트와 버스표를 사고 멀쩡한 모습이 되었지요.

멤피스에 도착해 보니, 바로 전날 아기가 태어났더군요. 집에는 숙모들과 교회 성도인 부인들이 분주히 오갔어요. 그들은 저를 집으로 안내해서 구석에 앉아 있게 했지요. 델라의 아버지가 집에 올 때까지는 저를 어떻게 대할지 몰라서 각자 자기 일을 계속했을 겁니다. 그날 날씨가 따뜻했으면 저는 현관 앞 계단에 앉아 있었을 거예요. 어느 부인이 제게 '산모와 아기가 다 건강해요. 둘 다 잠들었네요'라고 말해주었습니다. 또 신문을 갖다 주더군요, 친절한 여인이었지요. 볼거리가 생기니 당혹감이 누그러들더군요.

마침내 그녀의 아버지가 집에 돌아오자, 다들 방에서 나갔고 집은 아주 조용해졌지요. 제가 일어났지만 그는 악수를 청하지 않았어요. 그가 한 첫말은 '자네가 참전 용사가 아니라는 걸 이해하네'였지요. 참, 저는 심장에 대해 거짓말을 했거든요. 곧 그 거짓말이 후회되더라고요. 제가 허약한 사람이라고 생각하게 만들었으니까요. 하지만 그가 한 마디도 안 믿으리란 걸 알았으니, 그런 걱정을 할 필요도 없었지요. 기억해 보니 신명기에, 겁이 나서 군대에 못 간다는 내용이 나오는군요. '두려워서 마음이 허약한 자가 있느냐 그는 집으로 돌아갈지니 그의 형제들의 마음도 그의 마음과 같이 낙심될까 하노라.'(신명기 20:8) 그러니 말은 안 했지만,

그 성경 구절을 경고로 받아들였지요.

그는 '자네가 캔자스 출신 존 에임스의 자손이라고 알고 있네'라고 말했어요. 물론 다른 상대 같았으면 아니라고 바로잡았겠지만, 저는 그가 그렇게 아는 게 유리하다고 생각했지요. 그가 언급한 사람은 물론 목사님의 할아버지였어요. 그가 제게 한 말 가운데 처음으로 긍정적인 말이었지요. 그는 전쟁 전에 미주리에서 북쪽으로 온 사람들을 안다면서, 그들에게 에임스 목사님의 기행에 대해 들었다더군요. 습격과 잠복에 대해서도요. 저는 자랄 때 그분에 대한 일화를 들었다고 말했고, 그건 사실이지요. 주로 그분이 빨래를 갖고 달아났다는 얘기였지만, 그 말은 안 했어요. 제 아버지가 어렸을 때, 그 목사님이 저희 교회에 와서 뒷줄에 앉아 계시다가 헌금 접시가 앞에 오자 모자에 돈을 담아간 일이 있었다고 들었지요."

할아버지는 장로교도들이 돈을 쌓아두고 있다고 의심했던 게 사실이란다. 그래서 모자를 이용해서 그런 일을 벌인 게지.

존이 계속 말했어. "몇 분간 대화를 나누었지만, 저는 주의해야 했어요. 그 시절에 대해 잘 모르니 거짓말이 될 위험이 컸지요. 그래서 전쟁 후에 저희 집안이 반전론자로 변했다고 말했어요. 덕분에 그 이야기는 더 이어지지 않았고요. 사실이기도 하지요?"

그렇고말고.

"델라가 아기 이름을 제 이름으로 지으려 해서, 그녀의 아버지도 제 이름 전부를 알았지요. 그 말을 들으니 안심이 되더군요. 그녀의 아버지는 '그 애가 자네를 기다리고 있네'라고 말했어요. 오후 내내 델라의 침대 옆에 앉아서, 그녀가 얘기를 하고 싶어하면 가벼운 대화를 나누었어요. 가끔 아기를 봤고요. 아기가 울면 부인네들이 안고 나갔지요. 그들이 저녁 식사를 갖다 주었어요. 사정이 좋아진다 싶었지만 그것은 그저 기독교도다운 친절에 불과했지요. 저녁이 되자 그녀의 아버지는 가 보는 게 좋겠다더군요. '이번에는 자네의 명예에 호소하지 않겠네'라면서요. 그에게는 그렇게 말할 권리가 충분히 있지요. 그들이 델라를 보살펴주었고, 저는 어떻게 할지 몰라서 세인트루이스로 돌아가겠다고 생각했지요. 가서 괜찮은 직장을 구해서 돈을 모아 기회를 도모하겠다고요. 델라가 아기를 집에 데려가겠다고 했으니까요. 집은 세인트루이스를 뜻했고요.

아버지가 보내준 돈을 델라에게 주고 왔어요. 석 달 후 그녀는 언니, 아기와 함께 옛집으로 돌아왔어요. 처음 만날 때 살던 로레인의 집으로요. 당시 저는 깨끗하고 저렴한 새 방을 구해서 살았지요. 아주 괜찮은 동네였어요. 제가 흑인 아내와 아기를 집에 데려갔다면 거리로 쫓겨났을 동네라는 뜻이기도 하지요. 돈을 모으려면, 혼자 살 수밖에 없었지요. 사실 아버지에게 빌린 돈도 못 갚았으니까요. 단 한 푼도.

그래서 몇 년간 저희는 형편이 너무 어려우면 아기 때문에 델라가 멤피스에 갔다가 다시 오는 생활을 반복했어요. 아들은 착한 아이예요. 아이에게는 부족함이 없지요. 삼촌들과 사촌들이 있고, 할아버지가 귀여워하고요. 델라의 아버지 말입니다.

제 아들의 이름은 로버트 보턴 마일스입니다. 제게 아주 착하게 굴고 저를 존경하고 공손하지요. 목사님의 아들처럼 편안하게 대하지는 않지만요.

2년 전에야 돈이 좀 벌리는 직장을 얻었지요. 융자를 얻어 흑인과 백인이 사는 동네에 집을 샀고, 로버트와 델라가 왔어요. 괜찮은 집은 아니지만, 칠을 했고 카펫을 깔고 의자도 구해다 놨지요. 그곳에서 8개월쯤 살았어요. 그런데 부주의하게 같이 공원에 갔는데, 제 상사가 가족과 놀러 온 거예요. 다음 날 그가 저를 사무실로 부르더니, 자기는 평판이 좋은 사람이라고 말하더군요. 그를 후려갈겼는데, 정말 멍청한 짓이었지요. 두 대를 때렸어요. 그가 책상에 부딪히며 넘어져서 갈비뼈가 부러졌어요. 저는 그가 고발하지 않을 거라고 생각하고 치료비와 보상금을 주겠다고 약속했는데 그날 저녁 경찰이 찾아왔더군요. 흑인과 백인의 동거에 대한 법을 들먹였어요. 부끄러운 일이었지만 냉정해야 했지요. 가능하면 감옥에 안 가는 게 남편과 아버지로서 합당한 처사라 생각했습니다. 저는 가족을 버스에 태워 멤피스로 보내고 집을 세놓았어요. 개는 이웃집에 줘 버리고요.

최선을 다해 상황을 정리하고 이리로 왔지요. 여기서 가족과 살 방법을 찾을 거라는 생각을 했거든요. 아내, 아들과 말입니다. 로버트를 아버지께 인사시키면 좋을 거라는 생각까지 했어요. 마침내 제게도 자랑거리가 생겼다는 걸 아버지에게 알게 해 드리고 싶었지요. 로버트는 아름다운 아이니까요. 매우 영리하고요. 또 교회에서 자란 아이고요. 그 아이는 목사가 되고 싶어 합니다. 하지만 아버지가 허약하신 것을 아니까, 아버지를 돌아가시게 하고 싶지 않습니다. 정말입니다. 안 그래도 제 어깨가 무거운걸요."

그는 덧붙였어. "이것을 천벌이라고 하시지는 않겠지요."

"그런 생각은 없네."

"목사님이 그러시지 않을 거라고 믿었습니다."

나는 "고맙군"이라고 대답했지.

존이 숨을 깊이 들이쉬었어. 그리고 말했지. "목사님은 제 아버지를 잘 아시지요."

"하지만 이 일에 대해서는 자신 있게 말할 수가 없군. 내 짐작이 틀리면 안 되니까. 내게 생각할 시간을 줘야겠네."

그랬더니 그가 "목사님이라면, 제 아버지가 아니라……"라고 말하더구나.

그 질문에서 그의 요지를 알 수 있었지. 보턴과 나는 보통은 같은 마음이거든. 하지만 이것은 그가 생각했던 것처럼 간단한 문제가 아니어서, 나는 생각에 잠겼지.

존은 한참 날 바라보더니, 싱긋 웃으면서 말했어. "목사님도 어느 정도는…… 관습에서 벗어난 결혼을 하셨잖아요. 스캔들의 주인공이 되는 것에 대해 목사님도 아시지요. 불공평하게 멍에를 지는 것에 대해서도요. 물론 델라는 교육받은 여성입니다." 그는 그렇게 말했지.

존다운 면모였어. 그 비열함이라니. 그의 말은 핵심을 제대로 짚어 내지도 못했지. 또 난 내 결혼을 스캔들이라고 느껴본 적은 없었단다. 네 어머니는 나름대로 고상한 여성이야. 몇 사람이 뭐라 말했다고 해도 난 못 들은 듯이 그들을 용서했지. 그들이 판단하는 것은 그릇된 일이었고, 난 그걸 알았고, 그들도 그걸 알아야 했는데 몰랐던 거니까.

하지만 그때 존의 얼굴에 안쓰러운 표정이 떠올랐고, 그는 손으로 얼굴을 감쌌지. 그제야 그를 용서할 수 있더구나.

머뭇거리면서 이런 생각을 했어. 내가 오래 전부터 존이 하는 일마다 저변에서 비열함을 찾는 습관이 있었구나. 그래서 그가 결혼하지 않은 여자와 관계를 맺고 아이를 낳은 사연을 털어놓는 동기를 의심하는구나. 내 생각이 틀릴 거라고 믿었어. 하지만 그가 알고 싶은 것은, 내가 어떤 반응을 보이느냐가 아니라 내가 어떻게 반응할 수 있느냐였지. 보턴이라면 완전히 다른 반응을 보일 수도 있었지. 존을 나보다는 한결 좋게 생각하니까. 아무튼 난 늘 보턴이 아들을 좋게 본다고 믿었거든.

"그 아이를 알고 싶군. 자네가 설명하는 것으로 볼 때 더욱 그렇네." 난 그렇게 대꾸하고는 덧붙여 말했단다. "보턴은 아이를 아주 좋아했지."

존은 내 평생 처음 보는 눈길을 던졌지. 하얗게 질리더구나. 그러더니 싱긋 웃으면서 "자식의 자식이야말로 노인들에게는 큰 상이지요"라고 말했어.

"나를 용서하게나. 어리석은 말을 하고 말았구먼. 고단해서 그렇네. 늙었고."

"네. 제가 시간을 너무 빼앗았군요. 감사합니다. 목사님의 분별력을 신뢰할 수 있다는 것을 알고 있습니다." 그는 아주 차분한 목소리로 말했어.

나는 "대화를 여기서 끝낼 수는 없네"라고 말했지만, 너무 지치고 기운이 없어서 겨우 일어날 수밖에 없었지. 존은 문간에 멈춰 섰고, 내가 다가가서 끌어안았지. 한동안 그는 내 어깨에 머리를 기댔지. "저는 지쳤습니다"라고 말하더구나. 그 안에 밴 고독이 느껴지더구나. 나는 그에게 제2의 아버지가 되어줘야 했지. 그런 말을 해 주고 싶었지만 복잡해 보였고, 너무 피곤해서 생각을 할 수가 없었지. 자네는 짐작했던 것보다 좋은 사람이라는 말을 하려다가 자칫하면 그의 단점을 확인해 주는 것처럼 들리겠기에, "자넨 좋은 사람이야"라고 말했지. 존은 가늠하는 듯한 눈빛으로 날 바라보더니, 웃음을 터뜨리며 "제 말을 믿으셔도 좋습니다. 목사님. 아주 형편없답니다"라고 말했어.

그러더니 덧붙여 묻더구나. "이 고장은 어떨까요? 저희가 와서 결혼하면, 여기서 살 수 있을까요? 사람들이 저희를 내버려둘까요?"

그 질문에도 뭐라 대답해야 좋을지 모르겠더구나. 나는 그렇게 생각하지만.

존이 말했어. "흑인 교회에 화재가 났지요."

"그건 불쾌한 화재 사건이었고 오래 전의 일이었네."

물론 나도 할 수 있는 말이 별로 없었지.

존은 "목사님은 이곳에서 영향력이 있으시지요"라고 말했어.

나는 그럴지도 모르지만, 영향력을 발휘할 만큼 오래 산다고 장담 할 수 없다고 말했어. 심장 이야기도 했고.

그는 "제 고민 때문에 목사님을 힘들게 할 권리가 없었는데요"라고 말했고, 나는 아무 소용이 없었다는 뜻으로 받아들였지. 우리의 대화가 균형 잡히고 좋았다는 생각이 들기에 그렇게 말했더니, 존은 고개를 끄덕이며 인사했지. 그러다 1분쯤 후 그는 "괜찮아요, 파파. 어쨌거나 저는 그들을 잃은 것 같으니까요"라고 말했어.

나는 의자에 머리를 기대고 앉아서, 그 일을 떠올리며 기도했지. 네 어머니가 찾으러 왔더구나. 그녀는 무슨 일이 생긴 걸로 알았고, 그냥 그렇게 생각하도록 내버려뒀단다. 무슨 일이 생겼어야 될 것 같기도 하더구나. 아무튼 그녀에게 할 수 있는 얘기가 없었어.

이런 내용을 글로 쓰다니, 네게 목사로서의 분별력을 의심받을지 모르겠다. 한편으로는 글로 쓰는 게 심사숙고하는 내 방식이지. 다른 한편으로는 네가 존에 대해 좋은 말을 한마디도 못 들을 것 같아서야. 네가 존 안에 깃든 아름다움을 볼 수 있는 방법은 이렇게 얘기해주는 것뿐일 듯해서.

그게 이틀 전이었지. 다시 주일이 되었다. 이런 일을 할 때는 항상 주일이나 토요일 밤 같단다. 한 주일의 준비를 막 마쳤는데 벌써 다음 주가 되는 거야. 오늘 아침 네 어머니가 날 위해 따로 보관한 옛 설교문 한 편을 설교했다. 로마서 1장의 "그 생각이 허망하여지며 미련한 마음이 어두워졌나니 스스로 지혜 있다 하나 어리석게 되어"(로마서 1:21~22)라는 구절이지. 구약에서는 어둠의 저주를 다룬 출애굽기에 나오는 구절이고. 합리주의와 비합리주의에 대한 공격을 주제로 삼아서, 양쪽 모두 창조주보다는 피조물을 경배한다고 지적했어. 전에도 슬쩍 본 적이 있지만, 설교하면서 때로는 그것이 옳은 말이고 때로는 당황스럽도록 틀리기에 놀랐지. 다른 사람이 쓴 설교문 같기 때문에 놀라웠지. 존 보턴이 양복에 넥타이 차림으로 네 곁에 앉아서 설교를 들었고, 너는 참 좋아하더구나. 네 어머니도 그랬을 게다.

사실 한때의 생각이 적힌 누런 원고문을 설교단에서 읽는 것은 내 성미에 맞지 않아. 몇십 년 전의 어느 어두운 밤, 확신을 느끼며 언어로 적어 내려간 것을 확신하는 듯 읽어 주는 짓이 마뜩지 않거든. 게다가 두 번째 줄에는, 늘 나를 통해서 옳은 것을 보는 것 같은 존 보턴이 있었지. 그가 냉소적이기는 해도, 살아 있는 진실을 만나려는 소망을 품고 교회에 왔을 거라고 믿게 된 나는, 미소지으며 앉아 있는 그에게 이런 죽은 말들을 입으로 뱉어 내야 했지. 합리주의와 비합리주의, 즉 물질주의와 우상숭배를 결합시키는 데 주안점이 있었다는 생각이 드는구나. 본문에서 벗어날 힘이 있었다면 다른 내용을 말할 수 있었으련만 그러지 못했어. 설교문을 읽고 성도들과 악수를 하고, 집에 돌아와 소파에서 낮잠을 잤지. 존은 설교 내용이 우리 둘이 나눈 이야기나 그와 관련된 이야기가 아니라서 위로를 받았을지도 모르겠다. 그 가여운 자에게 하나님께서 축복을 내리시기를. 사실 나는 거기 서서 내 오랜 두려움에 근거가 있기를 바랐지. 그것이 놀랍기도 했어. 꼭 내가 존에게 상실감을 메울 아내와 아이를 준 것 같은 기분이 들더구나.

오늘 아침, 이 고장이 지옥의 발판 위에 세워졌을지 모른다는 생각을 하면서 깼다. 이곳에 내재한 진실을 보면 그렇지. 그러니 다른 사람들만 아니라 나도 태만했던 거야. 내가 사는 동안 여기서 일어난 일들에 대해 생각했지. 가뭄, 독감, 경제 공황, 세 번의 무서운 전쟁. 우리가 그런 곤란을 겪으면서 마땅히 던져야 할 질문을 하지 않았던 것 같아. 그런 일을 통해 주님은 우리에게 무엇을 깨닫게 하시려 했나 하는 질문 말이다. '설교자'(preacher)라는 단어는 선지자를 뜻하는 옛 프랑스어 'predicateur'에서 나온 말이란다. 선지자가 할 일이 고난에서 의미를 찾는 일이 아니고 뭐겠니?

우린 그 질문을 던지지 않았기에, 그것을 생각할 기회를 빼앗겼지. 우린 법 없는 사람들, 오른손과 왼손을 구별 못하는 자들처럼 되었어. 그냥 여기서 붙들렸지. 이방인은 여기 왜 동네가 있는지 물었을 테지. 우리 자식들도 의문을 가질 거야. 그럼 누가 대답할 수 있었을까? 이곳은 캔자스에서 무척 멀리 떨어진, 모래언덕 사이에 있는 거주지일 뿐이었지. 존 브라운(노예폐지의 주창자-옮긴이)과 짐 레인(캔자스의 장군으로 정치가가 됨-옮긴이)이 치유와 휴식이 필요할 때면 의지할 수 있었던 곳이었지. 과거에 이런 열기 속에서 다급하게 세워진 작은 고장이 백 군데쯤 됐을 게다. 지금은 열기가 잊혀지고, 작고 허름한 지역이지만, 큰 용기와 열정으로 조성된 고장들이지. 거기 오래 살아서 정황을 아는 이들에게조차 지금은 이상하고 지방색이 강하고, 우스꽝스러워 보이지. 이곳은 내게 아주 이상해 보인단다. 사실 내가 떠나지 않은 것은, 돌아오지 못할 것 같아서였겠지.

내 부모님이 이곳을 떠났다는 이야기를 했지. 정말 그랬단다.

에드워드 형이 '걸프 해안'에 땅을 사서 그의 가족과 부모님이 머물 작은 집을 지었지. 어머니를 기후가 나쁜 이곳을 떠날 수 있게 하기 위해서였지. 어머니는 연세가 들면서 관절염이 심해졌기에 잘한 일이었지. 원래는 부모님이 일 년간 그곳에서 지낸 후 다시 길리아드로 돌아와서 살다가, 날씨가 나쁜 겨울에만 그곳에서 보낼 계획이었지. 아버지가 은퇴할 때까지는 그렇게 지내기로 했어. 그래서 첫해에는 내가 설교를 맡았지. 그런데 부모님은 돌아오지 않았고, 두어 번 방문만 했지. 내가 루이자를 잃었을 때처럼 떠나자고 나를 설득하려고 왔을 때만 찾아왔어. 두 번째 오셨을 때 설교를 부탁받자 아버지는 고개를 저으면서 "난 더 이상 할 수가 없구나"라고 대답했지.

아버지는 나를 이곳에 붙잡아 둘 뜻이 없었노라고 말했지. 사실 내가 여기보다 큰 인생을 추구하는 게 아버지의 소망이었어. 아버지와 에드워드 형 모두 내가 더 넓은 경험을 잘 활용할 수 있을 거라고 믿었지. 아버지는 길리아드를 밖에서 보면 시대에 뒤떨어진 곳으로 보일 거라고 말했지. 내가 이곳에는 우리의 역사가 있다고 말하자 아버지는 웃으면서 대답하셨어. "오래되고 불행한 일들과 오래 전에 벌어진 전투가 있지." 그 말에 짜증이 났지. 아버지는 말했어. "이곳을 잘 보렴. 나무가 적당한 크기로 자라기 무섭게 바람이 불어서 부러뜨려 버리지." 아버지는 넓은 세상의 신비를 상세히 설명했고, 나는 그런 경험을 하는 모험은 피하기로 결심했지. 아버지는 이렇게 말하더구나. "우린 이곳에서 아주 낡고 지방색이 강한 개념의 한계 속에서 살았다는 것을 알게 되었다. 네가 그런 것에 충실할 필요가 없다는 점을 이해하면 좋겠구나."

아버지는 나의 충실함에서 나를 면하게 할 수 있다고 생각했지. 그것이 마치 아버지에 대한 충실함인 것처럼. 마치 내가 선의에서 저지르는 실수를 아버지가 바로잡아 줄 수 있기라도 하는 것처럼. 신은 한쪽으로 제쳐놓더라도, 최소한 내 자신에 대한 충실함은 아닌 것처럼. 당시 난 주님은 내가 가진 이해를 초월한 분이라는 걸 알고 있었단다. 오래 전부터 잘 알고 있었지. 내가 그분과 관련지어 생각하는 관습과 이념과 기억에 충실하는 것과, 그분에게 충실한 것은 달랐지. 지금도 그걸 알고, 당시에도 알았단다. 아버지는 나를 얼마나 무지하게 본 걸까? 난 오웬, 제임스, 헉슬리, 스베덴보리의 책을 읽었고, 러시아의 블라바츠키의 책도 읽었지. 블라바츠키의 저서는 아버지도 내 어깨 너머로 읽었기 때문에 내가 읽었다는 걸 잘 아셨어. 난 「네이션」지(가장 역사가 깊은. 자유주의 성향을 띤 미국의 주간지—옮긴이)를 정기구독 했단다. 난 에드워드는 아니었지만 바보도 아니었고, 그 정도는 말할 수 있지.

난 어안이 벙벙해서 아무 대답도 안 한 것 같아. 아버지 때문에 난 떠나지도 않은 곳에 향수를 느끼게 되었지. 아버지가 내가 충실하려는 일에 합당치 않은 사람인 듯이 말하다니 믿을 수가 없었어. 나를 그렇게 낮게 평가하는 사람의 충고를 어떻게 받아들이겠니? 당시에는 그런 생각이 들었어. 얼마나 힘든 하루였는지. 일주일쯤 후에 아버지의 편지를 받았지. 전에 네게 고독과 어둠에 대해 말한 적이 있지. 난 그때 이미 그게 뭔지 알고 있었지만, 편지를 받은 날은 처음 느끼는 한파가 밀어닥친 것 같았고, 그 바람은 아주 오랫동안 불어댔지. 아버지는 나를 내 자신에게, 주님에게로 밀어냈어. 사실이 그랬고, 그러니 후회도 없단다. 큰 슬픔을 느껴야 했지만, 거기서 배운 게 있으니까.

그런데 왜 이런 생각이 떠오르는 걸까? 삶의 좌절과 실망에 대해 생각하던 중이었지. 거기에는 아주 많은 게 있단다. 그것에 대해 네게 완전히 정직하지는 못했구나.

존을 돕겠다는 생각으로, 오늘 아침 은행에 가서 수표를 현금으로 바꿨단다. 당장은 아니더라도 언젠가 존이 멤피스에 가야 될 것 같았거든. 나는 보턴의 집으로 가서, 쓸데없는 이야기를 하며 기다렸지. 아까운 시간을 축내다 보니, 결국 존과 둘이 이야기할 짬을 얻었어. 내가 돈을 내미니 존은 웃으면서 돈을 내 주머니에 넣어 주며 "뭐 하시는 거예요, 파파? 목사님도 돈이 없으시잖아요"라더구나. 그는 서늘한 눈으로 "저는 떠날 겁니다. 걱정 마세요"라고 말했어. 난 얼마 안 되는 액수지만 네 돈을, 네 어머니의 돈을 꺼내서 그에게 주려 했던 것인데, 그는 그런 식으로 안 받고 말았지.

내가 "그럼 멤피스로 가나?"라고 물었어.

그러자 존은 "어디든 다른 곳으로요"라고 말했지. 그는 웃으면서 헛기침을 하더니 "기다리던 편지를 받았습니다"라고 덧붙이더구나.

마음이 어찌나 무겁던지. 보턴은 의자에 멍하니 앉아 있었지. 그가 온종일 하는 말이라고는 '예수님은 늙지 않아도 됐으니!'라는 말뿐이라더구나. 글로리에게 들었지. 글로리는 난감해하고 존은 비참해 하지. 그들은 내게 예의를 차리느라 말을 붙이지만, 내가 왜 가지 않는지 의아해 했겠지. 나도 집에 가고 싶은 마음이 간절했지. 존에게 찾아온 용건을 밝힐 짬을 얻었는데, 결국 그를 화나게 하고 말았어.

집에 돌아가니, 네 어머니가 날 눕게 하고 너를 토비어스의 집으로 보냈지. 그녀는 커텐을 쳤어. 내 옆에 무릎을 꿇고 앉아서, 한동안 머리를 쓰다듬어 주었지. 잠시 쉰 다음 일어나서 이 글을 썼고, 방금 다시 읽어보았단다.

존은 떠날 거야. 글로리는 존에게 화가 나서, 내게 하소연하러 왔더구나. 글로리는 형제자매에게 다들 하던 일을 접고 집으로 오라고 연락했지. 그녀는 보턴이 오래 못 버틴다고 믿고 있지. "존이 어떻게 지금 떠나겠다고 할 수 있죠?"라고 글로리는 말했어. 그런 의문을 가질 만도 하지만, 난 그 답을 알 것 같구나. 집에는 그를 비난하는 사람들과 그들의 배우자들, 예쁜 자식들이 넘쳐나겠지. 가슴에 슬프고 아름다운 보석을 담은 존이 그 와중에 어떻게 있을 수 있겠니? 내게도 아내와 자식이 있으니 이해가 되는 일이지.

네게 이 말은 할 수 있단다. 내가 고운 여자와 결혼해서 자식을 열이나 낳았고, 그들이 각기 손주를 열 명씩 낳아주었다 해도, 너와 네 어머니를 보기 위해서라면 난 크리스마스 전야든 가장 추운 날 밤이든 가리지 않고 천 마일이라도 마다 않고 걸어갈 거야. 너를 찾아내지 못한다 해도, 그 소망 속에 위안이 있겠지. 내 쓸쓸하고 유일한 소망 속에. 그 소망은 내 마음과 주님의 마음이 아닌 이 세상 어디에도 존재하지 못하는 것이지. 세상에게는 감추시고 (물론 네 어머니는 제외하고) 네 예쁜 평범한 얼굴에서 내게 보여주신 광채에 대해 어떻게 감사의 말을 다할까. 친절한 보턴의 자식들은 존의 빈곤한 생활과 비교할 때 자기들의 부유함이 부끄러울 테고, 존은 그들이 가진 모든 것보다 그가 잃은 것을 더 좋아할 거야. 참기 힘든 마음이지. 나도 그걸 안단다.

그리고 보턴은 의자에서 일어날 힘만 있다면, 늙고 힘없고 슬픈 한계를 떨칠 수 있다면, 온순하고 자신감 넘치는 잘된 자식들을 모두 버리고서라도 존을 쫓아가겠지. 그가 알지 못하는 자식, 상처를 싸안듯 애지중지한 자식을 따라갔을 거야. 아비로서는 끝까지 보호하고 싶고, 없는 힘까지 내서 지켜주고 싶은 자식이니까. 꿈꾸지 못할 만큼의 관대함으로 지지해주고 싶은 자식이니 말이지. 제정신일 때의 보턴 같으면, 과거와 현재의 죄를 다 용서하겠지. 그것이 진짜 죄든 그가 죄로 여기는 것이든. 보턴은 그 정도일 거야. 그게 내가 보고 싶은 것이지.

말했다시피 나는 착한 아들이었단다. 아버지의 집을 떠나지 않은(심지어 아버지가 떠났을 때도) 아들이었고, 그것은 내 자격을 말해 주는 사실이기도 하지. 나는 올바른 부류이고, 그런 이들에게 천국에서의 기쁨은 상대적으로 제한적일 거야. 그건 괜찮아. 사랑에는 정의가 없고 균형이 없으며, 또 그럴 필요도 없지. 그것은 이해할 수 없는 진실을 흘끗 보는 것이나 우화에 불과하니까. 일시적인 것에 영원한 것이 끼어드는 일이니까 납득이 안 되는 것이지, 그러니 그것이 어떻게 인과법칙을 따를 수 있겠니?

어떤 슬픔을 지니든 그것을 누를 수 있을 만큼 오래 사는 것도 가치 있는 일이란다. 그러니 넌 건강에 유의해야 한다.

이 글을 끝맺을 생각이다. 다시 읽으면서 흥미로운 점을 발견했지. 글을 쓰는 과정에서 내가 이 세상으로 끌어들여지는 방식이 흥미롭구나. 처음에 죽음을 예상하고 시작했지만 지금은 젊어지는 것처럼 느껴지는구나. 이렇게 새롭게 느껴지는 것이 무척이나 흥미롭구나.

오늘 아침, 버스 정류장으로 걸어가는 존 보턴을 봤어. 헐렁한 옷을 걸치고, 가벼워 보이는 가방을 들고 있더구나. 젊은 티가 사라졌더구나. 누구든 사위 삼고 싶어할 모습은 아니었어. 고상하고 용기 있어 보이긴 했지만.

내가 부르니 그가 걸음을 멈추고 나를 기다려 주었지. 나는 그를 정류장까지 바래다 주었고. 존에게 줄 기회가 있을까 싶어서 문 옆 테이블에 놓아두었던 『기독교의 본질』을 가져갔지. 존은 그 책을 받더니, 책이 낡은 걸 보고 웃음을 터뜨렸어. 그는 "기억나는데요. 알지요!"라고 말했지. 옛날에 그가 슬쩍했던 것들과 비슷하다고 생각했겠지. 그런 생각이 머리를 스치자, 책이 진짜 존의 것 같은 기분이 들더구나. 마음에 들었을 거야. 나는 20여 쪽의 귀퉁이를 접어두었지. '내 존재에서 분리되어 있는 것만 의심할 수 있다. 그러니 하나님을 어떻게 의심할 수 있겠는가? 그분은 내 존재인 것을. 신을 의심하는 것은 나 자신을 의심하는 것이다' 등등. 에드워드 형에게 말하려고 그 대목을 비롯해 더 많이 외웠지. 하지만 야구를 하던 좋은 시간을 망치고 싶지 않았어. 형과 야구를 하던 때는 다시는 오지 않았지.

대화하면서 지적해야 했다고 후회한 점이 두 가지 있었어. 하나는 교리가 믿음은 아니며, 믿음에 대해 이야기하는 하나의 방식일 뿐이라는 것이야. 또 하나는 보통 '구원받은'(saved)으로 번역되는 그리스어 'sozo'는 '치유된', '회복된' 같은 뜻도 있다는 것이었지. 그러니 관습적인 번역은 말에 담긴 의미를 좁혀서 잘못된 예상을 낳을 수도 있지. 은총이 한 가지로만 표현되는 옹색한 것이 아님을 그가 알면 좋겠구나. 나도 대화를 했지. 존이 아버지에게 같은 얘기를 여러 번 들었을 것이라는 걸 알았지. 처음에는 혼자 뚜벅뚜벅 걷는 존처럼 쓸쓸한 사람은 처음 본다는 생각이 들었지. 그가 길동무가 있어서 반가웠을 것 같아. 존은 가끔 고개를 끄덕였고, 아주 예의 바른 표정을 지었지.

걸어가다가, 그는 주변에 있는 것들을 흘끗 쳐다보았지. 거기 사는 사람은 쳐다보지 않는 것들, 즉 지붕 끝머리의 무늬, 공터에 난 길, 미루나무와 빨랫줄을 받치는 장대 사이에 걸린 해먹을 보더구나. 우리는 교회를 지나쳤지. 존이 "다시는 이곳을 보지 못할 겁니다"라고 말했고, 그 목소리에는 슬픈 경이로움이 담겨 있었지. 난 깜짝 놀랐지. 그래서 "몸조심 하게. 언젠가는 가족이 자네를 필요로 할 수 있으니까"라고 말했지. 1분쯤 후 존은 그 가능성에 동의하며 고개를 끄덕였어.

그가 발길을 멈추더니 날 보며 말했지. "제가 또 최악의 잘못을 저지르고 있다는 것을 압니다. 지금 떠나는 것 말입니다. 글로리는 저를 용서하지 않을 거예요. 글로리는 '잘 하는 짓이야. 아주 대단해'라고 말해요." 존은 미소를 지었지만, 눈에는 두려움이, 놀라움 같은 것이 담겨 있었어. 그럴 만도 하지. 그는 죽어 가는 아버지의 곁을 떠나는 짓을 저지르고 있었으니까. 그의 아버지를 제외하면 아무도 용서하지 않을 짓이었어.

그래서 내가 말했지. "글로리가 나한테 모두 이야기하더군. 말 못할 사정이 있을지 모르니 쉽게 판단하지 말라고 말해 주었지."

"감사합니다."

"난 자네가 떠나야 하는 이유를 알고 있네. 정말 안다네." 그건 사실이었어. 너에게 분명히 말하는데, 그 순간 내 아픈 마음에 고맙더구나.

그는 목청을 가다듬고 말했어. "그러면 저 대신 아버지에게 작별 인사를 전해 주시겠어요?"

"그러겠네. 그렇게 하지."

그 뒤로 어떻게 대화를 이어갈지 난감했지만 존을 혼자 두고 싶지도 않더구나. 그래서 내 심장 때문에 벤치에 나란히 앉았지. 내가 말했어. "내 돈을 몇 달러만 받아 주면 좋겠군. 친절을 베풀려는 것뿐이야."

그는 웃으면서 대답했지. "그래야 될 것 같네요."

내가 40달러를 주자, 존은 20달러만 받고 나머지 20달러는 돌려주더구나. 우리는 한참 그렇게 앉아 있었지.

그러다가 내가 말했어. "사실 내가 하고 싶은 일은 자네를 축복해주는 것일세."

그는 어깨를 으쓱했지. "어떻게 하는 건데요?"

"내가 자네의 이마에 손을 얹고, 하나님의 보호를 구하면 될 것 같아. 하지만 그게 당황스럽다면⋯⋯." 길에 몇 사람이 있었거든.

그가 대답했어. "아닙니다. 그런 건 괜찮습니다." 그는 모자를 벗어 무릎에 놓더니, 눈을 감고 고개를 숙였어. 그의 이마가 내 손에 닿았고, 나는 온 힘을 다해서 그를 축복했단다. 물론 민수기에 나오는 '여호와는 그의 얼굴을 네게 비추사 은혜 베푸시기를 원하며 여호와는 그 얼굴을 네게로 향하여 드사 평강 주시기를 원하노라'(민수기 6:25–26)라는 구절로 축복했지. 그보다 아름답고 내 감정을 잘 표현한 대목은 없으니까. 또 내 감정이 충분히 담기기도 했고. 그가 눈을 뜨지도 고개를 들지도 않자 내가 말했어. "주님, 이 사랑받는 아들이자 형제요 남편이며 아버지인 존 에임스 보턴을 축복하소서." 그러자 그는 등을 대고 앉아서, 꿈에서 깨어나는 사람처럼 날 쳐다보더구나.

"감사합니다. 목사님"이라고 그가 말했어. 그 말투에서, 내가 여태껏 그를 실제의 그와는 너무나도 다른 사람으로 오해해 온 것처럼 보였다는 생각이 들더구나. 그럴 뜻은 정말이지 없었는데. 그와는 정반대의 마음으로 한 말이었는데. 어쨌든 난 존에게 축복할 수 있어서 영광이라고 말했지. 그건 한 치도 틀림없는 사실이었어. 사실 그 한순간을 위해 신학교에서 공부한 것이고 목회자의 길을 걸어 온 셈이지. 존은 특유의 표정으로 날 찬찬히 바라보더구나. 그때 버스가 왔어. 내가 "우리 모두 자네를 사랑한다네"라고 말하자, 그는 웃더니 "모두 성자들이세요"라고 대답했지. 그는 버스 문에서 멈추더니 모자를 들어 인사했고, 가 버렸어. 하나님이 축복하시기를.

교회까지 걸어가서, 안에 들어가 오랫동안 쉬었지. 존과 걸을 때 그의 얼굴에서 이 서글픈 고장에 희망을 걸었던 아이러니 같은 걸 본 듯해. 그걸 포기하는 대가도 느껴졌고, 나는 그게 어떤 소망인지 알았지. 이곳에서 격려를 얻고, 여기서 평온한 삶을 살 수 있으리라는 소망이겠지. '예루살렘 길거리에 늙은 남자들과 늙은 여자들이 다시 앉을 것이라 다 나이가 많으므로 저마다 손에 지팡이를 잡을 것이요 그 성읍 거리에 소년과 소녀들이 가득하여 거기서 뛰놀리라.'(스가랴서 8:4-5) 그것은 선지자 스가랴의 예언이고 시각이지. 그는 그것이 사람들의 눈에 대단할 거라고 말하지. 이 슬픈 세상에서 어느 곳에 있는 사람이든 다 적용되겠지. 어느 저녁 야구를 하고, 강물의 냄새를 맡고, 기차 지나는 소리를 듣고. 이런 작은 고장들은 한때 그런 평온을 누릴 수 있는 거대한 성벽이었거늘.

네 어머니는 저녁 식사 때마다 내가 좋아하는 음식을 차려주고 싶은가 보구나. 고기구이가 자주 상에 오르고 늘 디저트가 있구나. 요즘은 빨리 어두워져서 그녀는 식탁에 촛불을 켜지. 초를 교회에서 가져온 듯하지만, 그거야 괜찮겠지. 그녀는 파란 원피스를 자주 입는구나. 너는 많이 자라서 빨간 셔츠가 작아졌고. 보턴이 가장 애달파하는 자식만 빼고 나머지 가족이 다 모였다. 그들은 예의를 다하느라 우리를 식사에 초대하지만, 요즘은 우리끼리 집에 있는 게 좋다. 네가 저녁 공기를 묻히고 들어오지. 촛불에 비치는 반짝이는 눈과 빨개진 찬 뺨과 손이 내 눈에는 어찌나 어여쁜지. 추위가 밀려오자 벌레 소리는 잦아들었지. 어둠은 점잖은 공모자처럼 우리에게 나직이 말을 거는 것 같구나. 네 어머니가 기도를 하고 네 빵에 버터를 발라 주지. 내가 존에게 축도하고 그가 머리 숙인 광경을 보턴이 볼 수 있었으면 좋았을 텐데. 내가 이야기해주고 그가 알아듣는다면, 축도해 줄 수 있었던 나를 부러워할 텐데. 존의 머리에 손을 얹었던 느낌이 생생하구나.

존에게 대신 아버지에게 인사해 준다고 약속했기에, 저녁 식사를 마친 후 보턴의 집으로 걸어갔다. 보턴이 잘 거라는 걸 알았지. 둘만 있게 되자 몇 마디 속삭였지. 내 좋은 친구는 세상에서 거의 빠져나간 상태여서, 내 말을 이해하지 못했지. 또 오래 전부터 잘 듣지 못했거든. 그가 깨어 있을 때 내가 존의 이름을 말했다면, 그는 정신을 차려 무슨 말인지 알아들으려고 안간힘을 쓸 테지. 내가 도저히 달래지 못할 몸부림일 테고. 내 말로 보턴은 아들에게 가졌던 미스터리를 일부 해결할 수 있었을까? 그는 혼란스런 슬픔 속에서 혼자가 되었을 테고, 내겐 그 모습을 지켜

볼 힘이 없었단다.

그가 옛 야곱 같을 수 있으면 얼마나 좋을까 하는 생각이 들었지. (성경에서 야곱의 아들 요셉은 형제들의 질시로 애굽에 팔려갔다가 후에 재상이 되었으며 아버지가 병이 들었다는 소식을 듣고 아들들을 데리고 찾아온다—옮긴이) 오랫동안 잃었던 아들이 축복을 청하며 어린 로버트 보턴 마일스를 데려온 거야. '내가 네 얼굴을 보리라고는 생각하지 못 하였더니 하나님이 내게 네 자손까지도 보게 하셨도다.'(창세기 48:11) 천사들이 보는 것처럼 얼마나 아름다웠을지 생각하면 기쁨이 있었지. 정말로 진실한 것에는 아주 강력한 진실의 힘이 있는 것 같아. 다시 천국에 대한 생각을 하게 되는구나. 너도 알다시피 그 생각을 많이 하게 된다.

나는 글로리가 침대 옆에 놓아준 의자에 한참 앉아 있었다. 예전 어두운 겨울 아침, 창문을 넘어 그 방에 들어가서 낚시를 가자며 보턴을 깨우곤 했는데. 그의 어머니가 깨면 짜증을 내시기에 우린 소리 없이 빠져나왔지. 가끔 보턴이 계속 자려고 해서, 난 머리와 귀를 잡아당기고 속삭이곤 했어. 내가 웃기는 말을 하면 보턴은 웃음을 터뜨리며 일어나곤 했지. 아주 오래 전의 일이지. 엊저녁, 보턴은 평소처럼 오른쪽으로 누워 잤지. 주님의 품 안에서 잤을 거야. 내가 깨우면 그는 겟세마네로 돌아오겠지만. 그래서 잠든 그에게, 내가 대신 존을 축복해 줬다고 말했어. 아직도 존의 이마를 짚던 느낌이 그대로 남아 있다. 나는 "자네가 바라던 것처럼 난 존을 사랑하네"라고 말했지. 마침 내 자네 기도가 응답을 받았네, 이 친구야. 내 기도도 마찬가지고. 우린 참 오래 기다렸군, 안 그런가?

방에서 나오자 글로리가 복도에 서서, 응접실을 들여다보고 있더구나. 응접실에서는 형제자매와 배우자들, 올망졸망한 조카들이 조용히 대화를 하고 있었지. 소식을 주고받고 정치 이야기를 나누었지. 부엌과 위층에도 식구가 더 있었지. 나는 집에서 나오다가, 산책을 다녀오는 보턴 가족 대여섯 명을 만났지. 존이 가버린 것이 글로리에게 얼마나 고통스러울지 그제야 짐작했으니 부끄러운 노릇이지. 제 식구끼리 시끌벅적하고 행복한 와중에 혼자 끼어 있으니 얼마나 외로웠을까. 가족들이 신경 써서 베푸는 친절을, 옆에서 웃어주는 사람도 없이 혼자 고스란히 감당해야 했으니. 편들어 줄 사람이 없다는 사실이 가장 끔찍하겠지. 그것은 주님만이 위로해주실 수 있을 거야.

주님이 이 다 탄 깜부기불에 숨결을 불어넣어 불꽃을 일으키는 것 같은 때가 있다. 한순간, 또는 한 해쯤. 그러다 불꽃이 다시 잦아들면, 누구도 그것을 온기나 빛과 관련지어 생각하지 못하게 되지. 성령강림절 설교에서 그런 얘기를 했어. 그 설교를 되새겨보니 거기 진실이 담겨 있는 듯하다. 하지만 하나님은 그보다 훨씬 꾸준하고 훨씬 엄청난 분이지. 눈을 어디로 돌리든 세상은 변하며 빛이 나지. 찾아보겠다는 의지만 있으면 얼마든지 그걸 알 수 있지. 다만 누가 그걸 볼 용기를 낼 수 있을까?

네 어머니에게 지난 설교문을 다 태워달라고 부탁하려 한다. 집사들이 처리해 주겠지. 원고가 많으니 불꽃이 크게 일겠구나. 핫도그와 마시멜로를 구워 첫눈을 축하하는 생각이 난다. 물론 네 어머니가 보관하고 싶은 원고는 따로 모아 둬도 좋겠지만, 너무 애쓰지 않으면 좋겠다. 중요한 원고거나 아니거나 그걸로 끝인 것을.

창조의 신성한 아름다움이 눈부시게 드러나는 경우는 두 가지이고, 그것은 함께 일어난단다. 하나는 우리가 세상에 대해 절대적인 부족함을 느낄 때이고, 다른 하나는 세상이 우리에 대해 절대적인 부족함을 느낄 때이지. 아우구스티누스는 하나님은 우리 각자를 독생자처럼 사랑하신다고 말했고, 그것은 사실이지. '그분은 모든 이의 눈물을 닦아주신다.' 그것만 있으면 족하지 무엇이 더 필요할까.

신학자들은 선재적(先在的) 은총에 대해 말하지. 하나님이 먼저 찾아와서 우리로 하여금 그것을 받아들이게 한다는 거야. 그렇다면 우리로 하여금 공감하게 하는 '선재적 용기'도 있으리라는 생각이 드는구나. 즉, 우리 눈으로 보는 것 이상의 아름다움을 인식하게 해 주는 용기 말이다. 우리는 귀중한 것들을 손에 쥐고 있으며, 그것들을 영예롭게 하기 위한 일을 안 하는 것은 해가 됨을 알게 해주는 용기 말이지. 그러므로 이런 용기는 우리를 관대하게 해주지. 이것 역시 같은 말일 게다. 하지만 그것은 설교에서나 하는 말이지. 용기와 희망에 대한 가르침과 용기의 폐허 외에 무엇을 네게 남겨 줘야 할까? 말했듯이 이제는 다 탄 깜부기불이 되었으니, 좋으신 하나님께서 언젠가 숨결을 불어넣어 다시 불꽃을 일으켜주시겠지.

난 초원 지대를 사랑한단다! 동이 트면서 대지 위로 빛이 밀려들어, 갑자기 모든 게 빛나는 광경을 자주 봤지. 내 영혼에 '좋다'라는 말이 어찌나 깊이 박혔던지, 그런 것을 목격하도록 허락받은 게 놀라울 따름이란다. 첫 순간이 '새벽 별들이 기뻐 노래하며 하나님의 아들들이 다 기뻐 소리를 질렀느니라'(욥기 38:7)라는 말씀처럼 멋졌을지 몰라도, 내가 아는 한은 그 반대로 별들은 지금도 노래하고 아들들은 아직도 소리칠 거야. 이곳 초원 지대에는 밤과 아침에서 눈을 돌리게 하는 것이 없단다. 지평선에 걸린 뭔가가 방해하는 일도 없지. 그런 시각에서 보면 산은 무례해 보일 것 같구나.

내 보기엔 이곳처럼 꾸임없는 모습이 기독교다운 것 같아. 너는 조만간 이곳을 떠나겠지. 아니 이미 떠났거나, 떠날 의도라 해도 괜찮다. 이 고장이 품은 소망이 약해지기 시작한 것 같아. 하지만 미루어 둔 소망도 여전히 소망이지. 나는 이 고장을 사랑한다. 마지막 사랑의 거친 몸짓으로 이곳의 땅속으로 들어가는 생각을 가끔 하지. 거대한 빛을 낼 때까지 나도 시간을 태우겠지.

네가 용감한 곳에서 용감한 사람으로 성장하기를 기도하마. 네가 쓸모 있는 삶을 살 길을 찾도록 기도하련다.

기도하고, 그런 다음에는 자야지.

옮긴이의 말

아이오와 주의 길리아드에 사는 존 에임스 목사는 생을 마감하기에 앞서, 늦게 결혼해서 본 아들에게 편지를 쓴다. 70대 후반으로 심장병을 앓는 그는 곧 세상을 떠나리란 것을 알고, 아들이 자라면 들려주고 싶은 이야기들을 편지 형식으로 쓰기 시작한다. 거기에는 대대로 목사인 집안의 내력, 신과의 관계에 대한 관점, 어릴 적 결혼해서 일찍 세상을 떠난 아내에 대한 회상과 첫딸을 잃은 심경, 이후 독신으로 평생 살다가 뒤늦게 어린 아내를 맞은 이야기, 기적처럼 아들을 얻은 기쁨 등이 담겨 있다.

존 에임스의 조부는 메인 주 출신의 목사로, 쇠사슬에 묶인 예수의 환상을 보고 노예해방을 위해 싸우려고 캔자스 주로 이주했다. 그는 노예해방을 강조하며 남북전쟁에 참전하라는 설교를 했고, 북군 소속 군목으로 참전했다. 존은 전쟁에서 한쪽 눈을 잃고 돌아온 할아버지, 그리고 평화주의자인 아버지 사이의 갈등과 사랑을 지켜본다. 또 촉망받는 독일 유학생이었던 형이 무신론자가 되어 돌아와 아버지와 빚는 갈등도 옆에서 경험한다. 그리고 목사가 된 후 죽마고우이자 다른 교파 소속 목사인 보턴과 아들 존 에임스 보턴의 불화도 지켜본다. 존의 이름을 딴 행실이 불량한 존 보턴이 고향에 돌아오자, 존 목사는 불안에 시달린다. 그러다 편견을 극복하고, 진실한 소통과 사랑을 통해 평안을 찾는 과정이 이 글에 녹아 있다.

　글의 앞부분을 번역할 때는 한 집안의 내력과 남북전쟁을 둘러싼 미국의 역사를 다룬 소설로 짐작했다. 하지만 글이 전개되면서 이 작품이 개인의 이야기이며, 개인의 삶은 개인사와 역사, 종교, 세계관과 씨줄과 날줄로 엮인다는 것을 깨닫게 되었다. 무엇보다 예닐곱 살밖에 안 된 아들과 젊은 아내를 남기고 세상을 떠나는 한 남자의 고뇌와 아쉬움이 절실히 느껴졌다. 그리고 아들에게 나직이 자기 이야기를 들려주는 아버지, 그 아버지가 옳다고 생각하는 것을 위해 살았던 삶의 모습이 시간과 공간을 뛰어넘어 생생하게 다가왔다.

　부모와 자식이 이런 이야기를 나눌 수 있을까? 가슴 깊이 묻어둔 고백까지 펼쳐 보일 수 있을까? 가족 간의 갈등과 사랑, 후회와 아쉬움을 있는 그대로 풀어놓을 수 있을까? 소설을 읽고 번역

하는 내내 그 진지하고 솔직한 이야기 속에서 훈훈함이 느껴진 것은 사랑을 바탕으로 한 진실 때문일 것이다. 나도 언젠가 딸아이와 이런 이야기를 나누고 싶다. 내 아버지는 어떤 분이었는지, 나는 어떤 삶을 살았는지, 세상과 사람들을 향해 나는 어떤 마음을 갖고 있는지 이야기할 것이다. 이 책을 통해 그 긴 이야기가 시작되었다는 생각이 든다.

공경희

길리아드

ⓒ 메릴린 로빈슨, 2013

초판 1쇄 발행일 2013년 10월 25일

지은이   메릴린 로빈슨
옮긴이   공경희

발행인 이상만
발행처 마로니에북스
등록   2003년 4월 14일 제 2003-71호
주소   (413-756) 경기도 파주시 문발동 파주출판도시 521-2번지
대표   02-741-9191
팩스   02-3673-0260
편집부   031-8070-8250
팩스   031-955-4921
홈페이지 www.maroniebooks.com

ISBN 978-89-6053-340-0